Elke Pistor wurde 1967 in der Eifel geboren. Nach dem Abitur in Schleiden zog es sie zum Studium nach Köln, wo sie nach einem Zwischenstopp am Niederrhein bis heute lebt. Seit sie als Kind einen Steinmetz der Dombauhütte bei der Arbeit beobachten durfte, ist sie von »Kölns größter Baustelle« und ihren Geheimnissen fasziniert. Sie arbeitet als freie Seminarleiterin in der Erwachsenenbildung und veranstaltet Schreibworkshops. »Das Portal« ist nach dem Eifelkrimi »Gemünder Blut« ihre zweite Veröffentlichung im Emons Verlag.

ELKE PISTOR

DAS PORTAL

emons: mystery

MIX
Papier aus verantwortungsvollen Quellen
FSC® C083411
www.fsc.org

Umschlagfoto: Franziska Emons
Umschlaggestaltung: Weusthoff-Noël, Hamburg (www.wnkd.de)
Druck und Bindung: CPI – Clausen & Bosse, Leck
Printed in Germany 2011
ISBN 978-3-89705-834-7
emons: mystery
Originalausgabe

Unser Newsletter informiert Sie
regelmäßig über Neues von emons:
Kostenlos bestellen unter
www.emons-verlag.de

*»Saxum e stirpe ortum caelum continget opibus valens.
Antiquitatem tuentes custodes temporum aeternitatum fiunt.
Numina pari momento librata dominabunt, quoad ſundamenta
mundi ab amantibus illis disparibus sunt quassata.«*

*»Aus der Wurzel wird Stein stark und mächtig in den Himmel
wachsen. Die Hüter des Alten werden zu Bewahrern der
Ewigkeit. Das Gleichgewicht der Kräfte wird walten, bis die
Liebe des ungleichen Paares die Fundamente erschüttert.«*

prolog

Köln 1388

Das Geläut setzte unvermittelt ein. Anna schreckte zusammen. Sie senkte den Kopf und bekreuzigte sich – es war wieder geschehen. Sie stand vor dem Petersportal, ohne Erinnerung daran, wie sie hierhergekommen war.

Aber sie musste den Weg gegangen sein. Sie blickte an sich herunter. An ihrem Rocksaum hingen Dreck und Straßenstaub wie ein schwarzer Trauerrand.

Du bist bei mir.

»Ja, ich bin bei dir«, murmelte sie und biss sich auf die Lippen. Sie musste damit aufhören, der Stimme zu antworten. Es gab sie nicht, diese Stimme, und wenn doch, dann gehörte sie einem Dämon. Einem Teufel, der ihren Geist verwirren und ihre Seele verführen wollte.

In den letzten Monaten war es schlimmer geworden, als es in den vielen Jahren vorher gewesen war. In den vierzig Jahren seit jenem Tag, als sie den Ruf zum ersten Mal gehört hatte und ihm gefolgt war. Blind. Wie eine Träumerin war sie jedes Mal aufgewacht und hatte hier gestanden.

Immer hier, dachte sie und trat einen Schritt näher an das Gemäuer. Unter ihren Fingern spürte sie die kühle Oberfläche der Steine. Sie schloss die Augen, und für einen Moment erfasste sie eine Ahnung von der gewaltigen Größe, die dieses Bauwerk einmal haben würde. Der Dom zu Köln. Kathedrale zur Ehre Gottes. Schutz der Gläubigen. Eine riesige Baustelle.

Irgendwann, so hatten ihr der Vater und der Bruder versichert, würden hier die mächtigsten Glocken des Abendlandes klingen. Nicht zu ihren Lebzeiten. Und nicht zu Lebzeiten ihrer Kinder und Kindeskinder. Stück für Stück, Stein für Stein, Jahr für Jahr.

Anna fühlte die zarten Vibrationen des Bodens, die mit jedem Ton durch ihren Körper strömten. Die heiseren Schreie der Möwen, die auf der Suche nach Futter vom nahe gelegenen Rhein kamen, drangen nur noch dumpf an ihr Ohr.

Du bist bei mir, Anna.

Sie schüttelte den Kopf. Nein. Nicht. Sie zwang sich, an andere Dinge zu denken. Der Stimme keinen Raum in ihren Gedanken zu lassen. Die Einkäufe auf dem Markt, die Arbeit im Haus. Die Knechte, das Vieh, der Webstuhl.

Am Morgen war sie mit ihrer Magd hier gewesen und beladen mit Köstlichkeiten und einigen Gewürzen wieder durch die engen Gassen nach Hause geeilt. Sie hatten gekocht und gebraten, das Mahl für den Festtag vorbereitet. Anna hatte ihre Magd auf der Suche nach dem letzten Staubkorn durch die Kammern des Hauses gescheucht, um alles vorzubereiten für den Gast, den sie morgen erwartete.

Wie lange war es her, dass sie und ihr Bruder Peter sich das letzte Mal gesehen hatten? Waren das wirklich schon acht Jahre? Und davor? Sie wusste es nicht mehr. Die Familie der Parler war seit Langem in alle Welt zerstreut.

Peters Talent war nicht lange verborgen geblieben, nachdem er in der Dombauhütte Hüttendiener geworden war. Über seine Ungeduld, bis er schließlich seinen vierzehnten Geburtstag feiern und die Steinmetzlehre beginnen durfte, musste sie noch heute lachen.

»Ich werde einmal ein berühmter Dombaumeister!«, hatte er gerufen. Anna hatte ihm geglaubt, und er hatte recht behalten: Dombaumeister zu Prag durfte er sich heute nennen, und er tat es mit Stolz.

Sie legte den Kopf in den Nacken und schaute zu dem Bogen hoch. Dem Portal zu einem Kirchenbau, dessen letztendliche Größe nur in der Vorstellungskraft der Dombaumeister und auf einem kühnen Bauplan existierte. Noch führte dieses Tor in den Teil des alten Gotteshauses, der bald weichen würde. Die Figuren im Gewölbe waren mehr als nur Abbilder des Lebendigen. Sie atmeten. Zogen Kraft aus der Wärme der Sonne und den Gebeten der Gläubigen. Heilige, Apostel und Engel. Von der Hand derer von Parler erschaffen. Sie hätte stolz sein müssen, trug doch die Statue der heiligen Barbara ihre Gesichtszüge. Peter hatte die Schutzpatronin der Steinmetze nach ihrem Vorbild geschaffen. Stattdessen empfand sie nichts als eine große Leere und die Ahnung einer tiefen Sehnsucht.

Ich bin bei dir!

Anna fuhr zusammen und sah sich um. Die Stimme klang so nah, nicht mehr so, als wäre sie nur in ihrem Kopf. Die Türen des Petersportals standen weit offen. Aus dem Inneren des Doms drang der Geruch von Weihrauch. Die Hitze des Augusttages hatte sich in die Mauern der Kathedrale gesetzt und wehrte die erste Kühle des frühen Abends ab. Schatten tauchten die Gesichter der Steinfiguren in ein graues Dunkel.

Über ihrem Kopf fielen andere Glocken in den klaren Klang ein und riefen zum Vorabendgebet. Anna hob die Hand an die Schläfe, strich sich über die Stirn und wischte den Schweiß ab, bevor er ihr in den Augen brennen konnte. Als sie sie wieder sinken ließ, fiel ihr Blick auf die faltige Haut ihres Handrückens. Sie wurde alt. Bald würde sie ihr einundsechzigstes Lebensjahr vollenden, und die Zeit hatte auch vor ihr nicht Halt gemacht. Wurde sie gar ein wenig wirr im Kopf?

Komm zu mir!

Die Stimme drängte sich in ihre Gedanken und erinnerte sie an einen schon lange vergessenen Schmerz. Sie war nicht wirr.

Erkenne mich!

Sie kannte diese Stimme. Ja. Sie wusste um die Liebe, die in dieser Stimme mitklang, und sie wusste, dass diese Liebe ihr galt, nur ihr allein. Ihr wurde schwindelig und sie schwankte.

Erinnere dich!

Feuer! Es war vor ihr, unter ihr, um sie herum! Es nahm ihr die Luft, fraß sich in ihre Haut, stach ihr den Schmerz in den Leib. Es riss an ihren Fesseln.

»Ich stüssen dich an dä blaue Stein, du küss din Vader un Moder nit mih heim.« Die Worte des Greven übertönten in ihrer Erinnerung das Brüllen der Flammen. Der Henker hatte keine Gnade walten lassen. Hatte sie nicht erwürgt, bevor er sie in die Holzhütte stieß und den Reisighaufen anzündete.

Sieh mich!

Ein drückender Schmerz zog durch ihren linken Arm und

kroch zu ihrem Hals herauf. Sie rang nach Luft, aber ihre Lungen schienen zu klein und zu eng. Kalter Schweiß lief ihren Rücken entlang und durchtränkte den Stoff ihres Kleides.

Augen, Hände, Lippen. Das Gefühl des Heimlichen, des Verbotenen. Sie erinnerte sich an die Sehnsucht, die Verzweiflung. Und sie erinnerte sich an die Angst.

Sie war schon einmal gestorben. Vor einer Ewigkeit.

Und jetzt starb sie wieder.

Mit einer Klarheit, die sie verwunderte, erkannte sie, dass ihr Herz aufgehört hatte zu schlagen.

Sie öffnete die Augen. Er stand vor ihr.

»Du erinnerst dich an mich.«

»Ich erinnere mich an alles.«

»Ich war immer da.«

»Du warst bei mir.«

»Meine Liebe hat dich beschützt.«

»Wie konnte ich nur vergessen?«

»Das hast du nie.«

Sie nickte. Er wandte sich um und trat in den Schatten des Portals. Dann sah er sie über die Schulter hinweg an und reichte ihr seine Hand.

Eins

Köln 2010

Nia umklammerte ihr Funkgerät und hoffte auf eine Antwort. Der Apparat knackte und knarzte, dann verstummte er.

»Verfluchte Scheiße!« Sie lehnte sich mit dem Rücken gegen die Hauswand, versuchte, ruhig zu atmen und das Zittern in den Griff zu bekommen.

Sie schaltete das Gerät aus und wieder an, aber außer der rot blinkenden LED-Leuchte regte sich nichts mehr auf dem Display. Der Akku hielt länger als vierzehn Stunden, doch die waren nun abgelaufen. Das Gerät war nutzlos. Nia unterdrückte den Drang, den kleinen schwarzen Apparat in die Büsche zu schleudern, und versenkte ihn in ihrer Jackentasche.

Ein metallisches Scheppern schreckte sie auf. Er war irgendwo da draußen auf dem Gelände in der Dunkelheit und lauerte. Wartete auf den Moment ihrer Unachtsamkeit.

In der Ausbildung hatten sie solche Situationen besprochen und geübt, so lange, bis sie sich sicher fühlten.

Die Theorie nutzt mir jetzt gar nichts, dachte sie und fühlte, wie ihr der Schweiß aus dem Haaransatz den Nacken hinunterlief. Sie schauderte und roch ihre eigene Angst.

»Als Kommissar im Dienst haben Sie eine hohe Verantwortung. Für die Bevölkerung, Ihre Kollegen und nicht zuletzt für sich selbst.« Nia hörte die Begrüßungsworte, die ihr Vorgesetzter Edgar Wackwitz vor zwei Wochen bei ihrem Dienstantritt an sie gerichtet hatte, als ob er neben ihr stehen würde. Er hatte ihr die Hand gereicht, sie eindringlich gemustert und gelächelt. Sie mochte ihn sofort. Ein väterlicher Typ, der sich schnell als ihr Mentor herausgestellt hatte und auf dessen Rat sie gerne hörte. Seine Stimme, seine Gesten weckten Erinnerungen in ihr an die verregneten Sommernachmittage in ihrem Elternhaus, als sie und ihr Vater eintauchten in die Geschichten der Vergangenheit. Dabei war Wackwitz noch siebzehn Jahre jünger als es ihr Vater heute wäre. Arnulf Hallmann, Griechisch- und Geschichtslehrer am altehrwürdigen Sankt-Severin-Gymnasium in der Kölner Altstadt. Seinem Beruf und seiner Stadt aufs Innigste verbunden.

Selbstverständlich nannte er seine Tochter Apollonia.

Sie hatte gelitten als Kind. Unter dem Namen und darunter, dass ihre Eltern anders waren als die ihrer Freunde. Älter, gesetzter, bedächtiger. Vielleicht hatte sie deshalb immer so viel Wert auf Sportlichkeit gelegt. Fit, flexibel, beweglich wollte sie sein. Die Aufmerksamkeit, die Liebe und das Verständnis ihrer Eltern hatte sie lange nicht gesehen, ihre Teenagerrebellion ohne Rücksicht ausgelebt. Freiraum und Sicherheit. Rückhalt und Grenze. Dafür und für ihre immer offenen Arme liebte Nia ihre Eltern. Bis heute. In ihrer Erinnerung.

Es hatte ihr durch die Aufnahmeprüfung für die Polizeischule geholfen, sie ihre Ausbildung mit Bravour bestehen lassen und ihren Ehrgeiz genährt. Den Ehrgeiz und den Wunsch, ihr Ziel so schnell wie möglich zu erreichen: die schnelle Beförderung, die Mitarbeit in der K11, der Mordkommission.

Was für eine hirnverbrannte Gefühlsduselei, dachte sie und spürte, wie Tränen über ihre Wangen liefen. »Reiß dich am Riemen, Nia«, murmelte sie leise und zwang sich, an nichts anderes als an den Mann dort draußen in der Dunkelheit zu denken. Sie ging in die Hocke, zog die Dienstwaffe aus dem Holster und entsicherte sie. »Konzentrier dich, Nia! Du musst das schaffen! Du musst! Überleben!«

Mit der linken Hand stützte sie sich ab, beugte sich vor und sah um die Hausecke.

Zwanzig Meter lagen zwischen ihr und der reglosen Gestalt auf dem Boden. Zwanzig Meter, die ihr wie hundert vorgekommen waren, als sie gerannt und gestolpert war, das Geräusch der Schüsse im Ohr.

Tim lag auf dem Bauch, die Arme von sich gestreckt, das rechte Bein angewinkelt. Der dunkle Fleck auf dem Asphalt unter seinem Kopf wuchs immer noch.

Sie war hinter ihm gewesen. Sie hatte gesehen, wie die Kugel ihn in den Hinterkopf traf. Im Vorbeilaufen hatte sie sich umgedreht und sein Gesicht gesehen, dort, wo keines mehr war.

Sie hatten gedacht, die Verfolger zu sein, dabei waren sie die Gejagten. Auf diesem verdammten Schrottplatz vor den Toren Kölns. Ihr Kollege hatte sie nicht allein gehen lassen, sondern darauf bestanden mitzukommen. Nia wollte nicht darüber nachdenken, aus welchem Grund er das für sie getan hatte, obwohl sie es seit längerer Zeit ahnte.

Das Licht veränderte sich, und Nia schreckte zurück hinter die Hausecke. Aber es war nur die Wolkendecke, die für einen Moment aufriss und das Mondlicht durchscheinen ließ.

Sie zog ihr Handy aus der Jacke, in der Hoffnung, endlich Empfang zu haben. Die Balken der kleinen Antenne auf ihrem Display blieben leer. Ob es an der Gegend lag? Verlassenes Land. Nias Herz raste. Es musste doch eine Möglichkeit geben, Hilfe zu holen.

Einige Meter vor ihr rauschte ein Schatten durch die Nacht. Es raschelte, scharrte, und dann hörte sie den Todesschrei eines kleinen Tieres. Mit mächtigen Flügelschlägen erhob sich die Eule mit ihrem Opfer zwischen den Krallen wieder in die Luft, und für einen Augenblick meinte Nia, die schwarzen, glänzenden Augen des Kaninchens auf sich gerichtet zu sehen. Es schien ihr, als hätte es sich in sein Schicksal ergeben, als folgte es willig seinem Jäger auf dem Weg, an dessen Ende der Tod stand. Ihr wurde schlecht. Eine Faust drückte ihren Magen zusammen, und sie übergab sich. Der Geruch ihres eigenen Erbrochenen stieg ihr in die Nase. Sie schüttelte sich, spuckte und stolperte ein paar Schritte weiter in die Dunkelheit hinein.

»Doch nicht so ein harter Cop, was?« Krahwinkel lachte. Er hatte sie gehört. »Ich hab dir ja gesagt, leg dich nicht mit mir an. Das hast du jetzt davon!« Die Stimme kam näher. Noch hatte er sie nicht entdeckt. Lange konnte es nicht mehr dauern.

Nia suchte nach einem Versteck. Die Wand erstreckte sich über mehr als zehn Meter. Im Licht des Mondes eine einzige glatte Fläche. Kein Winkel, kein Vorsprung.

Schnauze!, wollte Nia brüllen, aber sie biss sich auf die Lippen. Wenn sie sich provozieren ließ, würde er sie schneller finden. Aber vielleicht war das ja das Beste.

Was hatte sie zu verlieren? Tim war tot. Tim, ihr Kollege, aus dem vielleicht mehr als ein Freund hätte werden können. Gestorben, weil sie diese Sache im Alleingang machen wollte.

Warum, verdammt, hatten sie keine Verstärkung bei Wackwitz angefordert? Er hatte sie doch erst auf die Spur gebracht. Weil sie unbedingt recht behalten wollte? Weil sie sich und ihm etwas beweisen wollte? Oder weil Krahwinkel ihre ganz persönliche Angelegenheit war?

Rausgehen und sich abknallen lassen. Ein Ende setzen, bevor überhaupt etwas beginnen konnte. Was auch immer es gewesen wäre.

Sie lachte bitter. Hatte sie vor zwei Stunden, als sie mit ihrer Tante im Café auf der Domplatte gesessen hatte, wirklich noch geglaubt, sie wolle nur verhindern? Verhindern, dass Krahwinkel noch ein Leben zerstören würde, so wie ihres?

»Was machst du?« Krahwinkels Reibeisenstimme schallte über den Hof. »Nach deiner Mami weinen?« Nia hörte den Hohn in seinen Worten. »Die wird dir jetzt nicht helfen können, Schätzchen! Wenn Onkel Manni erst mal fertig ist mir dir, wird dir niemand mehr helfen können!« Seine Schritte kamen näher.

Wusste er es? Ahnte er, wer ihre »Mami« war? Hatte sich das Gesicht ihrer Mutter ebenso in sein Gedächtnis gebrannt wie in ihres? Woran erinnerte er sich? An die Angst in den Augen der Frau, die vor ihm auf dem Küchenstuhl gesessen hatte? Oder an das Loch in ihrer Stirn?

Nia sah sich um. Ein umgestürzter Baumstamm ragte aus der Dunkelheit hervor. Dahinter schoben sich die Blätter der Büsche zu dunklen Schatten zusammen. Halb gebückt lief sie darauf zu und ließ sich hinter dem Stamm flach auf den Boden fallen, ohne auf die Steine zu achten, die sich in ihren Körper bohrten.

Mit vierzehn Jahren ist man nicht vorbereitet auf den Tod. Sie hatte nur dagestanden und ihre Eltern angesehen. Auf die Stille des Hauses gelauscht. Unfähig, sich zu rühren. Unfähig, den Schmerz anzunehmen. Er hatte ihre Eltern im eigenen Haus ausgeraubt und erschossen. Einfach so. Aus Habgier? Aus Grausamkeit? »Keine Kampfspuren«, hatte sie vor zehn Tagen in der

Akte gelesen, als aus ihrem Wunsch, solche Grausamkeiten zu verhindern, Wirklichkeit geworden war und sie die »hohe Verantwortung« übernommen hatte. Er war davongekommen. Keine Beweise.

Damals.

Langsam schob sie sich bis ans Ende des Stammes und sah durch die Blätter auf den Hof. Krahwinkel stand neben Tim, die Pistole in der rechten Hand, und starrte angestrengt in ihre Richtung. Er schob seinen Fuß unter Tims Schulter und drehte den schlaffen Körper auf die Seite. Nia glaubte, sein zufriedenes Knurren zu hören, als er erkannte, dass ihm von dieser Seite keine Gefahr mehr drohen würde. Dann ging Krahwinkel einen Schritt nach hinten, nahm kurzen Anlauf und trat dem Leichnam in den Bauch. Tims Körper krümmte sich, als ob er noch leben und Schutz suchen würde.

Kalte Wut packte Nia. Ohne nachzudenken, riss sie die Waffe hoch und feuerte auf Krahwinkel. Die Kugel verfehlte ihn und durchbohrte einige Meter hinter ihm einen alten Golf. Nia legte erneut an, zielte und schoss. Blind. Wahllos. Sie bestand nur noch aus Reflex, Wut und Rache. Schüsse knallten, ohne dass sie hätte sagen können, ob sie aus ihrer Waffe stammten oder Krahwinkels Antwort auf ihren Angriff waren. Bis zu dem Moment, als aus den Schatten der Schmerz kam, ihr die Waffe aus der Hand fegte und sie zu Boden warf, hätte sie noch nicht einmal sagen können, wo Krahwinkel war. Dann wusste sie es.

Sein hassverzerrtes Gesicht hing über ihrem. Nia konnte seinen Atem spüren, und der Gestank seines Aftershaves drückte auf ihre Lungen. Sie stöhnte.

»Liebschen, gleich is et vorbei!«, zischte er durch die Zähne und presste ihr den Lauf seiner Pistole unters Kinn. »Aber vorher machen wir es uns noch ein bisschen nett, der Onkel Manni und die kleine Schlampe von der Polizei, oder was meinst du?« Er nestelte an seinem Hosenbund.

Nia erstarrte, als sie begriff, was er vorhatte. Ihre rechte Hand pochte. Dort, wo der Schuss sie getroffen hatte, spürte sie, wie das Blut lief.

Krahwinkel kniete jetzt auf ihr. Mit der einen Hand presste er weiter die Pistole gegen ihre Kehle und schnürte ihr die Luft ab. Mit der anderen zerrte er an ihren Kleidern.

Nia spürte, wie der Kies sich in ihre Haut bohrte. Ihre Finger umklammerten harten Stein, sie drehte den Kopf zur Seite und schlug zu.

***

In der Wärme des späten Sommerabends pulsierte das Blut durch seine Adern und füllte ihn mit Leben. Er erwachte, löste sich aus den Schatten seines Gefängnisses, mischte sich unter den Strom der Menschen und ließ sich treiben. Er genoss es, mitten unter ihnen zu sein, sich als ihresgleichen zu fühlen, als Teil des Lebens. Unerkannt. Ohne Scheu.

Langsam verließ die Steifheit seine Glieder.

Niemand achtete auf ihn, als er den Platz überquerte. Wortfetzen flogen an ihm vorbei. »*You should* …« – »… ins Römisch-Germanische Museum.« – »Wenn er nicht anruft, dann …« – »*Il part de la gare.*« Ein Sprachenteppich, gewoben aus den Wünschen und Plänen der Menschen, der ihn die Stufen zum Bahnhof hinuntertrug.

Er schlenderte. Langsam. Jeden Schritt auskostend. Liebespaare umschlangen und hielten einander. Sie küssten sich oder schauten gemeinsam in eine Richtung, die vielleicht ihre Zukunft war. Teenager drapierten sich in lässiger Haltung auf der Treppe, Punks kraulten ihre Hunde, und müde Touristen starrten auf die Displays ihrer Kameras. Er schloss sich dem Strom der Reisenden an. Die Türen des Kölner Hauptbahnhofes verschluckten die Menschen einen nach dem anderen, um sie an anderen Stellen wieder auszuspucken.

Vor dem Informationsschalter blieb er stehen und lauschte. Erneut streiften Worte, hingeworfen im Vorbeieilen, seine Gedanken. Abschied. Willkommen. Freude. Trauer. Wut.

Ein junger Mann schälte sich aus der Menschenmenge. Er trug Jeans und T-Shirt. Einer von vielen. Aber etwas an seinem Gang, an seiner Haltung, unterschied ihn von den anderen. Die

Art, wie er zögerte, um dann den Schritt zu beschleunigen. Seine Kopfhaltung. Die Anspannung in den Muskeln, die ihn nach vorne trieb.

Auch wenn er diese Äußerlichkeiten nicht brauchte, um zu erkennen. Was ihn erkennen ließ, war selten sichtbar. Leid. Verzweiflung. Oder nur der Ausdruck in den Augen, den er selbst über diese Entfernung hinweg erkannte und der ihm sagte, dass jetzt der Zeitpunkt war.

Er hatte gewusst, dass er ihn finden würde. Er fand sie immer. Manchmal fragte er sich, ob es nicht eher so war, dass sie ihn fanden, weil er sie nicht finden wollte. Aber sein Wille war unerheblich und spielte keine Rolle. Er hätte keinen Willen haben dürfen. Und doch hatte er ihn. Warum, dachte er, ist es so schwer? Warum wird es mit jedem Einzelnen schwerer?

Er folgte dem jungen Mann durch den Bahnhof. Vorbei an den Schließfachautomaten, dem Buchladen und der Bäckerei. Vorbei an den Kofferschiebern, Eiligen, Abschiednehmenden. Vorbei am Leben.

Der junge Mann vor ihm ging nun schneller. Vor dem Aufgang zu Bahnsteig eins blieb er stehen. Er sah das Schild mit dem Hinweis auf die Bahnpolizei und schüttelte den Kopf, als ob jemand ihm eine Frage gestellt und er sie beantwortet hätte. Dann ging er weiter. Umklammerte die Riemen seines Rucksackes.

Als der junge Mann die Treppe zum nächsten Bahnsteig hinaufging, nahm er zwei Stufen mit jedem Schritt. Er hatte es eilig, sein Ziel zu erreichen.

Er folgte ihm.

»Es geht dir nicht gut«, sagte er zu dem jungen Mann, als sie das Ende des Gleises erreichten. Niemand war in der Nähe. Sie standen weit hinter dem Bereich, der auf dem Wagenstandsanzeiger mit »Zone F« gekennzeichnet war.

»Nein«, antwortete der junge Mann, ohne ihn anzusehen.

»Weißt du, was du da vorhast?«

»Natürlich weiß ich das!« Unwirsch wandte er sich ab.

»Wie heißt du?«

»Für dich bin ich niemand.«

»Du bist wütend, Jakob.«

»Für alle bin ich niemand.«

»Wer wütend ist, hat Kraft zum Leben.«

Der junge Mann schwieg.

Er stellte sich neben ihn. Gerade so, dass ihre Hände sich nicht berührten. Es ist meine Strafe, dachte er und schmeckte eine Mischung von Metall und Schweiß auf der Zunge. Die Luft stand unter dem Kuppeldach des Hauptbahnhofs, kein Wind brachte Kühlung, obwohl die Seitenwände sich zur Stadt hin öffneten. Die Hitze sammelte sich, stieg nach oben und senkte sich dann wie eine Decke über die Betriebsamkeit. Alles klang gedämpft, nur unterbrochen vom Kreischen der Bremsen oder den quietschenden und knackenden Lautsprecheransagen.

Es ist meine Strafe, deshalb ist es so schwer.

»Du kannst mich nicht daran hindern!« Der junge Mann schrie jetzt, aber außer ihm schien das niemand zu hören. Die Sehnen und Adern an seinem Hals traten hervor, kraftvoll und geschmeidig.

»Ich will dich nicht hindern.« Er starrte geradeaus, über die Gleise hinweg auf die Metallstreben der Dachkonstruktion. »Meine Aufgabe ist es, dir die Kraft zu geben, deinen wahren Willen zu erkennen.« Er betrachtete die feinen Schwingungen der Schienen.

Der Zug fuhr ein.

Er spürte den Kampf, den der junge Mann mit sich ausfocht. Hörte seinen schnellen Atem. Den Herzschlag. Rattatamm, rattatam, rattatam, rattatam. Die Räder. Den Herzschlag.

Er schwieg.

Der Zug war da.

In den Augen des Zugführers sah er Erkennen und Entsetzen. Er hob die Hand, legte sie auf die Schulter des jungen Mannes und schloss die Augen.

Dein Wille!

Als er sie wieder öffnete, stand er allein auf dem Bahnsteig.

Zwanzig Meter neben ihm schrie eine Frau.

***

Nia fror. Obwohl Krahwinkels Gewicht sie nicht mehr zu Boden drückte, fiel ihr das Atmen schwer. Vor ihren geschlossenen Augen tanzten kleine Punkte wie ein buntes Feuerwerk. Sie zwang sich, die Lider zu öffnen, und drehte den Kopf in die Richtung, aus der eben noch ein leises Röcheln gekommen war. Jetzt hörte sie nichts mehr. Krahwinkel lag reglos neben ihr auf dem harten Kies, die Hand ausgestreckt, die Finger leicht gebeugt, so als wolle er ihr über die Wange streichen. Nia wich unwillkürlich zurück und drehte sich auf die Seite. Sie zog die Knie an und stützte sich mit der linken Hand vom Boden ab. Langsam stand sie auf. In ihren Ohren rauschte es. Sie schwankte. Was war passiert? Warum lag Krahwinkel so leblos da?

Sie hatte diesen Anruf erhalten, den Hinweis auf Krahwinkels Versteck, und war hinausgefahren. Allein? Sie konnte sich nicht erinnern.

Er braucht einen Arzt, dachte sie und tastete nach ihrem Handy. Das Telefon war blutverschmiert, wie ihre Finger. Sie warf es weg und starrte auf die tiefe Wunde an ihrer Hand, aus der Blut sickerte. Wieder tanzten die Punkte vor ihren Augen.

»Ich muss Hilfe holen«, sagte sie laut und erschrak über den Klang ihrer Stimme in der Stille. »Ich muss Hilfe holen«, murmelte sie erneut, leiser diesmal. Sie wandte sich ab und ging tiefer in die Büsche hinein, bückte sich unter den Zweigen hindurch und achtete nicht auf die Dornen, die sich in ihren Kleidern und den Haaren verfingen. Sie sah hinter dem Dickicht das Feld und hinter dem Feld die Straße.

Scheinwerfer kamen auf sie zu, als sie auf den Asphalt trat. Bremsen quietschten, der schrille Ton einer Hupe gellte durch die Nacht. Nia blieb für einen Moment stehen, dann ging sie weiter die Straße entlang.

Die Tür des Wagens öffnete sich, und Nia hörte Schritte, klackernde Absätze, die sich näherten.

»Brauchen Sie Hilfe? Hatten Sie einen Unfall? Eine Frauenstimme. Sie klang besorgt.

Hilfe. Nia hielt inne. Sie nickte und sah die Frau an. Ja. Das war es, was sie brauchte.

»Ich rufe sofort einen Krankenwagen!« Die Frau war jetzt bei ihr. Ihr Blick wanderte über Nias Gesicht und über ihre Hände, folgte den dunklen Blutschlieren und blieb an der Wunde hängen. Nia konnte das Misstrauen in den Augen der Frau sehen.

»Warten Sie!« Sie rannte zurück zu ihrem Auto, zog eine Decke aus dem Kofferraum und breitete sie auf dem Boden aus. »Was ist passiert?«, fragte sie, während sie Nia zu der Decke führte. »Soll ich die Polizei rufen?«

»Ich bin die Polizei.«

»Legen Sie sich erst mal auf die Decke.«

»Ich muss Hilfe holen!« Nia schüttelte den Kopf und zog mechanisch ihren Ausweis aus der Innentasche ihres Jacketts. Sie hielt ihn mit ausgestrecktem Arm nach vorne.

Die Frau nickte, griff durch die geöffnete Tür in das Ablagefach neben dem Lenker und wählte die Notrufnummer.

»Tim ist tot!«, flüsterte Nia. Eine Erinnerung an sein Gesicht blitzte auf, vermischte sich mit dem erstaunten Ausdruck in den Augen ihres toten Vaters. Wann war das gewesen? Eben? Gestern? Tränen liefen über ihre Wangen. Kalter Schweiß stand auf ihrer Stirn und sie zitterte.

»Der Notarzt ist unterwegs«, sagte die Frau mit rauer Stimme. »Er wird Ihnen helfen.« Sie hob die Decke vom Boden auf und legte sie um Nias Schultern. »War noch jemand bei Ihnen? Ist der auch verletzt? Braucht er auch einen Arzt? Wo ist er?«

»Krahwinkel ist …« Nia blickte die Frau an, ohne sie zu sehen. »Ich weiß es nicht.« Bilder drängten sich in ihr Bewusstsein. Die schwarzen Augen eines Kaninchens. Ein lebloser Körper. Krahwinkels Gesicht über ihr. Das Gefühl des schweren Steins in ihren Händen. Sie schnappte nach Luft. »Ich habe ihn umgebracht.«

»Sie sind Polizistin.«

»Ich muss Hilfe holen!« Nia schüttelte die Decke ab und ging weiter in die Richtung, von der sie glaubte, dort sei die Stadt. Die Frau hielt sie fest.

»Der Arzt ist sicher gleich da. Er wird Ihnen helfen.«

»Ja.« Nia stoppte, setzte sich dort, wo sie stehen geblieben war, auf den Boden und begann zu weinen.

zwei

Köln 1348

Die junge Frau kämpfte sich durch den Schlamm der Straße. Die ganze Nacht über hatte es geregnet. Die kleinen Holzbrettchen unter ihren Schuhen versanken immer wieder im Morast und lösten sich mit einem schmatzenden Geräusch, wenn sie die Füße hob.

»Geh weg!« Mit einem Stock vertrieb sie ein besonders neugieriges Schwein, das ihr entgegenlief und seine Schnauze in den dicken Stoff ihres langen braunen Kleides wühlte. Sie stolperte über das Tier, stützte sich an einer Hauswand ab und drängte den schweren Körper zur Seite.

Halei folgte ihr im Schutz der Mauern. Er wollte zu dem gleichen Ort wie sie, aber ihre Ziele waren grundverschieden. Er bewunderte ihren Willen und ihre Kraft, mit der sie ihren Weg ging.

»Mach, dass du fortkommst!«, sagte sie energisch zu dem Schwein, hob ihren Rocksaum an und eilte weiter. »Ich muss schnell sein, bevor es zu spät ist.« Sie schaute zum Himmel. Die eng beieinanderstehenden Häuser ließen kaum einen Schimmer des Morgenlichts auf die Straße fallen. Sie hatte keinen dieser bezahlten Leuchtmänner bei sich, schien sich aber nicht zu fürchten.

Ich kann auf sie achten, dachte Halei, bevor er sich daran erinnerte, dass seine Aufgabe heute eine andere war. Ihre Gefühle und Gedanken überfluteten ihn. Da waren Angst, Sorge und verzweifelte Hoffnung. Es fiel ihm schwer, sich davor zu verschließen. Sie berührte ihn auf eine Art und Weise, die ihm neu war und fremd.

In großer Ungeduld hatte sie eben noch am Morgengebet im Beginenhof teilgenommen, vor dem keine der Schwestern das Haus verlassen durfte, und darauf gewartet, endlich zu ihrer Freundin Ursula und deren kranker Tochter Johanna zu gelangen. Die Zehnjährige hatte Kirschen gegessen und klagte seitdem über starke Leibschmerzen. Aber erst als das Fieber gestern immer heftiger geworden und Johanna in einen dämmrigen Schlaf gefallen war, hatte Ursula nach der heilkundigen Anna rufen lassen.

Da war er schon da gewesen, hatte unbemerkt von der Mutter neben dem Kopf des Kindes gesessen, ihr sanft über das verschwitzte Haar gestreichelt und sie angelächelt.

»Du brauchst keine Angst zu haben, Johanna. Ich bin bei dir und führe dich.«

Mit geschlossenen Augen hatte sie ihn angesehen, und er konnte das Vertrauen ihrer Seele in seine Kraft erkennen.

»Du bist ein Engel«, hatte sie ihm leise zugeflüstert und war wieder in den Zustand des Schlafes geglitten, der ihr den Rest ihres irdischen Lebens erträglich machen würde.

»Es geht ihr sehr schlecht«, hatte Ursula schon an der Türe zu Anna gesagt und sie in die Küche geführt, wo das kranke Kind in der Nähe der Feuerstelle auf einer Matte aus Stroh lag.

Johanna hatte nur leise gewimmert, als Anna sie an der Schulter gefasst, zu sich gedreht und mit den Untersuchungen begonnen hatte. Das Fieber ließ ihre Haut glühen und ihr Herz rasen. Ihr Bauch war hart gewesen, als Anna auf die linke Seite gedrückt und wieder losgelassen hatte. Johannas Schrei hatte ihren schlimmen Verdacht bestätigt.

»Ich befürchte, sie hat die Seitenkrankheit«, hatte sie gemurmelt und sich gewünscht, die Verzweiflung in den Augen ihrer Freundin nicht sehen zu müssen.

»Das heißt, sie wird sterben?« Ursulas Stimme war kaum zu hören gewesen.

»Ich werde alles versuchen, damit dein Kind am Leben bleibt!«

Halei wusste, dass ihre Hoffnung auf Heilung größer war als ihr Glaube daran.

»Bete, Ursula. Das ist alles, was du für Johanna tun kannst. Ich komme morgen früh wieder und bringe Kräuter, die das Fieber senken und den Brand lindern können.«

Jetzt, so früh am Morgen, war sie auf ihrem versprochenen Weg, und Halei folgte ihr. Er ging neben ihr her, hörte ihren Atem und ihren Herzschlag. An ihrem Ledergürtel trug Anna einen Beutel mit Lindenblüten und Weidenrinden. Sie sollten gegen das Fieber helfen. Tausendgüldenkraut und Wacholder sollten Johannas Leib Erleichterung verschaffen.

»Es geht ihr besser!« Wie gestern riss Ursula bereits beim ersten Klopfzeichen die Haustüre auf. »Sie hat keine Schmerzen mehr.«

Anna drängte sich an ihr vorbei in die Dämmerung des Zimmers. Halei blieb am Eingang stehen.

Johanna lag ausgestreckt auf ihrem Lager, die Augen geöffnet, und starrte an der Besucherin vorbei zur Tür.

»Kommst du mich jetzt holen?«, flüsterte sie mit leiser Stimme.

»Ich bringe dir Kräuter, die dein Fieber senken, Liebchen.«

Halei trat neben Anna und nickte ihr zu.

»Engel kommen zu denen, die sterben.« Johanna lächelte und streckte die Hand aus. »Ich gehe mit dir.«

Sie schloss die Augen. »Ich hab keine Angst.«

Anna kniete sich neben sie und legte ihr eine Hand auf die Stirn. »Erkennst du mich nicht? Ich bin Anna!« Sie sah zu Ursula hinüber, schüttelte den Kopf und wandte sich wieder dem Kind zu. »Du brauchst keine Angst zu haben.«

»Ich habe Schuld an meinem Tod, nicht wahr?«, murmelte Johanna. »Ich durfte die Kirschen nicht nehmen und habe es trotzdem getan. Das ist meine Strafe.«

»Nein!« Halei und Anna antworteten gleichzeitig. Anna sah sich um.

Halei spürte, dass seine Anwesenheit und seine Worte zu ihr durchgedrungen waren. Dass er für einen kurzen Moment die Mauer durchbrochen und ihre Gedanken berührt hatte.

»Nein«, wiederholte sie jetzt. »Du hast keine Schuld. Die Kirschen haben mit deiner Krankheit nichts zu tun.«

»Aber sie wird doch wieder gesund, Anna!« Ursula kniete neben dem Lager nieder, deckte ihre Tochter zu und küsste sie auf die Stirn.

Anna stand auf und hob die Hände. Mit dem Finger zog sie eine Linie in der Mitte ihrer Stirn, so als ob sie ihre Gedanken in eine Rettung versprechende Ordnung zwingen wollte. Dann schluckte sie und sah ihre Freundin an. Als sie sprach, klang ihre Stimme leise und hoffnungslos.

»Es ist kein gutes Zeichen, Ursula. Dass Johanna keine Schmerzen mehr hat, bedeutet ein weiteres Fortschreiten der Krankheit. Ich habe es schon viele Male gesehen.« Sie ging um das Lager herum, auf dem das Kind nun wieder mit geschlossenen Augen lag, und umarmte Ursula. »Es tut mir so leid. Es wird nicht mehr lange dauern.«

»Du musst etwas machen, Anna!« Ursula spie die Worte in den Raum. »Du darfst sie nicht sterben lassen!«

Anna seufzte und zögerte einen Augenblick. In ihrer besorgten Miene sah Halei auch die Liebe zu dem kranken Kind und die große Zuneigung zu Ursula. Er rührte sich nicht. Stand auf seinem Platz an der Wand, füllte mit seiner Anwesenheit den Raum aus und wartete. Johannas Herz schlug nun langsamer, und die Seele löste sich von ihrem irdischen Gast. Er würde ihr helfen, sie führen und leiten. Das war seine Aufgabe.

Er stand da, blickte in Annas Gesicht und wartete.

Sie kämpft, dachte er, als sie begann, den kleinen Körper mit nassen Laken zuzudecken, um das Fieber zu senken. Mit schnellen Bewegungen flößte sie dem Mädchen Wacholdersud ein und sprach ein Gebet.

Dein Wille ist stark!

Anna fuhr hoch.

»Was?« Sie lauschte, schüttelte den Kopf und wandte sich wieder Johanna zu.

Hatte sie ihn gehört?

Sie wird sterben, versuchte er es ein weiteres Mal. Die ruckartige Bewegung ihres Kopfes zeigte ihm, dass er recht hatte. *Ich bin in deinen Gedanken. Du kannst mich hören.*

Annas Hände hielten mitten in ihrer Arbeit inne.

Johanna stirbt, aber sie hat keine Angst. Sie ist bereit zu gehen.

»Nein! Ich will sie nicht aufgeben!« Annas Finger flogen jetzt über den Leib des Mädchens auf der Suche nach Erleichterung und Heilung. »Bleib hier.« Anna legte eine Hand auf Johannas Stirn.

Johanna lächelte. Dann sackte ihr Kopf zur Seite und ihr Blick verlor sich.

Eine Träne lief über Annas Wange und fiel auf die Decke des Krankenlagers. Langsam ließ sie sich auf die Knie sinken.

»Ich kann nicht mehr helfen, Ursula«, sagte sie und versuchte, das Entsetzen in den Augen der Freundin zu ertragen.

Halei konnte sich nicht von Anna lösen. Ihre Trauer über den Tod des Mädchens hielt ihn wie ein Band in ihrer Nähe. Noch Stunden, nachdem Johanna gestorben war und er sie an ihren Bestimmungsort geleitet hatte, hielt Anna ihre Freundin in den Armen und versuchte, ihr Trost zu spenden. Gemeinsam hatten sie Johannas Körper gewaschen, dem Kind ein sauberes Gewand angezogen und es zur Leichenwache bereit gemacht.

Ursula war arm. Seelenschwestern, Klageweiber oder gar ein Totengeläut konnte sie nicht bezahlen. So würde Johanna still, und ohne dass ihr Tod gehört werden würde, begraben werden. Das Mädchen war ein Bastard gewesen. Tochter eines Kölner Kaufmannes, bei dem Ursula als Dienstmagd gearbeitet und dabei ihrem Herrn zu sehr gefallen hatte. Er hatte seine natürliche Sorgepflicht als Vater ernst genommen und Ursula jeden Monat mit einem kleinen Geldbetrag ausgestattet, der ihr und dem Kind ein Auskommen sicherte. So weit zu gehen, Johanna als uneheliches Kind in seinen Haushalt aufzunehmen, wie es durchaus üblich war, hatte er nicht gewagt.

Jetzt war Johanna tot, der Kaufmann von seinen Pflichten befreit, und Ursula würde Hilfe bei der Suche nach einer neuen Arbeit benötigen.

Halei konnte die Gedanken, die durch Annas Kopf jagten, während sie durch die Gassen zum Beginenhof zurückging, so deutlich hören, als ob sie zu ihm sprechen würde. Sie würde Ursula helfen, eine Stelle als Magd in einem der großen Höfe am neuen Markt oder als Dienstmädchen in einem der Gildenhäuser zu bekommen. Wenn Ursula wollte, würde sie auch einen Platz in der Gemeinschaft der Frauen finden.

Anna hilft denen, die sie liebt, dachte Halei. Bedingungslos. Ohne nach ihrem eigenen Vorteil zu fragen. Ihr starker Wille treibt sie vorwärts, schärft ihren Verstand und öffnet ihren Geist.

Annas Trauer um Johanna verblasste hinter den Plänen, die sie entwarf, um Ursula zu helfen. Das Band zwischen ihr und Halei wurde mit jedem Schritt schwächer und löste sich langsam auf. Trotzdem wollte er sie nicht verlassen, wollte Teil ihrer Gedanken, Teil ihrer Liebe sein.

Halei blieb stehen, erstarrte und versuchte zu verstehen, was mit ihm geschah. Es fühlte sich fremd an, schwer. Wie eine Last, die ihm aufgebürdet worden war. So als ob ein Teil seines Wesens mit einem Mal eine Substanz bekommen hätte, die ihn an die Erde, an den Schlamm der Straße band. Er wollte Teil von Annas Welt sein. Er wollte …

»Überlege dir gut, was du tust!« Die raue Stimme des Bettlers, der neben ihm an der Hauswand lehnte, ließen ihn innehalten. Die schmutzigen, löchrigen Lumpen des Mannes gaben mehr von der hageren Gestalt Preis, als sie verdeckten. Seine Wangen waren eingefallen, die Augen blutunterlaufen. Nur seine Stirn hinter den fettigen Strähnen strahlte in einem silbrigen Licht. Er stützte sich auf einen Ast, der wie eine Krücke unter seiner Achsel klemmte.

Halei schwankte. Getrieben von dem Wunsch, Anna zu folgen, und gehalten von den Worten, die der andere wie ein Schwert gegen ihn erhoben hatte.

»Es ist nicht deine Bestimmung, Halei«, flüsterte der Bettler. Die Schärfe in seinem Tonfall war einer Sanftheit gewichen, die sich mit den nächsten Worten in Verlockung verwandelte: »Das Leid und die Not der Menschen berühren dich nicht. Du kannst keinen Schmerz empfinden, keine Angst. Du bist der Bote. Der Engel. Nichts kann dich verletzen.«

»Aber ich fühle.«

»Du bist ein Werkzeug. Ein Teil des großen Ganzen. Du fällst keine Urteile. Kennst keine Liebe und keinen Hass.«

Halei sah auf Anna, die sich langsam entfernte. Er wollte ihr folgen.

»Du ahnst die Liebe.« Der Bettler musterte ihn, folgte dann seinem Blick und lächelte. »Die Liebe bringt den Schmerz.«

Halei hörte seine Worte. Sie hatten keine Bedeutung für ihn. Nicht mehr. Er musste Anna folgen und sich ihr zu erkennen geben.

»Dein Wille?«, fragte der Bettler.

»Ja.«

»Warte!« Der Bettler hob die Hand. In stummer Geste legte er einen Finger auf seine Lippen, rutschte mit dem Rücken die Hauswand hinunter und zog die Knie an. »Ein Engel hat keinen eigenen Willen, Halei. Er ist Diener und Bote, Helfer und Beschützer, so wie es ihm aufgetragen wird. Dein Wille würde dich an die Erde binden und dir den Zugang zu unserem Reich verschließen, ohne dir jedoch den Weg zu den Menschen zu öffnen.«

»Ich werde zu ihr gehen.«

»Sie wird dich nicht bemerken.«

»Es muss einen Weg geben!«

»Du bist ein Engel, Halei. Um bei einem Menschen zu sein, musst du selbst ein Mensch werden.«

Halei schwieg.

»Sterblich sein. Leid und Not und Schmerz empfinden.«

»Und Liebe.«

Der Bettler lachte und stand auf. »Ja. Und Liebe.« Er verlagerte sein Gewicht, lehnte nun mit einer Schulter an der Wand und kratzte sich mit dem Ast die Reste seiner Sandalen von den Füßen. »Der Preis ist hoch.«

»Ich will es.«

Mit zerschundenen Händen raffte der Bettler die Reste seiner Lumpen um seine Schultern und vergrub die Hände darin.

»Was muss ich tun?« Halei beugte sich vor und schrie ihm die Frage ins Gesicht. Der Bettler reagierte nicht. Seine Augen wurden trübe, er sackte in sich zusammen und rülpste. Als er wieder aufblickte, war alles Wissende aus seinem Blick verschwunden.

Halei richtete sich auf. Sein Wille. Sein eigener Wille. Er hatte eine Entscheidung getroffen.

Etwas Heißes, Nasses lief über seine Wange. Er konnte es spüren, so als ob seine Haut aus Fleisch und Blut wäre. Er schluckte. Er war kein Mensch. Er war ein Engel. Ein Engel, der weinte.

Drei

»Du hast einen Schock, Liebes. Atme bewusst und entspann dich. Das wird dir guttun.« Die sanfte Frauenstimme lockte Nia aus dem Dämmerschlaf.

»Tante Yari«, murmelte sie, ohne die Augen zu öffnen.

»Ich bin da, Kind.«

Nia nickte.

»Du bist in einem Krankenhaus. Du hattest eine Art Unfall und deine Lebensenergie hat Schaden genommen.« Yari räusperte sich und verteilte Heilsteine in schillernden Farben auf Nias Decke. »Ich werde darauf achten, dass deine Chakren heilen.«

»Ich hatte keinen Unfall, Tante Yari, ich hatte ...« Nia verstummte und richtete sich auf. Ihre rechte Hand war verbunden und in ihrem linken Arm steckte eine Kanüle, durch die ein steter Strom an klarer Flüssigkeit in ihre Adern lief.

»Salz und Glucose«, beeilte sich Yari zu erklären, »sonst nichts.« Sie streckte die Finger aus und strich Nia beruhigend über den Handrücken. Dabei flüsterte sie leise einen monotonen Singsang, den Nia nicht verstand, von dem sie aber wusste, dass er eines von Yaris Mantras sein musste. Damit fand ihre Tante zu dem, was sie für Ruhe und Gelassenheit hielt, tief davon überzeugt, ihr inneres Strahlen auch auf ihre Umwelt abgeben zu können. Seit sie in den achtziger Jahren in orangefarbenen Gewändern einem Guru gefolgt war, in dessen Ashram zu heftiger Glückseligkeit gefunden und in deren Folge ihr Leben und ihren Namen geändert hatte, war Nias Tante im festen Glauben, alles ließe sich durch richtiges Atmen und Konzentration regeln. Gertrud Bayari Premal Welsch flatterte ab diesem Zeitpunkt wie ein Schmetterling von einer esoterischen Strömung zur nächsten, jedes Mal absolut überzeugt von ihrem Tun und Handeln und auch davon, die Welt oder ihre Mitmenschen zu retten. Manchmal auch beides voreinander.

Nachdem ihre Eltern ermordet worden waren, hatte Nia bei

ihrer Tante Trost, ein chaotisches Zuhause und eine unerschöpfliche Liebe gefunden, mit der sie die Lücke fast hatte schließen können. Fast.

»Es war kein Unfall! Ich habe …«

»Atmen, Schatz, atmen. Beruhige dich.«

»Er wollte mich vergewaltigen.« Nia starrte auf den weißen Bettbezug ihres Plumeaus.

»Hat er aber nicht. Du hast dich gewehrt. Erfolgreich.« Yaris Stimme hatte alle Sanftmut verloren.

»Was ist mit Krahwinkel?«, fragte Nia leise, obwohl sie die Antwort schon ahnte.

»Eine Autofahrerin hat dich auf der Straße zwischen Mechenich und Immendorf gefunden. Du warst vollkommen blutbeschmiert und nicht in der Lage, ihr zu sagen, was passiert war.«

»Ist er tot?«

»Der Notarzt hat erst mal deine Schusswunde versorgt und festgestellt, dass du unter akutem Schock standest, mit allem, was dazugehört.« Yari sah Nia besorgt an. »Du warst total desorientiert.«

Nia schwieg und sah ihre Tante an.

Die wich dem Blick aus, räusperte sich und rutschte unbehaglich auf ihrem Stuhl hin und her. Mit einer Hand klemmte sie sich eine Strähne ihrer rostroten Locken hinter das Ohr, mit der anderen rieb sie über den Stoff ihrer Jeans, als ob sie frieren würde.

»Der Arzt will nicht, dass du dich aufregst, Liebchen.« Sie verschränkte ihre Arme vor der Brust. »Und ich fände das auch besser.«

Nia schluckte. »Also ist er tot.« Eine Feststellung.

»Ja, aber …«

»Habe ich ihn getötet?« Mit einem Mal wünschte sich Nia, ihre Tante würde genauso ausweichend antworten wie zuvor. Sie wusste, dass es so war, aber sie wollte es nicht aus dem Mund eines anderen hören. Damit bekäme es eine andere Bedeutung, würde aus dem Gefühl und der Erinnerung heraus in die Realität gezerrt, und sie würde sich dem stellen müssen.

»Er ist im Krankenhaus gestorben. Gestern.«

»Gestern? Wie lange ...«

»Zwei Tage«, unterbrach Yari sie. »Du hast geschlafen. Warst zwischendurch wach, aber verwirrt.« Sie seufzte.

»Er war es.«

Nia spürte, wie ihr die Tränen in die Augen schossen. Sie blinzelte und hob ihr Gesicht in die Höhe. Nicht weinen.

»Er hat Mama und Papa umgebracht.«

»Das weißt du doch nicht, Kind.«

»Doch. Seit vier Tagen.«

»Aber ...« Yari brach ab und starrte sie stumm an.

»Ich habe ihn gesucht, wollte ihn festnehmen, ihn seiner gerechten Strafe zuführen, verhindern, dass er noch mehr Menschen tötet. Ich wollte ihn nicht umbringen.«

»Es ist schrecklich, was geschehen ist, aber dich trifft keine Schuld. Krahwinkel hat Tim erschossen und versucht, dich zu töten. Du hast dich nur gewehrt.«

»Tim.« Nia schloss die Augen. Er war bei ihr gewesen. Jetzt wusste sie es wieder. Alles in ihr krampfte sich zusammen. Tim. Ihre Schuld. Krahwinkel hatte ihretwegen noch einen Menschen getötet. »Lass mich allein, Tante Yari, ich möchte jetzt allein sein.«

»Nein, auf keinen Fall werde ich gehen, Kind!«

»Bitte!« Nia schluckte. Yari meinte es gut. Zu gut.

Für einen Moment lockte Nia die Vorstellung, sich wieder wie ein kleines Mädchen in ihre Arme zu flüchten, zu weinen und darauf zu warten, dass die Dinge für sie geregelt wurden. Aber diese Zeit war vorbei. Sie selbst hatte sie beendet.

Sie wusste, was zu tun war, und sie wusste, was ihre Tante hören wollte.

»Ich muss mich konzentrieren können, um meine Gedanken und meine Trauer zu verarbeiten.« Sie mühte sich ein Lächeln ab. Gut geübte Fassade.

»Bist du sicher?«

Nia nickte. Sie war sich sicher.

Ihre Tante stand auf, beugte sich über Nia und küsste sie auf die Stirn. Dann nahm sie ihren Rucksack, ging auf die Zimmertür zu und drehte sich noch einmal um. Sie öffnete den Mund, um etwas zu sagen, überlegte es sich aber anders und lächelte zaghaft.

»Du bist hier in der Klinik sehr gut aufgehoben. Du schaffst das, Liebes! Wenn du es willst, dann schaffst du es.«

Die Tür schloss sich mit einem leisen Knacken, und Nia war allein.

Krahwinkel hatte seine Schuld bezahlt. Krahwinkel war tot. Sie hatte ihn getötet. Hatte ihre Eltern und Tim gerächt. Nias Magen krampfte sich wieder zusammen. Hart. Wie eine Faust. Sie würgte. Rang nach Luft. Sie hatte einen Menschen getötet. Hatte sich gleichgemacht mit dem, den sie verurteilt, dem sie Bestrafung geschworen hatte. Sie war wie Krahwinkel. Jetzt musste sie ihre eigene Schuld bezahlen.

Für einen Moment versuchte Nia sich vorzustellen, wie es wäre, wenn sie nun einfach weitermachen würde. Ihren Beruf. Ihre Freunde. Ihr Leben. Es gelang ihr nicht. Es gab kein Weiter.

Langsam schob sie ihre Beine aus dem Bett und setzte die nackten Füße auf den Linoleumboden. Er war eiskalt. Sie nahm ihre Schuhe und zog sie an. Mit den beiden freien Fingern ihrer rechten Hand löste sie das Pflaster der Kanüle und zerrte die Nadel aus dem Arm. Ein Tropfen bildete sich an der Einstichstelle, verdünntes Blut, der rasch größer wurde, ihren Arm hinunterlief und auf den Boden fiel.

Nia stand auf, ging zur Tür und öffnete sie. Krahwinkel hatte bezahlt. Nun war sie an der Reihe.

Sie trat auf den Flur und suchte den Eingang zum Treppenhaus, das sie auf das Dach des Krankenhauses führen würde.

Unter ihr schoben sich die Autos wie Ameisen über die Rheinuferstraße. Rechts und links aneinander vorbei, gegenläufig, getaktet nach dem Auf und Ab der Ampeln, scheinbar planlos und doch zusammenhängend. Ein großes Ganzes.

Ein Stück weiter links winkelten die neuen Kranhäuser ihre oberen Etagen weit nach vorne. Die Glasfronten spiegelten das dumpfe Tageslicht, ohne indiskrete Blicke in ihr Inneres zu gestatten.

Investoren hatten erst vor einigen Jahren das gegenüberliegende Bürgerhaus Stollwerk gekauft und gegen die Proteste der Künstler und Musiker eine Privatklinik daraus gemacht. Nia konnte sich nicht erklären, wieso sie hierhin und nicht ins Severinsklösterchen, das öffentliche Krankenhaus der Südstadt, gebracht worden war. Es war auch gleichgültig, wo sie war. Ein anderes Krankenhaus hätte an ihrer Situation nichts geändert.

Radfahrer, Inliner und Fußgänger schlängelten sich durch die Häuserschluchten. Mit fließenden Bewegungen ahmten sie, ohne es zu ahnen, den Weg des Rheinwassers nach, stetig und immer im Fluss. Mit und gegen den Strom. Lebensstrom.

Die Stadt pulsiert, dachte Nia, streifte ihre Schuhe ab und stellte sie nebeneinander auf den Boden. Dann trat sie an den Rand des Daches.

»Wollen Sie das wirklich?« Die Stimme eines Mannes dröhnte in ihrem Ohr, als ob er direkt neben ihr stehen würde. Sie fuhr herum.

Er lehnte an einem Kaminschacht in fünf Meter Entfernung, die Arme verschränkt, und sah sie an. Seine Jeans hatte diese Art von Löchern, die Abnutzung vortäuschten und Geld verrieten. Das weiße Hemd hing locker darüber, wie nur kurz übergestreift. Nia hasste diese Art, sich zu kleiden. Sie fand sie arrogant.

»Wollen Sie wirklich da hinunterspringen?«, wiederholte er seine Frage und schob mit der Hand sein langes Haar über die Stirn nach hinten.

»Ich habe eine Rechnung zu bezahlen.« Sie wunderte sich über den gleichgültigen Ton ihrer Worte. Über die Schulter hinweg starrte sie ihn weiter an. Sie hatte das Gefühl, als ob er trotz der Entfernung zwischen ihnen dicht bei ihr stünde.

»Mit ihrem Leben?« Er löste sich von der Mauer und kam langsam auf sie zu.

»Mit meinem Tod.« Sie lachte bitter auf.

»Wer ist das wert? Krahwinkel?«

Nia schüttelte den Kopf.

»Ihr Kollege?«

»Tim war mehr als ein Kollege.«

»Darf ich?«, fragte er beiläufig, als er sie erreicht hatte, und setzte sich neben sie auf die Kante des Flachdachs.

»Woher wissen Sie von all dem?«

Er schwieg.

»Sind Sie Arzt?«

»Nein.« Er hielt seinen Blick auf eines der Containerschiffe gerichtet, das sich gegen den Strom quälte. Die kleine Bugwelle teilte sich, lief am Bootsrumpf entlang und breitete sich hinter dem Schiff wie ein Fächer aus.

»Psychologe?«

Er lächelte sie an.

Nia spürte den Beton unter ihren nackten Füßen. Kleine, spitze Steine bohrten sich in ihre Haut. Sie ging einen Schritt zur Seite, hockte sich auf den Boden und umschlang ihre Knie mit den Armen.

»Ich hätte ihn nicht ...« Sie brach ab, schluckte und kauerte sich noch mehr in sich zusammen. »Ich hätte ihm nichts davon erzählen dürfen. Es war klar, dass er mir dann helfen würde. Auch wenn ich es nicht gewollt hätte. Es ist meine Schuld, dass er tot ist.«

»Hat er immer getan, was Sie von ihm wollten?«

»Nein, natürlich nicht!«

»Warum sind Sie dann so vermessen zu glauben, Sie hätten sein Handeln bestimmt?« Er hob seine Hand und legte sie ihr auf die Schulter.

»Ich habe nicht ...« Sie verstummte. Wie in einem Film sah sie sich hinter Tim herlaufen. Gebückt. Lauernd. Jäger. Sie beide. Tim hatte Jagd gemacht auf Krahwinkel, den gesuchten Verbrecher. Nicht auf den Geist ihrer Vergangenheit, von dem er nichts gewusst hatte.

Der Mann stand auf und löste die Verbindung zwischen ihnen.

»Sie entscheiden, was geschieht, Nia.« Er wandte sich ab und ging wieder zu der Kaminmauer, an der er gestanden hatte, als sie ihn vor einigen Minuten bemerkt hatte.

Nia schloss die Augen und atmete tief ein. Langsam ließ sie die Luft aus ihren Lungen entweichen. Der Puls des Lebens auf der Straße kroch in ihren Körper. Sie fühlte sich erleichtert. Sie fühlte sich lebendig. Und sie fühlte sich immer noch schuldig. Aber es war eine andere Art von Schuld – nicht mehr ausschließlich und ausweglos.

Es gab ein Weiter.

Sie wandte sich um, ein zaghaftes Lächeln auf den Lippen. »Ich werde mich …« Erstaunt hielt sie inne.

Er war nicht mehr zu sehen.

Nia stand auf, ging zu dem Kaminschacht und umrundete ihn. Sie lief auf die Tür zu, die zum Treppenhaus führte.

Die Tür war verschlossen. War sie das gewesen?

Sie öffnete die Tür und betrat das Treppenhaus. Kühle Stille umgab sie, und die Geräusche der Stadt drangen nur gedämpft zu ihr hinein. Sie lauschte, konnte aber keine Schritte hören. Nia zuckte mit den Schultern. Wer wusste schon, welche geheimen Wege es auf das Dach gab? Die Mitarbeiter des Hauses kannten sich hier sicher bestens aus.

An der Treppe blieb sie stehen und starrte auf die Stufen. Wollte sie wirklich hinuntergehen? Nia drehte den Kopf und blickte nach draußen, zum Rand des Daches. Über der Mauer aus roten Klinkern erhob sich ein strahlend blauer Himmel. Es wäre nur ein einziger Schritt. Aber die Rechnung auf diese Weise zu begleichen, schien ihr nicht mehr die einfachste, sondern die billigste Art zu sein. Sie umklammerte mit ihrer linken Hand das Geländer, bis die Knöchel weiß hervortraten, und holte tief Luft. Dann stellte sie ihren Fuß auf die oberste Stufe. Sie würde diesen Psychologen finden und ihn bitten, ihr zu helfen.

»Frau Hallmann, wo waren Sie? Wir haben Sie bereits vermisst.« Die Schwester schob ein freundliches Lächeln über den vorwurfsvollen Tonfall ihrer Frage. »Sie sollten nicht einfach aus dem Zimmer verschwinden.«

»Ich möchte gerne mit dem Psychologen sprechen«, stoppte Nia sie, bevor sie sich weiter in Rage redete. »Wenn es möglich ist«, fügte sie etwas freundlicher hinzu.

Britta Dünkens, so hieß die Schwester laut Namensschild,

presste die Lippen zusammen, ging über den Flur zu Nias Zimmer und hielt ihr die Tür auf. »Legen Sie sich jetzt erst mal wieder hin. Dann sehen wir weiter. Ich werde dem Doktor Bescheid geben.«

Als Nia an ihr vorbei in den Raum trat, legte die Schwester ihr eine Hand auf den Rücken und schob sie mit sanftem Druck in Richtung des Bettes. Dann richtete sie den Beistelltisch aus, rückte die Wasserflasche und das Glas zurecht und drapierte den Notrufknopf in Nias Reichweite.

»Ich habe eben noch mit ihm gesprochen.« Nia schlüpfte unter die Decke. »Auf dem Dach«, setzte sie hinzu und bereute es sofort.

»Was wollten sie denn auf dem Dach, Frau Hallmann?« Die Schwester zog eine ihrer sorgfältig gezupften und mit dunklem Kajal nachgezogenen Augenbrauen hoch.

»Ich musste nachdenken.« Das war zumindest nicht gelogen.

Die Schwester holte hörbar Luft, reckte ihr Kinn in die Höhe und räusperte sich. Dann drehte sie sich um, ging zur Tür und legte die Hand auf die Klinke.

»Der Doktor«, sie machte eine Pause, wandte sich noch einmal zu Nia um und nickte, »der Doktor wird gleich bei Ihnen sein.«

»Danke.« Nia war sich nicht sicher, ob die Schwester es noch gehört hatte. Es war auch nicht wichtig. Wichtig war nur, dass der Psychologe zu ihr kam und sie Hilfe bei ihm finden konnte. Denn sie war, dass wusste sie, trotz ihrer Entscheidung gegen die schnelle Lösung, nicht so sicher, wie sie vielleicht nach außen hin wirkte. Ganz im Gegenteil. Nia hatte Angst. Angst vor dem, was war, und vor dem, was kommen würde. Indem sie sich entschieden hatte, das, was kommen würde, überhaupt zuzulassen, musste sie lernen, das, was geschehen war, zu akzeptieren.

Sie merkte, wie ihr Herzschlag sich beschleunigte, und befahl ihren Gedanken eine andere Richtung: die Schuhe. Sie hatte ihre Schuhe auf dem Dach stehen lassen. Am besten wäre es, wenn sie sofort aufstehen würde, um sie zu holen, bevor der Hausmeister sie fand und die Ärzte falsche – oder wie in ihrem

Fall die richtigen – Schlüsse zogen. In einer Fortbildung hatte sie erfahren, dass die meisten Selbstmörder ihre Schuhe auszogen und ordentlich zur Seite stellten, bevor sie zur Tat schritten. Der Dozent hatte damals auch keine Erklärung für dieses Phänomen gehabt, konnte es nur als Beobachtung wiedergeben. Nia merkte, wie sich ein kleines Lächeln in ihren Mundwinkel schob. Das wäre doch mal was. Als Proband an einer Suizidstudie teilnehmen. Nein. Das Lächeln verschwand und machte Bildern von Dunkelheit, Entsetzen und Blut Platz. Sie kämpfte dagegen an. Wollte sie nicht zulassen. Nicht denken. Handeln. Einatmen. Ausatmen. Aufstehen und die Schuhe holen, bevor es jemand anderes tat.

Sie schlug die Decke zurück und stand auf. Gerade, als sie dir Tür erreicht hatte und sie öffnen wollte, hörte sie Stimmen im Flur näher kommen. Nia verstand nicht, was gesprochen wurde. Sie beeilte sich, zurück in ihr Bett zu kommen, rückte Kopfkissen und Decke zurecht und setzte ein ihrem Gefühl nach freundliches Gesicht auf.

Hinter der Schwester betrat ein kleiner, älterer Herr im gestärkten weißen Kittel den Raum. Der Stift in seiner Brusttasche wies ihn als Chefarzt der Klinik aus. Ein befreundeter Medizinstudent hatte Nia einmal mit einem Augenzwinkern in die Zeichen der Hierarchie eingeweiht. Normale Ärzte trugen zwei oder drei, Oberärzte mindestens fünf Kugelschreiber in der Brusttasche ihres Kittels. Chefärzte führten nur einen Stift in ihrer Tasche mit sich. Den Füllfederhalter einer Edelmarke, mehr nicht.

»Frau Hallmann?« Der Arzt hatte eine fiepsige Stimme, die so gar nicht zu seinem um große Seriosität bemühten Äußeren passte.

Nia nickte.

»Mein Name ist Dr. Leisenfels. Ich bin Chefarzt der Klinik. Schwester Britta«, er wandte den Kopf und wies mit der Hand auf die Schwester, »hat mir mitgeteilt, dass Sie mich gerne umgehend sprechen möchten. Ich hätte Sie selbstverständlich ohnehin aufgesucht.« Er quietschte ein Räuspern durch die Kehle. »Später.«

»Hallo, Dr. Leisenfels.« Nia bemühte sich um ein Lächeln, als sie fortfuhr: »Eigentlich wollte ich gerne mit einem Ihrer Kollegen sprechen. Ich hatte bereits Gelegenheit dazu und würde das Gespräch gerne fortsetzen.« Wie schnell sie auf einen sachlichen Ton, der nichts von ihrer inneren Unruhe verriet, umschalten konnte!

»Wie heißt der Kollege?«

»Ich kenne seinen Namen nicht. Ich weiß nur, wie er aussieht. Und dass er vermutlich jetzt schon Feierabend oder seinen Dienst erst vor ungefähr einer Stunde angetreten hat.«

»Wie kommen Sie darauf?«

Nia musterte die beiden in ihre Krankenhausuniformen gehüllten Gestalten. »Er trug eine löchrige Jeans und ein weißes Hemd. Wohl kaum die Kleidung, die hier zum Dienst gewünscht ist.«

Dr. Leisenfels schüttelte den Kopf. »Nein. In der Tat nicht.«

Er griff zu dem Klemmbrett, das die Schwester ihm hinhielt, und blätterte in den Papieren. Vermutlich meine Krankenakte, dachte Nia und wartete darauf, dass er sich ihr wieder zuwandte.

»Und Sie haben mit ihm persönlich gesprochen, Frau Hallmann?«

»Ja.«

»Als Sie oben auf dem Dach waren?«

»Ja.«

»Wie sind Sie überhaupt auf das Dach gelangt?«

»Durch das Treppenhaus.«

»War die Tür zum Dach nicht abgeschlossen?«

»Nein, das war sie nicht.« Nia runzelte die Stirn. Was war das? Ein Verhör?

Dr. Leisenfels wandte sich an die Schwester und murmelte leise, sodass Nia Mühe hatte ihn zu verstehen: »Bitte sprechen Sie mit dem Hausmeister. Das darf nicht wieder vorkommen.«

Die Schwester flüsterte Zustimmung, und beide sahen wieder Nia an. Dr. Leisenfels räusperte sich. »Wie können Sie uns den Herrn denn noch beschreiben?«

Nia überlegte kurz. Mehr als sein Äußeres waren ihr seine

Worte in Erinnerung geblieben, aber die wollte sie hier auf keinen Fall wiedergeben. »Er war circa einen Meter fünfundachtzig groß, hatte schulterlange, beinahe schwarze Haare, die er offen trug. Über seine Augenfarbe oder andere Einzelheiten kann ich Ihnen leider nichts sagen. Darauf habe ich nicht geachtet.«

»Aber bei der Größe sind Sie sich sicher?«

»Ich arbeite bei der Polizei.«

»Nun, Frau Hallmann«, sagte Dr. Leisenfels, während er wieder in den Unterlagen blätterte, »einen Kollegen, auf den Ihre Beschreibung passen würde, haben wir hier leider nicht. Keiner unserer Ärzte hat schulterlanges Haar.«

Nia schwieg und blickte auf ihre Hände, die nebeneinander auf der Bettdecke lagen. »Ich habe mit ihm gesprochen über das, was mir passiert ist. Er wusste Bescheid«, sagte sie schließlich.

»Tja.« Dr. Leisenfels erhob sich leicht auf seine Zehenspitzen und wippte nach vorne. Er machte Anstalten, seinen Hemdkragen zu lockern, stoppte aber mitten in der Bewegung und ließ die Hand wieder sinken. »Vielleicht bringen Sie da in Ihrer Erinnerung etwas durcheinander. Immerhin hatten Sie einen Schock, und da ist es nicht ungewöhnlich, wenn ...«

»Nein, ich glaube nicht, dass ich in meiner Erinnerung etwas durcheinanderbringe, Dr. Leisenfels.« Nia richtete sich in ihrem Bett auf. »Ich habe mit ihm gesprochen, und er hat gesagt, er sei Psychologe hier im Haus.«

Dr. Leisenfels' Züge glätteten sich, als er lächelte, die Schwester wie zur Bestätigung ansah und dann zu Nia ans Bett trat. Er zog eine kleine Taschenlampe aus seinem Kittel und knipste sie an.

»Es tut mir wirklich leid, Frau Hallmann.« Er hob eine Hand und legte sie auf Nias Kopf. »Aber das wäre sehr ungewöhnlich, da wir keinen Kollegen dieses Fachgebietes in unserem Haus haben.«

Er sah sie ernst an. Nia konnte Zweifel und auch ein gewisses Maß an Sorge in seinem Blick erkennen.

»Besser, ich untersuche Sie jetzt noch einmal, damit wir sicher sind, nichts übersehen zu haben«, murmelte er, hob Nias Lid an und leuchtete in ihre Pupille.

Zwei Minuten später war Nia wieder allein. Das Stirnrunzeln, Kopfschütteln und leise Räuspern des Doktors sowie seine beharrliche Weigerung, Nia über den Stand seiner Schlussfolgerungen zu unterrichten, setzten ihr zu und verwirrten sie. War sie wirklich krank? Sie betrachtete den Verband an ihrer Hand. Bisher war sie davon ausgegangen, dass das der einzige körperliche Schaden war, den sie auf dem Schrottplatz erlitten hatte. Die anderen Verletzungen waren mit Nähten, Salben und Verbänden nicht zu heilen. Die würde sie zu den anderen packen, zu den alten, den Deckel wieder schließen und versuchen, nicht mehr daran zu denken, bis der Moment kam, wo sie sich ihnen stellen wollte. Oder, und das machte ihr in diesem Moment die größte Angst, hatte sie sich das alles nur eingebildet? War der Schock so groß gewesen, dass sie halluzinierte? Sie würde Dr. Leisenfels danach fragen. Aber dann dachte sie daran, wie er sie angesehen und bedächtig mit dem Kopf hin- und hergewackelt hatte, so als ob sie ein kleines Kind mit einer fixen Vorstellung oder eine Irre wäre. Nein, Dr. Leisenfels war nicht der Arzt ihres Vertrauens. Sie musste es selbst herausfinden. Auf dem Dach. Jeden ihrer Schritte nachgehen und sich erinnern. Und nebenbei die Schuhe holen.

Nia schaute auf ihre Armbanduhr, die auf dem Beistelltisch lag. Halb zwölf. Wenn sie sich recht erinnerte, hieß das in einem Krankenhaus: Mittagszeit. Sie beschloss, bis nach dem Essen zu warten, und dann einen neuen Vorstoß zu wagen. Vermutlich würden dann auch die Krankenschwestern einen kleinen Plausch in ihrem Pausenraum halten, und es würde nicht direkt auffallen, dass sie schon wieder verschwunden war.

Sie schloss die Augen, atmete tief durch und versuchte, an nichts zu denken.

»Ich glaube, sie schläft!« Yari flüsterte in einer Lautstärke in den Raum hinein, dass Nia, wenn sie wirklich geschlafen hätte, nun mit Sicherheit wach geworden wäre.

»Dann kommen wir später noch einmal wieder.« Eine kräftige Männerstimme. Nicht Dr. Leisenfels, so viel stand fest. Nia öffnete die Augen, drehte den Kopf und starrte an die Decke.

»Ich schlafe nicht.«

»Ach, Schätzchen, das ist gut.« Yari flatterte vollends ins Zimmer. Ihre Haare umgaben sie wie eine tuffige, weiche Wolke, und genauso roch sie auch. Wie eine tuffige, weiche Wolke aus – Nia schnupperte kurz –, ja, Patchouli. Wald und Erde.

»Ich habe dir jemanden mitgebracht.« Yari schob einen Mann, den Nia auf Anfang vierzig schätzte, auf das Bett zu. Er wirkte groß und sportlich und trug sein sehr helles blondes Haar kurz.

»Das ist Lars, der Sohn meiner Freundin Irmgard. Sie schuldet mir noch einen Gefallen, deshalb habe ich sie gebeten, dass Lars mit dir spricht.« Die letzten Worte ihrer Tante drangen nur gedämpft zu Nia durch, da sie nun völlig hinter dem Rücken des Mannes verschwunden war. »Er ist nämlich ein Psychologe.«

»Psychiater, Frau Welsch, kein Psychologe.« Er drehte sich zu Yari um und trat einen Schritt zur Seite, sodass Nia nun wieder beide Besucher betrachten konnte. »Das ist ein Unterschied.«

»Ach, das macht nichts, Lars.« Yari strich ihm über den Oberarm wie einem kleinen Jungen, den sie trösten musste. »Auf jeden Fall ist es sehr nett, dass du uns helfen willst.«

Er nickte und lächelte sie mit einer gewissen Nachsicht an. Dann wandte er sich an Nia. »Hallo, Frau Hallmann.« Er reichte ihr seine Hand zur Begrüßung. »Ich bin Lars Altdorf. Ihre Tante meinte, Sie hätten vielleicht Bedarf …« Er unterbrach sich. »Interesse an einem Beratungsgespräch.«

Nia sah von ihm zu ihrer Tante und wieder zurück. Yari lächelte ihr aufmunternd zu und klopfte Lars Altdorf auf die Schulter.

»Er ist gut – nicht nur so ein blonder Hobbypsychologe, hat Irmgard gesagt. Sie ist sehr stolz auf ihn.«

Bei dem Wort »Hobbypsychologe« zuckte Lars Altdorf sichtlich zusammen. »Am besten ist es, Sie lassen Ihre Nichte und mich jetzt kurz allein, Frau Welsch, damit wir miteinander sprechen können.«

»Oh, wir haben keine Geheimnisse voreinander«, sagte Yari und setzte sich auf den Besucherstuhl.

»Wärst du so nett und würdest uns vorher noch eine Tasse Tee besorgen, Tante Yari? Damit redet es sich bestimmt besser.« Nia neigte den Kopf zur Seite, sah ihre Tante an und spitzte die Lippen.

»Aber natürlich!« Yari sprang auf und ging zur Tür. »Bin gleich wieder da!«

»Ich bringe es nicht fertig, sie zu enttäuschen«, sagte Nia und schaute Lars Altdorf an. »Sie ist immer so bemüht, dass es mir gut geht.«

Lars Altdorf lächelte. »Geht mir mit meiner Mutter genauso.« Er setzte sich auf den Besucherstuhl, beugte sich nach vorne und verschränkte seine Hände ineinander. »Wollen Sie überhaupt mit mir sprechen? Immerhin haben wir Sie eben ohne Vorwarnung überfallen, und sicher haben Sie bereits mit einem Kollegen Kontakt aufgenommen.«

Nia schüttelte den Kopf.

»Wollten Sie nicht, oder hat man Ihnen keinen geschickt?«

»Ich dachte, ich hätte mit einem gesprochen, aber das stellte sich dann als Irrtum heraus.«

»Was? Dass Sie gesprochen haben?«

»Er war wohl kein Psychologe.«

»Aber er hat Ihnen geholfen.«

Nia überlegte. Dann sagte sie: »Doch, ich denke, er hat mir geholfen.« Sie betrachtete ihre Hände. »Sehr sogar.«

»Wenn das der Fall ist, sollten Sie auch weiterhin mit ihm reden, Frau Hallmann.«

»Dann wären Sie ja völlig umsonst hergekommen.«

»Nein, nicht umsonst.« Er grinste und sah auf einmal aus wie ein Junge, der etwas ausgefressen hatte. »Wir haben Ihre Tante und meine Mutter glücklich gemacht. Das ist doch etwas.«

Nia musste gegen ihren Willen lachen.

»Das hilft ja schnell, was Lars da mit dir bespricht, Kind.« Yari hatte mit dem Ellbogen die Türklinke heruntergedrückt und balancierte drei dampfende Teetassen vor sich. »Grüner Tee, ohne Aromastoffe. Das war das Vernünftigste, was ich hier finden konnte.« Sie schüttelte den Kopf, und ihre Locken stoben auseinander. »Man sollte meinen, hier ginge es darum, die Menschen zu heilen, aber stattdessen geben sie ihnen Aromastoffe und Geschmacksverstärker zu trinken.«

Sie reichte die Tassen weiter und prostete den beiden zu. »So. Dann wollen wir mal anfangen.« Erwartungsvoll blickte sie Lars Altdorf an.

»Wir sollten nichts überstürzen, Frau Welsch. Es ist Nias Entscheidung, wann sie mit mir sprechen will. Sie sollten sie nicht drängen.«

»Ich dränge dich doch nicht, Kind, oder?«

»Nein, das tust du nicht, Tante Yari.«

»Also gut.« Yari stellte ihre Tasse ab, klatschte einmal in die Hände und meinte dann: »Wir werden morgen wiederkommen, Apollonia. Lars und ich.« Sie wandte sich an Lars Altdorf, während sie ihn auf den Flur schob. »Dann wird Nia mit dir sprechen wollen. Heute ist es vielleicht wirklich etwas zu viel.«

Nia stand auf, öffnete ihren Kleiderspind und zog einen Morgenmantel heraus. Yari musste in ihrer Wohnung gewesen sein und frische Kleidung und Waschzeug eingepackt haben. Auch ihr Buch »Der Werwolf von Köln«, das sie gerade angefangen hatte, lag auf der sauberen Unterwäsche. Nia spürte mit einem Mal eine große Zuneigung und Liebe zu ihrer Tante. Trotz ihrer manchmal sehr seltsamen Ansichten, ihres chaotischen Auftretens und ihrer sehr direkten Art meinte sie es doch immer gut und achtete auch auf kleine Details, die ihr, Nia, eine Freude machen könnten.

Die Mittagszeit war mittlerweile vorbei. Sie hatte beschlossen, heute auf ihr Essen zu verzichten, nachdem die Schwester das Tablett mit dem abgedeckten Teller und einem kleinen Glasschüsselchen Pudding in ihr Zimmer gebracht und sie einen Blick unter den Plastikdeckel geworfen hatte.

Vorsichtig öffnete sie die Tür zum Flur und streckte den Kopf hinaus. Leer. Aus dem Schwesternzimmer hörte sie gedämpftes Gelächter. Auch das Personal hatte sich eine Pause verdient. Nia blickte auf die große Uhr, die in der Mitte des Ganges wie auf einem Bahnsteig hing und deren Sekundenzeiger langsam vorwärts ruckte. Das Ziffernblatt strahlte im gleichen Weiß wie die Wände, nur die Zeiger ragten wie schwarze Finger in den Raum und wiesen jeden auf die Stunden, Minuten und Sekunden hin, die er hier verbrachte.

Nia ging über den Flur, vorbei an der Scheibe zum Schwesternzimmer. Möglichst ruhig, jede hektische Bewegung vermeidend, um nicht aufzufallen. Dann hatte sie die Tür zum Treppenhaus erreicht, drückte sie auf und lief die Stufen nach oben in Richtung Dachausgang. Die schwere Feuerschutztür war verschlossen. Nia rüttelte daran und drückte die Klinke mit aller Kraft nach unten, aber die Tür öffnete sich nicht.

»Mist«, murmelte sie und lehnte sich mit dem Rücken gegen das Türblatt. Sie spürte die Kälte des Metalls durch den dünnen Stoff ihres Morgenmantels.

Der Hausmeister fiel ihr ein. Hatte nicht Dr. Leisenfels die Schwester instruiert, dem Hausmeister Bescheid zu geben? Es schien, als ob der gute Mann seinen Job nicht nur gründlich, sondern auch schnell erledigte. Aber vielleicht war er nicht nur schnell und gründlich, sondern auch noch ordentlich und bewahrte seine Schlüssel an einem beschrifteten Brett in seiner Werkstatt auf, wo auch immer die war.

Nia kehrte um und ging die Treppe wieder hinunter, an der Tür zu ihrer Station vorbei, bis in den Keller. Wieder eine Feuerschutztür. Diesmal ließ sich die Klinke ohne Probleme niederdrücken, und die Tür gab nach.

Der Gang hatte die gleichen Maße wie sein Zwilling auf ihrer Station. Nur waren die Wände hier nicht weiß, sondern bis auf halbe Höhe in einem hellen Grau gestrichen. Ein breiter roter Streifen trennte es von dem abgenutzten Beige darüber.

Auch strahlten die Lampen nicht wie in den Patientenfluren einen warmen, anheimelnden Schein aus. Ihr kaltes Licht überzog den Boden und die Wände mit blauem Schimmer. Nia fror.

Sie kannte diese Art von Gängen aus ihrer Ausbildung. Hier unten waren nicht die Bereiche für die Patienten. Zumindest nicht, solange die Ärzte noch irgendetwas für sie tun konnten. Hier ging es nicht mehr um das Leben, sondern um den Tod. Hinter einer dieser Türen warteten die Verstorbenen auf die letzte Etappe ihrer Reise. Aber irgendwo hier unten würde sie auch die Werkstatt des Hausmeisters finden. Nia hoffte inständig, bei ihrer Suche nicht den Eingang zur Kühlkammer zu erwischen. Sie zog ihren Mantel enger um sich und ging los. Neben den Türen hingen kleine Plexiglasschilder. Auf fast allen stand die Bezeichnung dessen, was sich dahinter befand. Sogar einen Hygieneartikelvorratsraum gab es. Und die Werkstatt.

»Wusste ich es doch!« Sie war fast stolz auf sich, bis ihr aufging, dass sie im Begriff war, einen Einbruch zu begehen. Nia zögerte. Wenn die Tür abgeschlossen war und sie Gewalt anwenden musste, dann wäre es definitiv ein Einbruch. Sie legte die Hand auf die Klinke. War sie offen, dann wäre es kein Einbruch – sie würde aufs Dach gehen, ihre Schuhe holen und eine Weile nachdenken, und dann würde sie den Schlüssel sofort wieder zurückbringen.

Die Tür war offen. Nia knipste das Licht an und betrat den Raum. Er war kleiner, als sie erwartet hatte, aber der Ordnungssinn des Hausmeisters entsprach dem Bild, das sie sich von ihm gemacht hatte. Auch wenn er diesen Raum vermutlich nicht einfach so hätte offen stehen lassen dürfen. Nun, jeder hatte eine Schwäche.

Ordentlich beschriftet hingen die Schlüssel an einem Brett. Ein Griff, und sie versenkte ihre Eintrittskarte zum Dach in ihrer Bademanteltasche.

Nia trat auf den Gang hinaus, als sich vor ihr eine der Türen öffnete. Zuerst sah sie nur die Fußablage eines Rollstuhls, mit Füßen in hellen Strümpfen. Dann eine alte Dame, die sich lachend in ihrem Stuhl umwandte. Der Mann, dem ihr Lächeln galt, quetschte sich zwischen Türrahmen und Stuhl hindurch. Er trug eine weiße Hose und einen kurzen weißen Kittel. Vermutlich also ein Krankenpfleger. Nia konnte nur seinen Rücken erkennen. Ein dunkler Zopf wurde im Nacken von einem bunten Haarband zusammengehalten. Sie machte einen Schritt zurück in die Werkstatt. Hoffentlich entdeckte er sie nicht. Sie hatte schon genug Ärger. Vorsichtig sah sie um die Ecke.

Die Frau lachte wieder, schüttelte aber den Kopf, als der Pfleger in zwei Schritten Entfernung vor sie trat und die Hände nach ihr ausstreckte. Er nickte und sagte etwas. Nia strengte sich an, konnte seine Worte aber nicht verstehen.

»Nein, das kann ich nicht!« Die alte Dame schüttelte wieder heftig den Kopf, und wieder streckte er ihr als Antwort nur seine Hände entgegen.

»Das hat die letzten zwanzig Jahre schon nicht mehr funktioniert«, sagte die Frau, griff aber dennoch zu. Dann erhob sie sich sehr langsam, tastend und unsicher. Nia schien es, als dauere es eine Ewigkeit, bis sie aufrecht stand. Der Krankenpfleger verbeugte sich vor ihr wie vor einer Tänzerin, reichte ihr seinen Arm und wies auf die Fahrstuhltür, die Nia jetzt erst am anderen Ende des Ganges entdeckte.

»Natürlich dürfen Sie mich begleiten, mein Bester«, hörte sie die alte Dame auf eine weitere Frage antworten, die ihr entgangen war.

Der Pfleger ging langsam neben ihr her. Nia schien es, als ob die Gebrechlichkeit der alten Dame mit jedem Schritt mehr von ihr abfiel, als ob ihr Rücken grader und ihr Tempo schneller würde.

Die Türen des Fahrstuhls schoben sich zur Seite, und wie ein Paar, das einen Ballsaal betritt, schritten sie hinein, wandten sich einander zu, verbeugten sich leicht und drehten dann ihre Gesichter zum Ausgang. Für einen Moment war Nia von dem strahlenden Lächeln der alten Dame gefangen, in dem trotz der Falten und der eingefallenen Wangen kein Anschein von Alter mehr war. Als sie gleich darauf zu dem Pfleger blickte, hielt sie den Atem an. Es war der Mann, mit dem sie auf dem Dach gesprochen hatte. Also gab es ihn doch. Sie hatte es gewusst. Ihr war es gleichgültig, ob er ein Arzt oder ein Pfleger war. Sie wollte mit ihm sprechen.

»Warten Sie!« Nia stieß sich von der Wand ab, rannte den Flur entlang und erreichte den Fahrstuhl im gleichen Moment, in dem sich die Türen endgültig schlossen.

Auf der Anzeigetafel sah sie, dass der Fahrstuhl im Erdgeschoss anhielt.

Sie lief zum Treppenhaus, riss die Tür auf und nahm zwei Stufen auf einmal. Die langen Stoffbahnen ihres Bademantels wickelten sich um ihre Beine, und sie strauchelte. Als sie sich aus einem Reflex heraus an der Wand abstützte, fuhr ihr der Schmerz wie ein Messer in die verletzte Hand. Sie fluchte, rappelte sich auf und stolperte weiter die Stufen hinauf. In der Eingangshalle des Krankenhauses angekommen, war diese bis auf wenige Besucher leer. Der Portier schaute auf und runzelte bei Nias Anblick die Stirn. Sie folgte seinem Blick und erkannte den dunkelroten Fleck, der sich auf ihrem Verband ausbreitete. Die Wunde war wieder aufgegangen. Noch einmal sah sie sich im Eingangsbereich um, aber von der alten Dame und dem Pfleger fehlte jede Spur.

Die Schwestern saßen nicht mehr hinter der Scheibe, als Nia zu ihrem Zimmer zurückging, aber wie es aussah, hatten sie ihre Abwesenheit nicht bemerkt. Sie würde den Schlüssel zum Dach erst einmal verstecken, sich ins Bett legen und wieder zu Atem kommen. Dann könnte sie die Schwester rufen und sie bitten, nach der Wunde zu schauen und ihr einen neuen Verband zu machen.

Sie drückte die Tür leise auf, schlüpfte ins Zimmer und stockte mitten in der Bewegung.

»Geht es Ihnen besser?«, fragte er schlicht, strich sich eine dunkle Haarsträhne aus der Stirn und lächelte.

»Oh.« Nia schloss die Tür, ging langsam zu ihrem Bett und setzte sich darauf, ohne ihn aus den Augen zu lassen. Dann überlegte sie einen Moment und nickte. »Ja. Es geht mir besser.«

Er sah sie an, sagte aber nichts.

»Haben Sie jetzt Feierabend?«, fragte sie und deutete mit dem Kinn auf seine Jeans. »Eben im Keller trugen Sie doch noch Ihre Krankenpflegeruniform.«

Er zog eine Augenbraue hoch.

»Ich war dort, aber Sie haben mich nicht bemerkt.« Nia stand auf und trat ans Fenster. In dem kleinen Park vor dem Krankenhaus spielten Kinder. Im Spiegelbild des Glases sah sie, wie er auf sie zukam und dicht hinter ihr stehen blieb. Ihre Blicke trafen sich.

»Sie lachen, aber ich kann es nicht hören«, flüsterte Nia und schaute wieder auf die Kinder.

»Woher wissen Sie dann, dass sie lachen?«

»Ich sehe es in ihren Gesichtern.«

»Schließen Sie die Augen und stellen Sie sich die Kinder vor.«

Nia schloss die Augen.

»Hören Sie sie jetzt?« Er war näher gekommen. Ihre Schultern berührten sich.

Nia nickte stumm. Sie versenkte sich in das Bild, fühlte, wie das Gras unter ihren nackten Füßen kitzelte, rang nach Atem bei ihrem schnellen Lauf hinter dem Ball her. Sie macht die Augen auf, sah die Sonne, das Grün, hörte Geschrei und fröhliches Gekreische, rannte, sprang, war ein Kind. War eines dieser Kinder. Glücklich in dieser Sekunde.

Sie schwankte. Wie ein Schlag riss es sie in ihren Körper zurück. Er stützte sie ab.

Nia schluckte, drehte sich zu ihm um und legte ihre Hände auf das Fensterbrett hinter sich.

»Verraten Sie mir Ihren Namen?«

»Eliah Kahmen.«

»Apollonia Hallmann.«

»Ich weiß.«

»Sie scheinen eine ganze Menge von mir zu wissen, aber ein Arzt sind Sie nicht.«

»Nein.«

»Ein Psychologe, wie Sie gesagt hatten, sind Sie offenbar auch nicht.«

»Ich hatte nicht gesagt, dass ich ein Psychologe sei.«

»Sie hatten …« Nia verstummte. Richtig. Er hatte nicht geantwortet, sondern auf ihre Vermutung hin nur gelächelt. »Unser Gespräch auf dem Dach«, sagte sie und betrachtete ihre Fingernägel. »Ich hatte den Eindruck, als ob Sie …«

»Ist es wichtig für Sie zu wissen, was ich bin?«, unterbrach er sie.

»Sie haben mir geholfen. Deshalb wollte ich noch einmal mit Ihnen reden. Ich habe nach Ihnen gefragt, aber niemand wusste Bescheid über Sie.«

»Ich arbeite nicht immer hier. Nur bei Bedarf. Ich begleite Menschen.«

»Wie die alte Dame vorhin im Keller?«

»Ja.«

»Geht es ihr gut? Sie sah glücklich aus.«

Er nickte.

»Dann war es ein Zufall, dass wir uns auf dem Dach begegnet sind?«

»Sie brauchten doch meine Hilfe.«

»Ich wollte hinunterspringen.«

»Ich weiß.«

»Hätten Sie mich daran gehindert?«

»Sie haben sich dafür entschieden, es nicht zu tun, Nia.«

Nia stieß sich vom Fensterbrett ab, ging zu ihrem Bett und ließ sich bäuchlings darauf fallen. Er verwirrte sie. Nein. Nicht er verwirrte sie. Das, was er mit ihr machte, ohne etwas zu tun, irritierte sie. Sie hatte den Eindruck, als ob er ihre Gedanken, die sie zur Umkehr gebracht hatten, kennen und verstehen würde. Gleichzeitig war ihr klar, dass ihre Selbstmordabsichten für ihn ebenso offen dagelegen haben mussten. Sie schluckte. Obwohl es sie tröstete, schmerzte es auch. Das war es, was sie bei Yari und bei ihren Freunden vermisste, was das Loch in ihrem Inneren hätte füllen können. Akzeptanz. Ohne Wertung.

»Bereuen Sie es?« Er hatte ihren Platz eingenommen und lehnte mit dem Rücken am Fensterbrett.

»Was? Die vertane Chance auf dem Dach, die Sache auf die schnelle Art zu lösen?« Sie lachte dumpf in ihr Kissen.

»Sie fühlen sich schuldig.«

»Wie würden Sie sich denn an meiner Stelle fühlen?« Nia drehte sich auf den Rücken und starrte an die Decke.

»Ich weiß es nicht.«

»Ich denke die ganze Zeit darüber nach, was gewesen wäre, wenn ich anders entschieden, mich anderes verhalten hätte.«

»Aber das haben Sie nicht.«

»Nein.« Nia drehte sich auf die Seite, zog die Beine an und umklammerte ihre Knie. Eliah kam auf sie zu, setzte sich auf die Bettkante und legte eine Hand auf ihre Schulter. Nia schloss die Augen.

»Wer einen Fluss überquert, muss das eine Ufer verlassen«, sagte er leise.

»Schwimmen wäre in dieser Situation kein Fehler«, erwiderte Nia und musste lächeln. »Außerdem ist der Satz nicht von Ihnen. Er ist von Ghandi.«

Eliah lachte. »Ich denke, Sie sind auf dem richtigen Weg. Sie brauchen mich nicht mehr. Ich werde jetzt gehen.«

Nia spürte, wie er aufstand. Sie wollte nicht, dass er ging. Ihr gefiel es, wie das Gespräch mit ihm ihr half, ihre Gedanken zu ordnen und ihre Gefühle anzunehmen. Sie öffnete die Augen.

»Es wäre schön, wenn Sie noch bleiben …«, setzte sie an und verstummte. Das Zimmer war leer, die Tür zum Gang nur angelehnt.

»Eliah?« Sie sprang aus dem Bett, rannte zur Tür und sah hinaus. Der Gang war menschenleer.

vier

Anna öffnete das Tor zum Haus der Gemeinschaft. Der Duft nach frisch gebackenem Brot zog durch den Innenhof und erinnerte sie daran, dass außerhalb des Hauses ihrer Freundin das Leben seinen gewohnten Gang gegangen war, unbeeindruckt vom Sterben und Tod eines Kindes. Nyeß, die Köchin, hatte große, runde Laibe des traditionellen Kölnischen Brotes aus Weizen und Roggenmehl geformt und genügend Vorräte für die ganze Woche gebacken. Sie strahlte über das ganze Gesicht, als sie Anna über den Innenhof kommen sah und hielt ihr ein Stück des frischen Brotes entgegen.

»Hier, nimm. Du siehst nach einer anstrengenden Arbeit aus.«

Anna schüttelte den Kopf. Trotz ihres Hungers konnte sie sich nicht vorstellen, auch nur einen Bissen hinunterzubringen. Ihre Trauer und ihre Sorge um Ursula machten es ihr unmöglich.

»Danke, Nyeß. Ich bin nicht hungrig.« Sie wollte die Ältere nicht kränken und schenkte ihr ein müdes Lächeln. »Ich möchte in der Kapelle ein Gebet für Johannas Seele sprechen.«

»Die Kleine ist also gestorben«, hörte sie eine harte Stimme hinter sich und seufzte. Anna drehte sich um, sah Walburga, die Meisterin des Beginenkonventes, mit schnellen Schritten auf sich zukommen und nickte stumm.

Nyeß legte ihr eine Hand auf den Arm, strich kurz darüber und blickte Anna prüfend an. »Es war Gottes Wille, das weißt du doch?«, flüsterte sie, noch bevor die Hausmutter die beiden erreicht hatte.

Anna schwieg.

»Hast du einen Arzt zu Rate gezogen?« Walburga baute sich vor ihr auf und strich ihr Gewand glatt.

»Ursula ist arm. Sie kann sich keinen Arzt leisten. Deshalb hatte sie mich gebeten, ihrer Tochter zu helfen.«

»Hast du eine der anderen Schwestern um Rat gefragt?«

Anna senkte den Kopf. »Es war die Seitenkrankheit, und ich war machtlos«, murmelte sie. »Es gibt nur wenige, die diese Krankheit überleben. Auch ein Arzt hätte nicht …«

Die Meisterin zog scharf die Luft ein. »Hast du einen Priester holen lassen, als du bemerktest, dass es mit ihr zu Ende ging?«, zischte sie.

Wieder konnte Anna nur stumm den Kopf schütteln. Tränen schossen in ihre Augen. Sie hatte nur nach Möglichkeiten zur Rettung von Johannas Körper gesucht. Über die Seele des Kindes hatte sie nicht einen Augenblick nachgedacht. Was wenn Johanna jetzt im Fegefeuer leiden musste?

»Dein Handeln und Denken ist nicht gottgefällig, Anna. Gott allein entscheidet über das Leben. Nicht du!« Walburga richtete sich zu ihrer vollen Größe auf, faltete die Hände und sah Anna mit tadelndem Blick an. Ihr Lächeln um die Mundwinkel wirkte aufgesetzt. »In den nächsten Wochen wirst du keine Kranken mehr pflegen. Du wirst …«, sie sah sich um, ihr Blick blieb an Nyeß hängen und sie nickte, »… in der Küche helfen. Außerdem darfst du ohne meine Erlaubnis nicht den Hof verlassen.« Sie trat einen Schritt zurück, verschränkte die Arme und hob noch einmal an: »Wir leben hier in einer freiwilligen Glaubensgemeinschaft, Anna. Aber auch wir haben Regeln. Niemand zwingt dich, bei uns zu bleiben. Du kannst jederzeit gehen. Aber solange du bleibst, wirst du dich an diese Regeln halten.« Sie nickte kurz, wandte sich ab und ging.

»Johanna ist nun befreit vom irdischen Leiden und wird eingehen in Gottes Herrlichkeit. Sie war ein unschuldiges Kind ohne Sünde. Johanna wird nicht ins Fegefeuer gelangen«, murmelte Nyeß leise und widersprach damit Annas stummen Befürchtungen. »Bete für die Tochter deiner Freundin, Anna. Bete für ihre Seele.« Sie stemmte die Arme in die Hüften und reckte den Kopf ein wenig vor. »Bitte Gott auch für dich um Verzeihung!« Sie ließ die Arme sinken, und ihre Worte klangen tröstlich, als sie sagte: »Er wird sie dir sicher gewähren.« Sie rieb sich die Nasenspitze. »Und dann kommst du zu mir in die Küche und isst etwas. Beten und Gott halten die Seele zusammen, aber das Essen gibt dem Leib die Kraft.« Nyeß lächelte, drehte sich um und stapfte über den lehmigen Boden des Hofes in Richtung des Küchengebäudes.

Anna sah ihr nach. Würde Gott ihr wirklich verzeihen? War es wirklich vermessen von ihr zu glauben, sie könne mit ihren Kenntnissen um die Heilwirkungen der Kräuter und Pflanzen etwas ausrichten? Gegen den Willen Gottes? Erwarteten Walburga und Nyeß von ihr, Gott um Verzeihung für ihren Ungehorsam zu bitten? Für ihre Vermessenheit, an ihre Fähigkeiten zu glauben? Aber vielleicht war es auch gar nicht gegen seinen Willen. Vielleicht gefiel es Gott ja sogar, wenn die Menschen die Talente, die er ihnen mit seiner reichhaltigen Schöpfung gemacht hatte, erkannten und nutzten?

Anna fror, obwohl die Sonne wärmte und um sie herum alles zum Strahlen brachte. In der kleinen Pfütze neben dem Brunnen spiegelte sich das Blau des Himmels, und wie kleine Sterne funkelten Sandkörner auf dem Boden des Wassers. Ein Käfer war hineingefallen und kämpfte darum, nicht unterzugehen.

Anna ging zu dem Brunnen, setzte sich auf den Rand und legte ihre Hände zu beiden Seiten neben sich. Sie spürte die harten Steine durch den Stoff ihres Gewandes und unter ihren Handflächen. Ein Steinchen löste sich, und sie spielte damit. Sie war wie dieses kleine Steinchen. Ein Teil des großen Ganzen. Gottes Plan. Jeder an seinem Platz in der natürlichen Ordnung. Sie hatte sich diesen Platz, hier in der Gemeinschaft der Beginen, gewählt.

Ihr Vater war entsetzt gewesen, hatte er sie doch für die Ehe mit einem der anderen Steinmetzmeister an der Dombauhütte vorgesehen. Als Frau eines Handwerkers hätte sie Ansehen, ein festes Haus und eine sichere Zukunft für sich und ihre Kinder gehabt. Im Blick ihrer Mutter hingegen hatte sie Verständnis gelesen, Hoffnung und sogar ein wenig Stolz auf die Tochter, die ihre Talente ebenso leben wollte wie der Sohn Peter, der die Berufung des Vaters geerbt hatte und diesen, wie es schien, bald in seinen Leistungen überflügeln sollte. Aber die Mutter hatte geschwiegen. Die Worte der Prediger, die Ehefrau habe ihren Mann zu fürchten, ihm zu dienen und ihm zu gehorchen, waren ihr in Fleisch und Blut übergegangen, und nie hätte sie es gewagt, Annas Vater zu widersprechen.

Peter hatte Anna in ihrem Entschluss unterstützt. Sie war seine große Schwester, er liebte sie sehr und setzte sich für sie ein. Doch dem Wort des Vaters gegenüber war er machtlos. Es hatte Anna ihre ganze Kraft gekostet, sich über den Willen des Familienoberhauptes hinwegzusetzen und seine Pläne für ihre Zukunft zu durchkreuzen. Aber anstelle der Enge der Familie zu entfliehen, erfuhr sie abermals Einschränkungen, die sie schmerzten.

Im Beginenkonvent war die Freiheit nicht so groß, wie sie erhofft hatte. Walburga hatte ihr gesagt, sie könne jederzeit die Gemeinschaft verlassen, wenn sie es wolle. Und dann? Allein auf sich gestellt sein? Zurück in ihr Elternhaus? Der Vater würde sie wieder im Schoß der Familie aufnehmen, aber auf einer schnellen Hochzeit bestehen. Immerhin war sie in diesem Frühjahr schon einundzwanzig Jahre alt geworden. Mädchen wurden mit dreizehn Jahren verheiratet, mit siebzehn war eine Frau schon eine alte Braut. In ihrem Alter konnte sie nur noch darauf hoffen, von einem Witwer genommen zu werden oder von einem, der sich von der Verbindung zur Familie der Parler einen Vorteil versprach.

Nein. Diese Vorstellung gefiel ihr ganz und gar nicht. Sie hob den Kopf und starrte über den Hof. Ihr Blick verlor sich, und für einen Augenblick hatte sie das Gefühl, nicht allein, sondern in den Armen eines anderen geborgen zu sein. Die Nähe eines anderen zu spüren, der ihr Wärme und Trost spendete. Sie sah sich um. Der Hof war leer.

Mit einer kurzen Bewegung warf sie das kleine Steinchen, mit dem sie die ganze Zeit abwesend gespielt hatte, in die Pfütze. Das Glitzern verschwand. Dafür breiteten sich von der Stelle, an der der Stein hineingefallen war, Wellen aus, bildeten immer größere Kreise und spülten über die Erde. Der Käfer ließ sich von einer der Wellen erfassen, strampelte heftig mit seinen Beinen und fand schließlich wieder Halt. Erschöpft blieb er liegen. Dann öffnete er seinen Panzer, breitete die darunter liegenden hellen Flügel aus und erhob sich in die Luft.

Es war spät geworden. Zu spät, um eine Stelle für Ursula zu suchen. Morgen würde sie Walburga um Erlaubnis bitten, ihren Bruder besuchen zu dürfen. Vielleicht wusste er Rat. Für Ursula. Und für sie selbst.

***

Sie hatte ihn gespürt. Hatte auf seine Umarmung reagiert, Trost und Wärme empfunden, neuen Mut geschöpft. Er stand mit ihr an diesem Brunnen, und ihre Gedanken und Gefühle lagen offen vor ihm. Für einen Augenblick meinte Halei, dass sie ihn ansehen, ihn erkennen, seinen Blick erwidern würde. Als ob er für sie fassbar wäre, ein Teil ihrer Wirklichkeit. Als der Moment vorbei war und sie sich aus seinen Armen löste, war es ihm wie ein ungeheurer Verlust erschienen.

Anna glitt vom Rand des Brunnens und straffte den Rücken. Sie ging durch die immer länger werdenden Schatten auf die Kapelle zu. Er folgte ihr, jedem ihrer Schritte mit seinen eigenen nachspürend. Vor dem Eingang blieb er stehen und sah in die Dunkelheit im Inneren des Gebäudes, die für seine Augen nicht existierte. Reichte es, ihr einfach zu folgen? Sie wieder zu umarmen, ohne dass sie es erwidern konnte? Immer und immer wieder nur zum Schein, zu seiner Verblendung eine Nähe zu suchen, die keine war? Nein, er wollte wirkliche Nähe. Er wollte sein. Er wollte, dass sie ihn sah.

Was hatte der andere Engel mit der Stimme des Bettlers zu ihm gesagt? »Um bei einem Menschen zu sein, musst du selbst ein Mensch werden.« Halei schloss die Augen und dachte sich an den Ort, wo der Alte vermutlich immer noch in seinem Lumpenbündel an die Wand gekauert hocken und vor sich hin brabbeln würde. Er musste wissen, wie er ein Mensch werden konnte. Aber der Platz war leer.

Langsam verlor sich das Licht in grauen Schatten, die Geräusche des Tages wurden leiser, die Schritte der Menschen unmerklich langsamer. Die Handwerker, Kaufleute und Diener hatten ihre Arbeiten verrichtet und strebten nach Hause, zu ihren Frauen, Kindern, Familien. Er hörte Lachen, freundliche

Worte, Worte des Trostes und sah die kleinen Gesten des Willkommens zwischen den Menschen. Sie sahen sich an, reagierten auf die Gefühle des anderen. Sie sprachen miteinander. Mit Worten, Blicken und Gesten.

Anna! Er formte ihren Namen in seinem Geist, versuchte, sie zu erreichen und dachte sich zurück zu ihr an den Ort, an dem er sie vor Augenblicken verlassen hatte.

Sie hörte ihn nicht. Ging mit gesenktem Haupt weiter auf die Kapelle zu.

»Anna!« Diesmal formten seine Lippen die Buchstaben, und er presste Atem durch seine Kehle.

Anna zögerte, hielt für einen Moment in ihrem Schritt inne, drehte den Kopf, als ob sie in der Stille des Hofes etwas gehört hätte, was ihre Aufmerksamkeit erregen könnte. Dann zuckte sie mit den Schultern, zog ihr Tuch fester zusammen und ging weiter, ohne von ihrem Weg abzuweichen.

»Anna!« Ein drittes Mal. Halei lief neben ihr her, hörte ihren Atem und sah den dünnen Schweißfilm auf ihrer Stirn. Er zögerte, bevor er seine Hand auf ihren Arm legte und den groben Stoff ihrer Tunika unter seinen Fingerspitzen fühlte, obwohl er durch sie hindurch hätte greifen können.

Nichts. Anna hatte den Eingang der Kapelle erreicht und öffnete die Tür. Für sie gab es ihn nicht.

Was konnte er tun, damit sie ihn wieder hörte wie in dem Moment, als sie beide mit dem sterbenden Kind geredet und den gleichen Gedanken gehabt, dasselbe empfunden hatten?

Er wollte in ihren Geist eindringen und ihre Sinne auf die seinen ausrichten, so wie es bei den Menschen, die auf der Schwelle zwischen Leben und Tod standen, ohne sein Zutun geschah. Dann würde sie ihn sehen können. Und mit ihm sprechen.

»So ist es mit den Menschen.« Halei fühlte, wie sich kleine Finger in seine Hand schoben und sah zur Seite. Ein kleiner Junge von gerade mal zwei Jahren stand neben ihm. Seine blonden Locken wippten bei jedem Schritt, kostbare Kleidung zeigte seine vornehme Herkunft. Halei ging in die Knie und hockte sich vor das Kind.

»Wie kann ich ein Mensch werden? Kann du es mir sagen?«, fragte er und strich dem Jungen eine Haarsträhne aus der strahlenden Stirn.

»Nein.« Der Kleine schüttelte den Kopf. Erst jetzt erkannte Halei die Spuren der Tränen auf seinen Wangen.

»Hast du dich verlaufen?«

»Nicht mehr als du.«

Halei senkte den Kopf und schwieg.

»Jeder Schritt auf sie zu ist ein Schritt von uns weg. Für jedes Stück ihrer Wirklichkeit gibst du ein Stück von uns auf.«

»Gibt es eine Grenze?«

»Sie fließt.«

»Hast du dich je gefragt, wie es ist?«

Der Engel in Kindergestalt lachte. »Du meinst, wie es ist zu essen, zu trinken und zu schlafen?«

»Ich meine, wie es ist zu lieben«, sagte Halei und stand auf.

»Du wirst erst wissen, was du aufgegeben hast, wenn es bereits geschehen ist. Und dann wird es kein Zurück mehr für dich geben.«

»So, wie ich wissen werde, was ich gewonnen habe, wenn es geschehen ist«, erwiderte Halei und ließ die Hand des kleinen Jungen los. Sofort fing dieser an zu weinen, drehte sich hilflos im Kreis und rief nach seiner Mutter.

Halei schloss die Augen und lauschte, bis er die sorgenvollen Gedanken der Frau in einer der Nebenstraßen gefunden hatte. Er legte seine Hand auf die Schulter des Kleinen und schob ihn behutsam nach vorne. Das Kind sah ihn nicht, folgte aber dem Weg, den er ihm vorgab und an dessen Ende die offenen Arme der Mutter auf es warteten. Halei spürte das Glück und die Erleichterung der beiden.

Ich werde diese Fähigkeit verlieren, dachte er.

Dann drehte er sich um und ging, Schritt für Schritt, den Weg, der ihn zu Anna führen würde.

Es brannte nur eine Lampe in der Nähe des Tores, als er den Innenhof betrat. Der schmale Lichtschein verwischte die Konturen und hob die Grenzen zwischen dem Boden, den Mauern und dem Dunkel des Himmels darüber auf. Er achtete nicht darauf, überquerte den gestampften, lehmigen Untergrund, stieg leise die Treppe zu den Schlafkammern der Frauen hinauf und verharrte vor Annas Tür. Er hörte ihren Atem hinter dem Holz und spürte ihren traumlosen Schlaf, ihre Erschöpfung.

Den ganzen Weg über hatte er sich nicht der Kraft seiner Gedanken bedient, um zu ihr zu gelangen. Nichts in seinem Handeln sollte ihn an das erinnern, was er war. Und was nicht.

Seine Hand drückte gegen den Riegel und schob ihn auf. Er betrat das Zimmer, ging näher an das Bett heran. Anna schlief. Ihre Brust hob und senkte sich, ihre Augen unter den geschlossenen Lidern bewegten sich unruhig hin und her.

»Sollen deine Träume friedlich sein«, murmelte Halei und strich ihr sanft mit den Fingerspitzen über die Stirn. Anna seufzte und drehte den Kopf, als ob sie sich ihm zuwenden wollte. Ihre Wangen zuckten, und ihre Lippen öffneten sich.

Halei setzte sich auf den Rand ihres Bettes, beugte sich vor und lauschte ihrem Schlaf. Sein, kein Schein. Wissen, statt nur zu ahnen. Spüren, nicht denken. Langsam streckte er sich neben ihr aus, stützte seinen Kopf auf die Hand und betrachtete sie. Das war von nun an sein Leben. Anna war von nun an sein Leben. Er war bereit zu verzichten. Bereit herzugeben, wenn er sie dafür bekommen würde.

Er neigte sich zu ihr, schloss die Augen und küsste sie. Behutsam, im Frieden ihres Schlafes, als Teil ihres Traums. Anna blinzelte und öffnete die Augen. Schlaftrunken richtete sie sich auf. Halei spürte, wie ihr Herzschlag sich beschleunigte, wie er stark und kräftig ihr Leben bestimmte. Ihr Wesen und ihren Willen, ihren starken Willen.

Sie reagierte auf ihn, nahm ihn wahr. Halei wollte mit ihr sprechen, ihr sagen, was er für sie fühlte.

»Für jedes Stück ihrer Wirklichkeit gibst du ein Stück von uns auf«, hörte er die helle Stimme des Engels sagen.

Zweifel krochen in seine Gedanken, Angst. Was war, wenn sie ihn nicht wollte? Wenn sie ihn sah, aber nicht sehen wollte? Wenn er sie abschrecken oder sie keinen Gedanken an ihn verschwenden würde? Er legte seine Fingerspitzen auf ihre Stirn. Anna seufzte und sank zurück auf ihr Kissen. Ihr Atem ging ruhig und tief. Halei stand auf, den Blick an die Schlafende geheftet, und wich einen Schritt zurück. Dann wandte er sich um, öffnete leise die Kammertür und trat auf den Gang hinaus.

Fünf

An dem Frühstück im Krankenhaus gab es zu Nias großem Erstaunen nichts auszusetzen. In anderen Krankenhäusern brachte man die Mahlzeiten zu unmöglichen Zeiten, sie waren in den meisten Fällen einfallslos und erreichten beinahe immer die Grenze zur hundertprozentigen Geschmackneutralität. Hier erinnerten sie Qualität und Aufmachung eher an ein feudales Hotelfrühstück und daran, in einer Privatklinik zu sein. Trotzdem hatte Nia keinen rechten Appetit. Sie schob die Scheibe Käse zur Seite und kratzte die letzten Reste aus ihrem Marmeladenschälchen.

Leider entsprach der Kaffee dem schlechten Klischee auf der ganzen Linie. Aus ihrer Dienststelle war sie den berüchtigten schlechten Amtskaffee gewöhnt, aber dieser hier war schlicht ungenießbar. Sie stand auf und ging duschen. Erfrischt, in sauberer Jeans und neuem T-Shirt, fühlte sie sich stark genug, Dr. Leisenfels um ihre Entlassung zu bitten. Sie war nicht schwer verletzt, ihrer Wunde an der Hand ging es besser, und das andere würde sie angehen. Wie hatte Eliah gestern gesagt? »Sie sind auf dem richtigen Weg.« Nia griff nach ihrem Buch, setzte sich auf den Besucherstuhl und wartete. Es konnte nicht mehr lange dauern bis zur Visite.

Als nach einer halben Stunde immer noch niemand erschienen war und auch keine Geräusche in den Nebenzimmern auf das baldige Eintreffen der Ärztekarawane schließen ließen, stand sie auf, nahm schließlich doch einen Schluck von dem mittlerweile kalt gewordenen Kaffee und ging nachsehen.

Der Flur war genauso leer wie gestern Abend, als sie die Schwester gesucht, aber nur eine Auszubildende angetroffen hatte, die zwar ihre Wunde sorgfältig und ohne weitere Fragen versorgt, aber nichts zu Eliah zu sagen gehabt hatte. Was war das hier? Ein Geisterkrankenhaus? Es musste doch andere Patienten, Pfleger, Ärzte und Schwestern geben? Sie ging auf den Schiebewagen aus Metall zu, auf dem sich schmutzige Tassen, leere Teller und Kaffeekannen stapelten, und spähte daran vorbei in eines der Zimmer, dessen Tür offen stand. Schwester Britta balancierte in der einen Hand ein Tablett, in der anderen hielt sie ein Fieberthermometer, dessen Anzeige sie nicht zu befriedigen schien.

»Ihr Fieber ist immer noch sehr hoch«, sagte sie zu dem jungen Mann, der mit blassem Gesicht im Weiß der Kissen fast verschwand. »Das wird dem Doktor nicht gefallen.«

Dem jungen Mann bestimmt auch nicht, dachte Nia und wich einen Schritt zurück, als sie bemerkte, dass die Schwester auf sie zusteuerte.

»Guten Morgen, Frau Hallmann«, schmetterte sie ihr entgegen, schlängelte sich elegant um Nia herum und stellte ihre Last auf dem Schiebewagen ab. »Warum sind Sie angezogen? Hat Dr. Leisenfels entschieden, dass Sie heute nach Hause sollen?« Sie blickte Nia an. »Ich kann mich nicht erinnern, dass das in der Morgenbesprechung Thema war.«

»Wann kommt der Doktor?«, fragte Nia, ohne auf ihre Worte einzugehen.

»Er ist noch in einer Besprechung, wird aber sicher bald auftauchen.« Die Schwester seufzte, schob den Wagen einen Meter weiter und legte die Hand auf die Klinke der nächsten Zimmertür. »Es wird Zeit, dass er kommt. Heute sind zwei Kolleginnen krank, und ich bin allein auf der Station.« Sie betrat den Raum, drehte sich aber im Türrahmen noch einmal zu Nia um. »Gehen Sie auf Ihr Zimmer, Frau Hallmann.« Es klang fast wie eine Bitte.

»Ich werde dort mit Ihnen warten.« Nia zuckte zusammen, wandte sich um und entdeckte ihren Vorgesetzten Edgar Wackwitz am anderen Ende des Ganges. Mit großen Schritten eilte er durch den Flur auf sie zu, das Jackett über dem einen Arm, eine Aktentasche unter den anderen Arm geklemmt. »Wir haben etwas zu besprechen, Frau Hallmann.«

Nia lief ein kalter Schauer über den Rücken. So schnell hatte sie nicht damit gerechnet, hinausgeworfen zu werden.

»Selbstverständlich«, murmelte sie und folgte Wackwitz zu ihrem Zimmer.

»Um es kurz zu machen«, begann dieser, als sie die Tür hinter sich geschlossen hatte: »Ich bin hier, um mit Ihnen über die Geschehnisse auf dem Schrottplatz zu sprechen und darüber, wie es nun weitergeht.« Seine Stimme klang wie die ihres Vaters, wenn sie als Kind beim Nachbarn Blumen gepflückt oder dem Hund ein Muster ins Fell geschnitten hatte. Geduldig, abwartend und ruhig.

Nia nickte und setzte sich auf ihr Bett.

»Die diensthabenden Kollegen haben mich so weit über die Lage unterrichtet, wie es möglich war. Allerdings gibt es da Lücken, die nur Sie füllen können, Frau Hallmann.« Er lächelte sie an, und für einen kurzen Augenblick hatte sie das Gefühl, er würde seine Hand tröstend auf ihren Arm legen.

»Es ist meine Schuld, Herr Wackwitz.«

»Inwiefern?«

»Ich habe den Einsatz zu verantworten.«

»Was spielte Tim Stelzmann für eine Rolle?«

»Er hat darauf bestanden, mich zu begleiten. Ich hätte hartnäckiger ablehnen müssen.«

Wackwitz strich sich das Haar aus der Stirn. »Von einem Einsatz war nie die Rede. Das Ganze ging weit über das hinaus, was wir besprochen hatten.« Er richtete sich auf und brachte so wieder Distanz in das Gespräch. »Was wollten Sie beide also dort?«

»Ich hatte von einem Informanten erfahren, dass Krahwinkel sich dort aufhalten könnte.«

»Und da dachten Sie und Herr Stelzmann …«

»*Ich* dachte«, unterbrach Nia ihn, »dass ich es allein schaffen könnte und …«

»… dass Sie mit der Festsetzung Ihre Karriere beschleunigen könnten«, beendete Wackwitz den Satz. »Es hat selbstverständlich nichts damit zu tun, dass Krahwinkel vermutlich der Mörder Ihrer Eltern war.«

»Woher wissen Sie …«

»Ich habe mir Ihre Fälle angesehen. Die Akte zum Mord an den eigen Eltern hat man normalerweise nicht auf dem Schreibtisch liegen.«

Nia starrte auf den Boden. Sie spürte, wie die Tränen in ihre Augen schossen. Aber sie wollte nicht weinen. Stattdessen schluckte sie, drückte den Rücken durch und stand auf.

»Ich bin bereit, die Konsequenzen zu tragen. Mir ist klar, dass damit meine Laufbahn beendet ist.« Sie sah Wackwitz direkt in die Augen. »Es tut mir leid. Ich kann Ihnen gar nicht sagen, wie leid. Ich weiß, dass das nichts an der Situation ändert. Tim Stelzmann ist tot.« Nia brach ab. Die letzten Worte brannten in ihrer Kehle.

Wackwitz sah sie an und seufzte. »Es gibt eine Untersuchung. Unabhängig davon, was Sie eingestehen oder welche Schuld Sie auf sich nehmen.« Er fuhr sich mit der Hand über Kinn und Mund und ließ sie langsam an seinem Hals hinabgleiten. Mit zwei Fingern lockerte er seine Krawatte. Als er weitersprach, sah er aus dem Fenster, vermied den Blickkontakt mit ihr. »Sie haben ihn nicht umgebracht, Frau Hallmann. Krahwinkel hat ihn erschossen. Das haben die Obduktion der Leiche und die Untersuchung der Waffe ergeben.« Er machte eine Pause. »Gegen Krahwinkel haben Sie eindeutig in Notwehr gehandelt.«

»Ich …«, setzte Nia an, aber Wackwitz hob die Hand und wandte ihr wieder das Gesicht zu. Seine grauen Haare hatten ihren akkuraten Sitz verloren. Das Hemd war zerknittert, und unter seinen Augen schimmerten dunkle Schatten. Seine sonst so perfekte Fassade bröckelte.

Er nahm den Besucherstuhl und stellte ihn neben Nias Bett. »Ach, Mädchen …«, murmelte er leise, setzte sich auf den Stuhl und verschränkte seine Finger über dem Jackett auf seinem Schoß ineinander. In seinem Blick lag etwas, was Nia verwirrte. Wärme. War es Zuneigung? Sehnsucht? Hatte sie seine Unterstützung die ganze Zeit falsch verstanden? Was wollte er von ihr?

Wackwitz schien ihre Irritation zu bemerken. Er räusperte sich und seine Stimme klang wieder sachlich, als er hinzufügte: »So wird es in dem Untersuchungsbericht stehen, den ich morgen auf meinem Schreibtisch vorfinden werde.«

Nia schwieg.

»Dass Sie nun hier in diesem privaten Krankenhaus und nicht im Severinsklösterchen gelandet sind, ist kein Zufall.« Wackwitz legte sein Jackett über die Stange des Bettes und strich sich mit beiden Händen über die Oberschenkel. »Ich habe dafür gesorgt.« Er räusperte sich erneut. »Hans Leisenfels ist ein enger Freund von mir. Wir kennen uns bereits sehr lange, und er hat mich gebeten, ihn in einer, sagen wir mal, sehr diffizilen Angelegenheit zu unterstützen.«

»Was habe ich damit zu tun? Ich bin als Patientin in dieser Klinik. Als ich eingeliefert wurde, war ich verletzt und stand unter Schock.«

»Richtig. Das war genau das, was wir brauchten. Eine kranke Polizistin.« Er nickte, so als ob er sich selbst bestätigen musste, dass seine Entscheidung richtig war. »Sie sind die, auf die wir gewartet haben.« Er nahm seine Aktentasche, ging zum Tisch, öffnete sie und zog einen dicken Ordner hervor. »Kommen Sie her, Frau Hallmann.«

Nia rührte sich nicht.

»Nun setzen Sie sich schon.« Er stand auf, rückte seinen Stuhl neben den Tisch und wies auf den zweiten, leeren Stuhl. »Hans ... Dr. Leisenfels wird gleich zu uns stoßen.« Er klappte den Ordner auf und sah auf seine Armbanduhr. »Ich kann Ihnen aber schon einmal einen groben Überblick geben.«

»Und Sie meinen, ich sei die Richtige für diese Sache?«, fragte Nia, als die Tür zu ihrem Zimmer geräuschlos aufging und der Chefarzt den Raum betrat. Wackwitz nickte ihm knapp zu, und die beiden Männer wechselten einen Blick über Nias Kopf hinweg.

»Aus verschiedenen Gründen halten wir beide Sie für sehr geeignet, Frau Hallmann.« Dr. Leisenfels zog seinen Pieper aus der Tasche seines Kittels und schaltete ihn aus. »Zum einen sind Sie eine echte Patientin und damit absolut unauffällig. Zum anderen sind Sie, wie Edgar mir mitteilte, eine gute Kommissarin mit viel Gespür für die jeweilige Situation und ...«, er hielt inne, um mit einem Kopfschütteln Nias Einwand, der ihr auf der Zunge lag, im Keim zu ersticken, »Sie scheuen das Risiko nicht.

Alles Faktoren, die es uns und Ihnen erleichtern werden, die Sache aufzuklären.«

»Seit wann gibt es denn diese ungewöhnliche Häufung von Todesfällen in der Klinik?« Nia hatte beschlossen, sich auf das Gespräch einzulassen. Ob sie letztendlich damit einverstanden sein würde, die verdeckten Ermittlungen aufzunehmen, stand auf einem völlig anderen Blatt.

»Im Verlauf der letzten drei Monate gab es Ungereimtheiten, die noch keine wirklichen Verdachtsmomente erlaubten, die aber meine Aufmerksamkeit erregt haben.«

Nia zog eine Augenbraue hoch.

»Es gibt Statistiken darüber, wie viele Leute welchen Alters an welchen Krankheiten sterben. Wir liegen über den Zahlen der Statistik.«

»Haben Sie einen konkreten Verdacht?«

»Nein.« Dr. Leisenfels wandte den Kopf und sah aus dem Fenster. »Ich habe alle unsere Mitarbeiter selbst mit ausgesucht. Alle haben hervorragende Zeugnisse und werden weit über das Übliche hinaus bezahlt. Motivierte Mitarbeiter bedeuten zufriedene Patienten, die uns weiterempfehlen. Das steht nicht nur so in unserer Firmenphilosophie, wir bemühen uns darum, diese Grundsätze mit Leben zu füllen.«

»Also können Sie sich nicht vorstellen, dass einer Ihrer Mitarbeiter …«

»*Satis est!*«, unterbrach Dr. Leisenfels sie in scharfem Ton.

Wackwitz trat neben ihn und legte ihm eine Hand auf den Arm. »Warum reicht es?«, fragte er ihn leise.

»Weil keiner meiner Mitarbeiter dazu imstande wäre!«

»Aber wenn die Todesfälle nicht natürlicher Art sind, muss es einen Täter geben«, erwiderte Nia trocken.

Dr. Leisenfels sank in sich zusammen und richtete seinen Blick Hilfe suchend auf Wackwitz. Der nickte. »Frau Hallmann hat recht. Es muss einen Täter geben.«

»Gibt es Menschen, die regelmäßigen Zugang haben, aber nicht zum direkten Mitarbeiterstamm gehören?« Nia legte sich in Gedanken eine Checkliste zurecht.

Dr. Leisenfels schüttelte den Kopf.

»Gibt es Patienten, die bereits seit drei Monaten in der Klinik sind?«

»Nein.«

»Was ist mit Reinigungskräften, Köchen, Zulieferern?«

»Das Küchen- und Reinigungspersonal gehört zum Mitarbeiterstamm, Zulieferer haben nur Zutritt im Anlieferungsbereich.«

»Haben Sie bei einem oder mehreren der Toten eine Autopsie durchführen lassen?«

»Das ist unser Problem, Frau Hallmann. Wenn wir anfangen, Autopsien durchzuführen, würde der Verdacht auf ungeklärte Todesfälle durchsickern und eine ungeheure Rufschädigung unserer Klinik bedeuten, die wir uns nicht leisten können.«

»Es muss also ein Geheimnis bleiben.«

»So lange, bis sich herausgestellt hat, was wirklich geschehen ist.«

»Und noch geschieht«, ergänzte Nia.

Dr. Leisenfels nickte. »Ja, das ist ein großes Risiko. Wir wissen nicht, was noch passieren wird.«

»Warum haben Sie die Polizei nicht offiziell eingeschaltet?«

»Diskretion.« Er knallte ihr das Wort wie eine Kampfansage hin.

Nia sah Wackwitz an. »Es ist nicht legal.«

Der lehnte sich zurück, löste seine Krawatte und rollte sie auf. »Er hat mich eingeschaltet. Ich bin Polizist. Sie sind Polizistin.«

»Sie wissen, was ich meine.«

»Ja, das weiß ich. Bitte vertrauen Sie mir.«

»Warum sollte ich?«

»Weil ich Ihnen vertraue.« Wieder traf Nia ein warmer Blick.

»Was geschieht, wenn ich mich nicht bereit erkläre?«

»Dann werde ich Sie heute entlassen, Sie werden vermutlich Ihren Dienst wieder aufnehmen und sich mit den Folgen Ihres Handelns für Ihre Karriere in der Angelegenheit Krahwinkel auseinandersetzen«, mischte sich Dr. Leisenfels wieder in das Gespräch.

»Ich bin nicht erpressbar, Herr Leisenfels. Ich bin bereit, die beruflichen Konsequenzen zu tragen.«

»Sehen Sie es als Chance, Nia.« Wackwitz sprach leise. »Es geht nicht nur um Ihre Karriere. Es geht vielmehr um Sie persönlich. Sie können sich selbst beweisen, dass Sie verantwortungsvoll handeln. Beweisen Sie mir, dass Sie eine gute Kommissarin sind. Dass ich recht habe mit dem, was ich über Sie denke.« Es sah sie an. »Überlegen Sie es sich, Nia.«

Nia schob den Stuhl zurück und trat ans Fenster. Die Kinder waren verschwunden. Der Spielplatz lag verlassen da. Eine alte Frau saß auf der Bank, den Hut gegen die Sonne tief ins Gesicht geschoben und löste Kreuzworträtsel.

Sollte sie die Chance, wie Wackwitz es nannte, ergreifen? Dr. Leisenfels hatte versucht, sie zu erpressen. Die ganze Angelegenheit war illegal. Aber was hatte sie zu verlieren? Wackwitz mochte sie. Das war ihr schon seit Längerem klar. Auch wenn sie jetzt Zweifel daran bekam, welcher Art seine Zuneigung zu ihr war. Und er hatte recht. Es ging nicht um ihre Karriere. Nicht mehr. Es ging nur um sie selbst. Wenn sie sich der Aufgabe stellte, würde sie in der Lage sein, sie zu bewältigen? Hier in der Klinik bleiben, eine Krankheit vortäuschen, ohne dass es auffiel?

»Was ist mit Eliah Kahmen?«, fragte sie in die Stille hinein. »Das ist der Mann, dem ich auf dem Dach begegnet bin.« Und der hier in meinem Zimmer mit mir gesprochen hat, ergänzte sie in Gedanken.

Wackwitz und Dr. Leisenfels sahen sich an.

»Da gibt es nur zwei Möglichkeiten«, erwiderte Dr. Leisenfels schließlich. »Entweder ist er eine Folge Ihres Traumaerlebnisses und Sie bilden ihn sich nur ein. Dann hieße das, Sie – und damit wir alle – hätten vor den Ermittlungen noch ein weiteres Problem zu lösen. Oder ...«

»Oder er ist mein Verdächtiger Nummer eins«, murmelte Nia und wusste mit einem Mal nicht, welche der beiden Alternativen ihr lieber war.

***

Sofie langweilte sich. Die Gurte ihres Rucksackes zerrten an ihren Schultern. Mama hatte für den Schulausflug viel eingepackt. Brote und Trinken, einen Apfel und Schokolade. Die hatte sie in der Straßenbahn gegessen, sonst noch nichts. Jetzt hatte sie Durst. Aber die Lehrerin redete und redete und redete. Sie seufzte und schob ihre Finger unter die Riemen. Es half nichts. Außerdem musste sie dringend aufs Klo. Aber hier vor dem Dom gab es keines. Sie sah sich um. Dort hinten in dem Café unter den Bäumen war sie schon einmal mit Oma gewesen. Die hatten Zaubertüren auf den Toiletten. Erst waren sie aus durchsichtigem Glas, und dann, wenn man reinging und abschloss, wurde das Glas weiß.

»So ist das auch mit dem Himmel: Du siehst mich nicht, aber ich bin noch da«, hatte Oma später gesagt. Noch später war sie dann gestorben.

»Sofie?«

Sie schreckte zusammen.

»Sofie!« Die Stimme der Lehrerin.

Sie starrte die Frau an und versuchte zu ahnen, was sie von ihr wollte. Frau Müllers Augenbrauen krochen wie kleine Raupen auf und ab. Sofie lächelte, obwohl der Gesichtsausdruck nichts Gutes bedeuten konnte.

»Du träumst, Sofie!« Frau Müller bahnte sich einen Weg durch die anderen Kinder ihrer Klasse auf sie zu, beugte sich vor und schnarrte: »Interessiert es dich so wenig, was ich euch erzähle? Der Dom ist das Wahrzeichen unserer Heimatstadt Köln, und auch du solltest etwas darüber wissen!«

Sofie nickte und sah Frau Müller stumm an. Wenn jetzt so eine Zaubertür zwischen ihr und der Lehrerin wäre, würde sie sie hinter sich zuziehen und den Schlüssel umdrehen. Stattdessen schloss sie langsam die Augen. Als sie sie wieder öffnete, hatte sich Frau Müller wieder aufgerichtet und zeigte auf den Haupteingang des Kölner Doms.

»So eine große Tür nennt man Portal, und das rechte hier heißt Petersportal, nach dem Apostel Petrus. Ihr seht die zwölf Apostel dort. Oben in den Bögen darüber sitzen Propheten, Kirchenmänner und Engel.«

Sofies Blick folgte dem Fingerzeig der Lehrerin. Die großen Steinbilder hatten Gewänder wie Kleider an und hielten Bücher in den Händen.

»Ich mag sie nicht«, flüsterte Sofie ihrer Freundin Lena zu. »Es sind alles alte Männer mit schrecklichen Bärten!«

Lena kicherte.

»Die Engel sind viel schöner!« Sofie musterte die Figuren. »Es ist ein Orchester. Sie machen Musik.«

Lena legte den Kopf in den Nacken und tat, als ob sie lauschte. »Hörst du sie?«, fragte sie und kicherte wieder.

Sofie blieb stehen und rührte sich nicht. Da war etwas. Über das Stimmengewirr der Menschen hinweg und durch den monotonen Singsang von Frau Müller hörte sie einen leisen Ton. Eine Triangel. Nein, eine Glocke! Sie hörte eine Glocke. Sofie drehte den Kopf und suchte die Quelle. Nichts. Sie schloss die Augen. Der Klang wurde deutlicher. Lauter. Er kam von oben. Sofie blinzelte. Die Engel. Einer von ihnen bewegte sich. Schwang seine Glocke, hatte sein Gesicht dem ihren zugewandt und schaute sie an. Er war traurig. Sofie wusste es. Sie spürte es. Seine Gedanken waren in ihrem Kopf. Der Engel war wegen ihr traurig. Sie lächelte, wollte ihn trösten. Aber da war noch mehr. Der Engel war auch zornig. Wie Frau Müller, wenn sie mit ihr schimpfte. Nein. Noch viel zorniger. Aber er war nicht auf sie zornig. Sie verstand es nicht. Die Glocke dröhnte in Sofies Ohren. Sie schwankte.

Ein Ruck an der Schulter riss sie herum.

»Sofie! Es reicht!« Frau Müller.

»Der Engel hat sich bewegt!« Sofie hatte Mühe zu sprechen. Es war, als ob ihre Stimme sich in ihrem Hals verstecken wollte.

»So, so, bewegt hat er sich. Deine blühende Phantasie in allen Ehren, Kind, aber jetzt ist es genug.«

»Aber …«

»Kein Aber.« Frau Müller wandte sich an die anderen Kinder. »Ich hoffe, ihr habt besser aufgepasst. Ich möchte, dass ihr mir als Hausaufgabe ein Bild des Petersportals malt.« Sie klatschte in die Hände. »Und jetzt gehen wir gemeinsam zum Stadtmuseum.« Sie hob ihren Spazierstock, den sie die ganze Zeit in den Händen gehalten hatte, hoch. »Kommt, Kinder!«

Sofie drehte sich um und schaute zu dem Engel hinauf. Er saß auf seinem steinernen Thron, in der rechten Hand die Glocke, und es sah aus, als ob er ihr etwas zurufen wollte. Aber er bewegte sich nicht. Sofie biss sich auf die Unterlippe. Frau Müller hatte sicher recht. Sie hatte zu viel Phantasie. Sie riss sich los und rannte hinter den anderen her, die Stufen zur Straße hinunter. An der Ecke blieb sie stehen. Von hier aus konnte sie den Engel nicht mehr deutlich erkennen. Trotzdem sah sie sein Gesicht. Der Engel weinte.

***

»Hilfst du mir jetzt, oder nicht?« Nia presste das Handy an ihr Ohr, um durch das Rauschen Niklas' Stimme besser zu verstehen. Die dicken Mauern des Krankenhauses hielten nicht nur Hitze, Kälte und Lärm ab, sie bremsten auch Übertragungswellen und Funkfrequenzen aus.

»Du weißt, dass ich das nicht darf, Nia.« Er klang aufgeregt. »Ich kann doch nicht einfach meine Ausbildungsstelle aufs Spiel setzen, damit du an deine Daten kommst.«

»Wenn ich mich recht erinnere, warst du früher nicht so zimperlich, was Gesetz und Ordnung angeht.«

»Das ist lange her.«

»Aber nicht so lange, dass du vergessen haben könntest, wie es geht«, fiel Nia ihm ins Wort. »Ohne dabei erwischt zu werden«, ergänzte sie grinsend.

»Warum brauchst du mich überhaupt? Du bist doch bei der Polizei. Du könntest dir doch einfach selber Zugang verschaffen.«

»In diesem Fall nicht.«

»Das heißt was?«

»Dass in diesem Fall eben die offiziellen Wege verschlossen sind.«

Am anderen Ende der Leitung rauschte es. Nia grinste. Jetzt hatte sie ihn. Das waren die magischen Worte, denen er sich öffnen würde.

Niklas war der kleine Bruder einer Freundin, von dem Nia immer geglaubt hatte, er würde einmal eine erfolgreiche Karriere als Internetkrimineller hinlegen. Seit der Grundschule hatte sich bei Niklas alles nur um Computer, Spiele und Datenautobahnen gedreht, aber sein Bewusstsein für digitales Eigentum war chronisch unterentwickelt geblieben. Das änderte sich erst, als er vor anderthalb Jahren in den Server des örtlichen Stromversorgers eindrang und die ganze Stadt hätte lahmlegen können. Aber anstatt seinem Spieltrieb nachzugeben, rief er bei der Hauptverwaltung an, betätigte zum Beweis den ein oder anderen Lichtschalter und legte anschließend den Weg in die Zentrale offen. Das hatte ihm zuerst Ärger und dann das Angebot eingebracht, eine Ausbildung bei eben diesem rheinischen Stromriesen zu beginnen. In einem Bereich, in dem er seinen Lehrern mehr beibringen konnte als umgekehrt. Seiner Neugierde und der Dreistigkeit, diese zu befriedigen, hatte der Übergang in die Legalität keinen Abbruch getan.

»Wie verschlossen sind die Wege denn?« Er zappelte am Haken.

»Alles, was ich konnte, habe ich bereits getan. Die Netzwerke, die Suchmaschinen, die Anfragen bei den Ämtern«, erläuterte Nia. Sie hatte eine hübsche Sammlung an Informationen über die Mitarbeiter des Krankenhauses zusammengetragen. Im Krankenhauscafé, wo sie stundenweise den Internetzugang belegt hatte, bis der Besitzer sie höflich, aber sehr bestimmt darauf hinwies, dass sie nicht die einzige Interessentin für dieses Angebot sei, und im Büro von Dr. Leisenfels, in dem sie die Personalakten durchforstet hatte. Wackwitz hatte ihr geholfen und die städtischen Quellen angezapft. Im Groben bestätigte alles die Aussage des Doktors. Zufriedene, glückliche Mitarbeiter allerorten. Nichts, was den Verdacht erwecken konnte, es mit einem Serienmörder zu tun zu haben. Jetzt musste sie an die besser geschützten Orte vordringen – an die privaten E-Mails, die Chat-Accounts, die Bankkonten. Und dazu brauchte sie Niklas' Hilfe. Vielleicht würde es ihm sogar gelingen, an Informationen über die beiden Personen zu kommen, über die sie selbst bisher, wie in Dr. Leisenfels' Fall, nur sehr wenig oder, wie in Eliah Kahmens Fall, nichts herausgefunden hatte. Und nichts war noch deutlich untertrieben. Kein Telefonbucheintrag bei der Auskunft, keine Bilder, keine Mailadresse oder Domain, keine Netzwerkzugehörigkeit, rein gar nichts. Diesen Mann gab es einfach nicht.

»Wie lange brauchst du?« Nia deutete Niklas Schweigen als Zusage.

»Kommt drauf an.«

»Worauf?«

»Welche Priorität ich dem Ganzen gebe.«

»Und wovon hängt die Priorität ab?«

»Es gibt da diese NAS, die ich dringend für meine Netzwerksteuerung bräuchte.« Er seufzte theatralisch. »Aber als Azubi kann man sich ja keine großen Sprünge leisten.«

»Was kostet dieses Maas?«, fragte Nia genervt.

»NAS – *Network Attached Storage*«, korrigierte er sie mit einem Vorwurf in der Stimme, der sich eher auf ihre Unwissenheit als auf den Unterton ihrer Frage zu beziehen schien. »Das Teil ist ein Massendatenspeicher. So zweihundert bis dreihundert Euro muss man rechnen.«

Nia dachte nach. Von ihrem eigenen Geld würde sie Niklas nichts geben können. Dr. Leisenfels und Wackwitz würden dafür aufkommen müssen. Sie konnten es ja als eine Art Spesen betrachten.

»In Ordnung«, murmelte sie. »Bis morgen früh brauche ich sämtliche Infos, die du über folgende Personen bekommen kannst.« Sie leierte die Namen der Mitarbeiter des Krankenhauses herunter. »In erster Linie brauche ich aber Informationen über den Doktor und Eliah Kahmen. Und vergiss die Schwester Britta Dünkens nicht, auch wenn ich vermute, dass sie gar kein Leben außerhalb der Krankenhausmauern hat.«

sechs

Halei füllte den Raum. Der Atem der alten Frau auf dem Strohlager ging stockend, setzte aus, um sich dann wieder mit aller Macht ans Leben zu klammern. Sie war allein. Ein Krug lag zerbrochen neben der Lagerstatt, umgestürzt von tastenden Händen auf der Suche nach Wasser. Über der verloschenen Feuerstelle hingen Bündel von getrockneten Kräutern. Ein totes Huhn, mit durchgeschnittener Kehle, hing über einem Schemel, aufgedunsen und der Fäulnis preisgegeben. Ein altes Buch lag auf dem Tisch, umgeben von Töpfen und Tiegeln.

Die Haut der alten Frau glühte vom Fieber. Obwohl es in der Hütte kühl war, hatte sie sich jeden Fetzen Stoff vom Leib gerissen. An ihrem Hals und in den Leisten hatten sich große Beulen gebildet, blauschwarz unterlaufen. An einigen Stellen waren sie aufgeplatzt, und ein Gemisch aus Eiter und Blut tropfte auf das Stroh unter ihr. Benommen öffnete sie die Augen und sah Halei an. Ihre Zunge bewegte sich in dem zahnlosen Mund und versuchte, Worte zu formulieren, doch nur ein leises Stöhnen entrang sich ihr. Sie schloss ihre Augen. Eine Träne rann über ihre Wange und verschwand in den tiefen Falten ihres Halses.

Ich kann dich hören.

Sie hob die Lider und suchte seinen Blick. »Es tut so weh«, krächzte sie.

Halei legte eine Hand auf ihre Stirn und spürte, wie sie ruhiger, ihr Atem regelmäßiger wurde.

»Ich muss jetzt sterben«, murmelte sie. In ihren Worten war keine Ergebenheit, sondern Erstaunen. Und Reste der Wut, die ihr der erlittene Schmerz gelassen hatte.

Ja.

»Ich bin noch nicht bereit.«

Dein Leib will es.

»Meine Seele nicht.«

Willst du leben trotz der Schmerzen?

Die Alte lächelte. »Du weißt nichts vom Leben der Menschen.«

Ich bin ein Engel.

»Hat dich jemand gefragt, ob du einer sein willst?«

Nein.

»Die Menschen werden auch nicht gefragt, ob sie Menschen sein wollen.« Sie griff nach Haleis Hand auf ihrer Stirn und legte sie auf ihr Herz. »Wir ergeben uns in unser Schicksal.«

Du nicht. Halei wies auf das Buch.

»Ich wollte lernen, wissen.«

Hast du Wissen erfahren?

»Einen Teil dessen, was es zu wissen gibt.« Sie schloss wieder die Augen. »Einen zu kleinen Teil.«

Halei schwieg.

»Es ist die Pest, Engel. Mein Körper ist alt. Er ist zu schwach.«

Deine Seele wird leben.

»So wie du?«

Nein. Halei betrachtete das Gesicht der Alten. Vergänglichkeit lag darin. Leid. Erinnerungen. *Für das Leben wärst du bereit, Schmerzen auf dich zu nehmen?*, fragte er dann.

»Nicht für das Leben. Für das Wissen.« Ihre Stimme erstarb, doch Halei hörte ihre Gedanken*: Es gibt immer etwas, wofür es sich lohnt.* Unter seiner Hand stolperte und raste ihr Herzschlag. Mit einem Mal setzte er aus.

Die Alte öffnete ihre Augen. Ihre Stirn erstrahlte im Glanz der Ewigkeit. *Hast du etwas, wofür es sich lohnt, Halei?* Sie hob die Hand, legte sie auf seine Stirn: Halei. *Eliah.*

Halei lauschte dem Klang des Wortes nach. Dem menschlichen Selbst seines Engelnamens. Ohne Widerhall des Göttlichen.

Er beugte sich vor und berührte die Stirn der Alten mit seinen Lippen. Der letzte Hauch ihres Atems streifte ihn, schoss in seine Glieder. Der Schmerz ließ ihn aufschreien, und er stürzte zu Boden.

»Ja«, murmelte Eliah heiser. »Ich habe etwas.«

***

Anna blies in den Steinbottich neben dem Eingang zum Küchenhaus und beobachtete, wie die Kaulquappen, die in dem Regenwasser schwammen, mit hektischen Schwanzschlägen auf den Grund flüchteten. Dann tauchte sie ihren Becher in das Wasser, trank und genoss die kühle Erfrischung. Die Tiere schreckten sie nicht ab.

Anna mochte keinen Wein und kein Bier während ihrer Arbeit trinken, diese Getränke machten sie schläfrig. Das Brunnenwasser mied sie. Zu viele Leute erkrankten deswegen, und seit der schwarze Tod der Stadt von Süden her immer näher rückte, war sie sehr vorsichtig geworden.

Hinter sich hörte Anna Nyeß in der Küche werkeln. Sie sammelte die Reste des Getreidebreis, den sie und ihre Mitschwestern nach dem Morgengebet gegessen hatten, um ihn mit einfachen Fleischstücken, die Nyeß heute auf dem Heumarkt an der Kotzbank erstehen würde, zu vermischen. Die Beginen lebten in selbst gewählter Armut. Ganz im Sinne des Herrn. Auch wenn einige der Mitschwestern adelig waren oder aus begüterten Häusern stammten, brachten sie doch keine Reichtümer mit in die Gemeinschaft. Sie begnügten sich mit dem, was an den Schlachtbänken übrig blieb: Herz und Nieren der Tiere, Hirn, Euter oder Knochen. Aber Nyeß wusste, was sie tat. Zusammen mit Rüben aus dem eigenen Garten und etlichen Gewürzen würde daraus eine köstliche Abendsuppe entstehen.

Anna musste lächeln. Trotz der schweren Arbeit, die die Köchin seit Tagesanbruch leistete, war sie guter Laune und sang ein frommes Lied zur Ehre Gottes im Rhythmus der klappernden Holzschalen. Es klang schief und kratzig, aber Gott würde sich auch über diese Ehrerbietung freuen. Da war Anna sicher.

Sie nahm ihren Becher, drückte gegen das Holz der Türe und trat in die feuchte Dunkelheit des Kochraums. Der beißende Geruch des Feuers hatte sich in jede Ritze gefressen und hing in der Luft wie ein unsichtbarer Schleier, der alles überdeckt.

»Du musst sie um Erlaubnis fragen, Anna.« Nyeß stand mit dem Rücken zu ihr und rührte mit einem großen Löffel in dem Kessel über der Feuerstelle. Die sämige Flüssigkeit blubberte, und ein heißer Dampf stieg über dem Topf empor, vermischte sich mit den silbernen Rauchschwaden des Feuers. »Du darfst nicht ohne ihr Einverständnis gehen.«

»Ich habe es Ursula versprochen.«

Nyeß zuckte mit den Schultern, ohne ihre Tätigkeit zu unterbrechen. »Wenn du dir deswegen selber Ärger einhandelst, kannst du ihr nicht mehr helfen.«

Anna schwieg, ging zu dem schweren Holztisch in der Mitte des Raumes und griff nach einer Möhre. Sie befreite ihr Messer aus den Falten ihres Kleides und putzte das Gemüse.

»Wenn ich meine Arbeit hier getan habe, werde ich Walburga sagen, dass ich mit Peter sprechen muss. Das kann sie mir nicht verwehren.«

»Du willst zur Dombaustelle gehen?«

»Warum nicht?«

Nyeß schüttelte den Kopf. »Ohne Begleitung wird sie dich nicht dorthin lassen.«

»Dann geh du mit mir. Du wolltest doch zum Heumarkt, Fleisch kaufen.« Sie schob mit der Handkante die Möhrenstücke zur Seite, fischte eine weitere aus dem Korb neben dem Tisch und hackte sie in kleine Stücke. »Was hältst du von Hühnersuppe, statt der Pansen?«

Nyeß drehte den Kopf, sah Anna über die Schulter hinweg an und grinste. »Und wenn wir dann sowieso schon auf dem Geflügelmarkt am Neumarkt sind, können wir ja auch kurz einmal bei einem der Höfe um Arbeit für Ursula fragen.«

»Richtig.«

Nyeß hob ihren Rock an, wickelte sich eine dicke Stoffbahn um die Finger und stemmte den schweren Topf von der Feuerstelle.

»Dann komm, Anna. Wir suchen Walburga. Sicher wird sie nichts dagegen haben, dass du mir hilfst, die schweren Sachen vom Markt nach Hause zu tragen. Schließlich gehört das auch zur Küchenarbeit.« Sie ging zur Tür und schob sie auf. Helles Sonnenlicht floss über den festgestampften Lehmboden und breitete sich um Annas Füße wie ein glitzernder See aus. »Worauf wartest du, Kind?«

Anna sah die Ältere an. Eine herzliche Zuneigung zu Nyeß

erfasste sie und schnürte für einen Moment ihre Kehle zu. »Danke«, murmelte sie leise, stand auf und folgte ihr auf den Hof hinaus.

Der Lärm stand über dem Domplatz wie eine Regenwolke, die sich zusammenballt und auftürmt, um dann unvermittelt ihren Inhalt freizugeben. Die Rufe der Kaufleute, Budenkrämer und Gaukler, die sich über den Platz verteilten, vermischten sich mit den Anpreisungen der Garköche und Weinhändler, die allesamt um die Gunst und die Geldbeutel der Gläubigen, die zum Gebet in den Chor strömten, buhlten. Auch die Steinmetze der Dombauhütte ließen manches Geldstück in die Lederbeutel der Händler fallen, wenn sie ihren Hunger oder Durst stillen wollten. Über all dem gaben die Schläge der Hammer, Beitel und Kröndel auf den Stein den Rhythmus vor, der das Leben auf dieser riesigen Baustelle bestimmte.

»Warte hier auf mich«, rief Anna Nyeß zu. »Ich werde einen der Steinmetze fragen, ob er weiß, wo ich Peter finden kann.« Sie drängte sich an den Pilgern vorbei, die in Büßerkleidung auf den Eingang des Doms zustrebten. Ihr Blick wanderte über die Köpfe der Menschen, in der Hoffnung, ein bekanntes Gesicht in der Menge zu entdecken. Aber sie konnte weder ihren Vater noch einen seiner Freunde oder Peter finden. Sie wandte sich an einen jungen Mann, der ihr im selben Alter zu sein schien wie ihr Bruder, erhielt aber nur ein bedauerndes Kopfschütteln als Antwort. Schließlich erreichte sie die Hütte des Dombaumeisters und trat über die Schwelle. Im Inneren der Hütte herrschte gedämpftes Licht, und mehrere Männer umstanden einen Tisch, auf dem ein großes Pergament ausgebreitet war. Sie waren so in ihr Gespräch vertieft, dass sie Anna erst bemerkten, als sie fast neben ihnen stand und sich räusperte.

Erstaunt und stumm blickten sie sie an, herausgerissen aus ihren Gedanken und ihren Plänen, bis sich schließlich um die Mundwinkel des Ältesten unter ihnen ein Lächeln schlich und er mit offenen Armen auf sie zukam.

»Anna.« Er blieb vor ihr stehen und musterte sie von oben bis unten. »Was bringt Euch zu uns?« An die anderen gewandt, fuhr er fort: »Sie ist Heinrich Parlers Tochter, meine Herren, und das, was ihr Vater und Bruder an Talent mitbringen, wiegt sie mit ihrer Schönheit auf.« Er deutete eine Verbeugung an.

Anna spürte, wie sie rot wurde. Hannes war einer der Männer, die ihr Vater ihr als Ehemann vorgeschlagen hatte, bevor sie der Gemeinschaft beigetreten war. Sie senkte den Blick. Er war mehr als doppelt so alt wie sie, bereits einmal verwitwet und Vater einer Tochter, die längst selber verheiratet war und in ihrem Haus drei Kinder hütete.

»Ich suche Peter. Wisst Ihr, wo ich ihn finden kann?« Sie suchte die Blicke der anderen und bemühte sich, Hannes nicht länger als unbedingt nötig anzusehen. Sie mochte ihn und fand ihn auch durchaus ansehnlich, wollte in ihm aber keine falschen Hoffnungen wecken.

»Am Rheinufer unten, bei den Schiffen.« Hannes löste sich nur widerstrebend aus Annas Nähe und trat wieder zu den Männern am Tisch. »Eine der Ladungen ist verrutscht. Zum Glück ist das Schiff nicht untergegangen, aber es sind etliche Steine in den Fluss gefallen oder zerbrochen.« Er kratzte sich an der Stirn. »Peter ist mitgegangen, um nachzusehen, welche Steine noch verbaut werden können.«

»Dann richtet ihm doch bitte aus, dass seine Schwester hier war und ihn sprechen wollte.« Sie nickte noch einmal freundlich in die Runde und ging zur Tür. Es machte keinen Sinn für sie, zum Rhein zu gehen und dort nach ihrem Bruder zu suchen. Der Hafen war kein Ort für Beginen. Und selbst wenn sie ihn im Hafengewirr finden würde, würde er keine Zeit haben, um mit ihr zu reden. Jeden Tag legten dort drei oder vier Schiffe an, die die Trachytsteine vom Drachenfels nach Köln brachten. Dort, in dem Steinbruch, arbeiteten Tag für Tag die Steinbrecher, um den Nachschub an Baumaterial für den Kirchenbau nicht versiegen zu lassen.

»Hast du ihn finden können?«, fragte Nyeß, als Anna schließlich wieder bei ihr eintraf.

Anna schüttelte den Kopf.

»Und jetzt?«

»Gehen wir zum Hühnermarkt. Wir wollen doch nicht auf leere Schüsseln starren heute Abend, oder?«

Nyeß seufzte, setzte sich dann aber doch in Bewegung und folgte Anna. Die nächsten zwanzig Minuten liefen sie schweigend nebeneinander her, wichen den Menschen aus, die ihnen entgegenkamen und näherten sich schließlich dem Neumarkt, auf dem wie jeden Samstag der große Geflügelmarkt stattfand. Hier war es ruhiger als auf den Märkten in der Nähe des Rheins. Der Neue Markt war zu weit weg vom Fluss, um als Warenumschlagplatz dienen zu können. Nur Güter, die über Land in die Stadt kamen, und Vieh wurden hier angepriesen. Dementsprechend erhob sich in der Mitte des Platzes eine große Viehtränke, an der die Bauern ihre Kühe, Schafe und Schweine versorgten, bevor sie sie entweder weiterverkauften oder mit ihren neu erstandenen Tieren den Heimweg antraten.

Der Platz selbst war gesäumt von einigen stattlichen Höfen, deren hohe Mauern ihn wie Schutzwälle umgaben. Hier hoffte Anna einen Platz zu finden, an dem Ursula sich als Magd verdingen könnte.

Unsicher blieb sie am Rand des lauten Treibens stehen. Wo sollten sie beginnen? Anna kannte niemanden auf den Bauernhöfen, würde also auf gut Glück dort anfragen müssen. Unschlüssig sah sie sich nach Nyeß um, die gerade dabei war, an einem Stand mit der Händlerin über einen guten Preis zu verhandeln. Das Huhn, das sie mit der einen Hand an den Füßen umklammert hielt, ahnte wohl sein Schicksal, flatterte mit den Flügeln, hackte mit dem Schnabel und zeterte laut. Nyeß ließ das alles ungerührt. Schließlich zog sie eine Münze aus ihrer Rocktasche, drückte sie der Händlerin in die Hand und kam zu Anna.

»Ich hätte ihm schon den Kopf abhacken lassen sollen, dann wäre es jetzt friedlicher«, schimpfte sie, wehrte den spitzen Schnabel des Tieres ab und funkelte das Huhn böse an.

»Wir könnten …«, setzte Anna an, wurde aber von lauten Schreien unterbrochen, die aus einem der offenen Hoftore drangen.

Hastig sah sie sich um, als eine Frau auf den Markt gestürzt kam, die Hände rang und laut schrie: »Helft uns! Der Bauer ist gestürzt und regt sich nicht mehr.«

Anna und Nyeß sahen sich kurz an und eilten hinüber.

»Was ist geschehen?«, fragte Anna die Frau, als sie bei ihr ankamen.

»Schnell!« Die Frau wandte sich um und lief durch das Tor in den Innenhof. Anna und Nyeß folgten ihr. In der hinteren Ecke sahen sie vor den Viehställen einen Mann auf dem Boden liegen. Er rührte sich nicht, und sein linkes Bein stand in einem unnatürlichen Winkel ab.

Anna kniete neben ihm nieder, legte ihr Ohr auf seine Brust und horchte.

»Er lebt«, sagte sie, als sie sich wieder aufrichtete. »Aber er ist ohne Bewusstsein.« Sie betrachtete seinen Kopf, tastete mit den Fingern durch das dichte Haar des Mannes und sah in Ohren und Nase. »Er blutet nicht am Kopf, das ist gut«, murmelte sie mehr für sich selbst als für die Umstehenden. Die junge Frau, die sie zur Hilfe gerufen hatte, stand immer noch wie vom Donner gerührt neben ihr und knetete ihre Hände. Ihr Leib wölbte sich weit nach vorne, und sie drückte ihr Kreuz durch. Bis zur Geburt ihres Kindes würde es nicht mehr länger als einen oder zwei Monate dauern.

»Sein Bein ist aus dem Gelenk gesprungen. Wir sollten es gerade ziehen, solange er es noch nicht spürt. Habt Ihr einen Knecht in der Nähe, der uns helfen kann?« Anna sah die junge Frau fragend an.

Endlich kam wieder Leben in deren Züge, als sie, wie aus einem Traum erwacht, den Kopf schüttelte. »Ich habe schon einen Knecht losgeschickt, um den Wundarzt zu holen. Die anderen Knechte sind auf dem Markt draußen. Ich müsste sie suchen gehen.« Sie raffte ihre Röcke und machte Anstalten, den Hof zu verlassen.

»Das dauert zu lange. Wir versuchen es allein.« Anna nickte Nyeß zu, die die ganze Zeit schweigend daneben gestanden hatte. »Hilf, mir! Und du, Bäuerin, geh und hol ein langes, gerades Stück Holz und Bänder, mit denen ich es an seinem Bein festmachen kann.«

Anna wandte sich wieder dem Verletzten zu. Sie zog ihr Messer hervor und schnitt die Nesteln am Hosenbund des verletzten Beines ab. Es wäre zu mühsam, sie einzeln zu lösen, um den Beinling abzuziehen. Dann schnitt sie den Stoff der Länge nach auf und legte das Bein frei.

Nyeß kniete sich neben Anna auf den Boden. Das Huhn befreite sich und flog gackernd und fauchend über den Hof, bis es sich in einer Ecke niederließ und zu scharren begann.

»Wenn Knochen in das Fleisch getrieben wurden, sieht es schlecht aus für den Bauern«, sagte Anna und fühlte vorsichtig über das verletzte Bein. Der Ohnmächtige stöhnte und bewegte den Kopf. »Er erwacht. Wir müssen uns beeilen. Halt seine Hüfte fest, ich werde versuchen, sein Bein gerade zu ziehen.«

Sie stand auf und ging zum Fuß des Mannes, hob ihn behutsam an und zog kräftig daran. Die Stellung des Beins blieb unverändert. Nur das Stöhnen wurde lauter. Anna spürte, wie ihr der Schweiß unter ihrem Gewand den Rücken hinunter lief. Sie nahm tief Luft und startete einen neuen Versuch.

»Braucht Ihr Hilfe?« Ein Mann stand im Toreingang. Er war groß und machte einen kräftigen Eindruck auf Anna.

»Wir schaffen es nicht allein«, stieß sie unter heftigem Atmen aus, während sie weiter an dem gebrochenen Bein zog.

Mit wenigen Schritten war der Mann bei ihr, kniete sich neben sie und packte mit beiden Händen das Fußgelenk des Mannes. Sie arbeiteten schweigend. Endlich ließ der Widerstand nach, es knackte, und der Knochen rutschte wieder an seinen Platz im Gelenk.

Anna ließ den Fuß los. Ihre Hände zitterten von der Anstrengung, und sie rang nach Luft. Dann blickte sie zur Seite auf den Mann neben sich. Er war jünger, als sie im ersten Moment gedacht hatte. Vielleicht fünfundzwanzig oder sechsundzwanzig Jahre alt. Seine dunklen Haare fielen ihm bis auf die Schultern, und seine Kleidung war einfach, wie die eines Bauern. Trotzdem wirkte er auf Anna nicht wie ein Mann, der sein Tagwerk mit harter Arbeit verbringt. Er hatte lange schmale Hände, und die Haut an seinen Fingern erschien ihr zu weich für einen Knecht oder Handwerker. Jetzt wischte er sich mit einer knappen Bewegung den Schweiß von der Stirn und sah sie ruhig an. Obwohl er nichts sagte, hatte Anna das Gefühl, dass er zu ihr sprach, dass seine blauen Augen Worte in ihre Seele flüsterten und sie zum Klingen brachten. Friede, Gelassenheit und eine sanfte Energie umfingen sie. Aber da war noch mehr. Fragen. Suchen. Eine scheue Sehnsucht und ein Verlangen, das sie tief in ihrem Inneren anrührte.

Der Verletzte vor ihnen regte sich mit einem Stöhnen und tastete wild mit den Händen umher. Anna riss sich vom Blick des jungen Mannes los. Das erschöpfte Beben ihrer Hände hatte nun einem Zittern Platz gemacht, das tief aus ihren Inneren zu kommen schien. Aber sie fror nicht. Eine Wärme erfüllte sie, die sie gleichzeitig einhüllte und Kraft spendete.

»Wir sollten ihm noch die Holzschiene anlegen, damit das Gelenk nicht wieder hinausspringt«, unterbrach Nyeß die Stille. Sie hielt die Latte mit beiden Händen umfasst wie einen Dreschflegel.

»Dem Herrn sei's gedankt! Er wird wach!« Die Bäuerin kniete neben ihrem Mann nieder und bettete seinen Kopf in ihren Schoß. Sie strich ihm mit einer zärtlichen Geste über die Stirn.

Rasch befestigte Anna die Stütze.

»Er wird bestimmt gesund werden.« Sie lächelte und stand auf. »Aber den Hof muss er einige Zeit den Knechten überlassen.«

Die Bäuerin runzelte die Stirn und fasste sich mit beiden Händen an ihren schwangeren Bauch.

»Keine Angst, wenn das Kind kommt, wird er wieder laufen können, und bis dahin«, Anna nickte der Frau aufmunternd zu, »werdet Ihr kräftig mit anpacken können.«

»Danke.« Sie sah Anna dankbar an. »Ich möchte Euch gerne etwas ...«, sprach sie weiter, wurde aber von lauten Stimmen unterbrochen. Drei Männer betraten den Innenhof und sahen sich um. Als sie die kleine Gruppe erkannten, kamen sie rasch näher.

»Wir haben den Wundarzt vom Markt geholt«, sagte einer der drei. Er ging zu dem Bauern, der mittlerweile wieder zu Bewusstsein gekommen war, und reckte neugierig den Kopf vor. Allem Anschein nach, war er einer der Knechte des Hofes.

»Helft mir, ihn ins Haus zu tragen«, befahl die Bäuerin und erhob sich. Die Knechte nickten, und einer der beiden ging über den Hof, um ein Brett zu holen. Zusammen legten sie den Kranken darauf. Dann trugen sie ihn vorsichtig und mit langsamen Schritten ins Haus, die Bäuerin eilte hinterher.

»Da werde ich wohl nicht mehr gebraucht.« Die näselnde Stimme des Wundarztes ließ Anna zusammenzucken. Er versprühte kleine Tröpfchen Spucke, während er sprach. »Es hat ja bereits jemand mein Handwerk ausgeführt, wenn ich nicht irre.« Er musterte Anna, Nyeß und den jungen Mann. Mit einem leisen Brummen, das fast wie ein Knurren klang, trat er näher und baute sich vor ihnen auf. »Das sehen die Gilden gar nicht gern!«

Anna wich unwillkürlich einen Schritt zurück. Das war das Letzte, was sie brauchen konnte. Walburga hatte sich sehr deutlich ausgedrückt, als sie ihr gestern die Arbeit mit Kranken verboten und sie zum Küchendienst bestellt hatte. Vor ihrem inneren Auge erschien Hannes mit weit ausgebreiteten Armen und einem glückstrunkenen Lächeln. Nein. Sie durfte es nicht so weit kommen lassen. Anna schluckte und suchte fieberhaft nach Worten, die den Zorn des Arztes besänftigen würden.

»Ich …«, stammelte sie, »wir haben nur …« Sie merkte, wie ihre Stimme wegbrach. Dann fasste sie sich und sprach in festem Ton weiter: »Wir haben nur getan, was wir im ersten Moment tun konnten. Ich bin mir sicher, dass Ihr, wenn Ihr den Patienten begutachtet, noch viel mehr für ihn tun könnt.«

»Trotzdem geht es nicht an, dass Ihr …«, keifte der Arzt wieder los, wurde aber von dem jungen Mann, der die ganze Zeit schweigend gelauscht hatte, unterbrochen.

»Dem Bauern geht es wieder gut.« Er legte dem Arzt eine Hand auf die Schulter und fixierte ihn mit seinen Blicken. Der Mann machte noch eine kurze abwehrende Bewegung, hielt aber dann inne. »Auch Ihr habt doch nur das Wohl der Kranken im Sinn, wenn Ihr gerufen werdet. Und diesem Kranken geht es wieder wohl.« Er nahm die Hand von der Schulter des

Arztes und lächelte, als der sich umdrehte und gemessenen Schrittes den Hof verließ. Dann wandte er sich Anna zu. »Ihr habt dem Bauern sehr geholfen, Anna. Und auch seiner Frau. Ich bin mir sicher«, er zögerte kurz, bevor er weitersprach, »dass sie Euch in ihre Gebete einschließen werden.«

Wieder entstand eine Pause, in der er ihren Blick suchte und Anna das Gefühl bekam, in seine Augen einzutauchen und dort eine Vertrautheit zu finden, die sie zur gleichen Zeit anzog und abschreckte.

»Wollt Ihr uns nicht Euren Namen nennen, junger Herr?« Nyeß schob sich zwischen die beiden. »Es wäre sehr unhöflich, wenn Ihr ihn uns schuldig bliebt.«

»Eliah.«

»Und woher kommt Ihr?«

»Aus Köln.« Er nickte, so als ob er es sich selbst bestätigen müsste. »Ich war schon immer hier.«

Nyeß schwieg und musterte ihn von oben bis unten.

»Dann werden wir uns sicher noch einmal bei einer anderen Gelegenheit begegnen«, sagte sie schließlich, ergriff Annas Arm und ging mit ihr auf das Hoftor zu. »Komm, Mädchen. Unsere Arbeit wartet. Wir haben viel Zeit verloren.«

Als sie auf den Markt traten, drehte Anna sich noch einmal um. Der Hof war leer, und nur eine Katze schlich durch die Schatten, die die Hausmauern auf den trockenen Lehmboden warfen.

Bestimmt ist er den anderen ins Haus gefolgt, dachte sie und schaute noch einmal über ihre Schulter zurück. Es war, als ob sie ihn kennen würde, aber sie wusste, dass sie ihm noch nie begegnet war. Der Gedanke klammerte sich fest und ließ sie nicht los. Seltsam.

»Eliah«, murmelte sie leise, »Eliah.« Dann blieb sie stehen. »Er nannte mich Anna!« Sie schüttelte Nyeß' Hand an ihrem Arm ab. »Woher kannte er meinen Namen?«

sieben

»Ich habe ihn gefunden, aber es ist nicht das, was du wolltest.« Nia hatte ihr surrendes Handy von ihrem Nachtisch gefischt, bevor es durch die Vibrationen über den Rand rutschen konnte, und lauschte angestrengt.

»Woher weißt du das?«, fragte sie und gähnte.

»Hast du geschlafen?«

»Ja.«

Niklas musste nicht wissen, dass sie log. Sie hatte nicht geschlafen. Eben nicht und in den letzten Tagen nur wenig. Die Bilder hielten sie wach. Krahwinkel. Tim. Sie kamen wieder, weckten sie, ließen ihre Gedanken und Gefühle kreisen.

»Er ist ein Hexer.«

»Sehr witzig.«

»Kein Witz. Eliah Kahmen ist ein Hexer. Oder so etwas Ähnliches. Sein Name findet sich in alten Prozessakten. Es geht darin nicht um ihn, sondern um eine junge Frau. Aber ich kann nicht genau sagen, worum genau. Mord, Zauberei, der übliche mittelalterliche Scheiß, wie es scheint. Ich glaube, sie wollten erst sie, dann ihn hinrichten.«

»Wollten?«

»Er erschien nicht zu seiner Hinrichtung.«

»Wie unhöflich.«

»Nein, im Ernst. Die Chroniken verzeichnen, dass er verschwand.«

»Na, dann hatten sie ja ausnahmsweise mal recht mit ihrem Urteil«, bemerkte Nia trocken. »Der Hexer, der seine Zauberkunst für was Vernünftiges eingesetzt hat.«

»Leider ist diese olle Kamelle auch schon das Einzige, was ich zu diesem Namen finden konnte. Keinen Eintrag. Nirgendwo.«

»Vielleicht schreibt er sich ja anders, als ich dachte.«

»Ich habe verschiedene Varianten ausprobiert. Nix. *Nada. Niente.*«

»Danke, Niklas.« Nia schaltete ihre Nachttischlampe an und

sah auf den kleinen Wecker. Fast Mitternacht. Sie seufzte. Es würde eine lange Nacht werden.

»Ich hab noch etwas.«

»Über Eliah?«

»Nein. Die Schwester. Sie arbeitet bereits seit mehr als fünfzehn Jahren mit Leisenfels zusammen.«

»Das stand nicht in ihrer Akte.«

»Muss es ja auch nicht. Sie war aber immer dort, wo er auch war. Ein kleines Kreiskrankenhaus im Bergischen, die Unikliniken Bonn und Köln, jetzt hier.«

»Meinst du, das ist Zufall?«

»Weiß ich nicht. Und ganz ehrlich? Es interessiert mich auch nicht. Ich beschaffe die Infos. Du machst was damit. Das ist der Deal.«

»In Ordnung. Danke.« Nia zögerte kurz und überlegte, ob sie ihm noch weitere Aufträge geben sollte, kam aber dann zu dem Schluss, dass es für heute reichte. Sie wünschte Niklas eine gute Nacht, beendete das Gespräch und schaltete das Handy aus. Dann massierte sie ihre Schläfen, in der Hoffnung, damit ein wenig ihre Kopfschmerzen zu vertreiben. Sie lehnte sich zurück und schloss die Augen.

Als sie sie wieder öffnete, hatte Nia jegliches Gefühl für die Zeit verloren. Hatte sie geschlafen? Wie lange? Sekunden? Minuten? Gegen die Kopfschmerzen hatte der Schlaf, selbst wenn er Stunden gedauert hätte, nichts bewirkt. Wasser würde helfen. Sie griff nach der Flasche auf ihrem Nachttisch. Ein letzter Tropfen rann über ihre Zunge und verstärkte nur das Gefühl von Trockenheit. Nia stand auf. In der Patientenlounge stand ein Kasten Mineralwasser.

Der Flur lag im Dämmerlicht. Nur die Notleuchten über den Fußleisten warfen grünliche Schlieren über den graublauen Boden. Sie wirkten wie Algen an den Rändern eines Flusses, dem Strom folgend und doch an ihren Ursprüngen fest verwurzelt. Vor dem Eingang zur Lounge lösten sich Grün und Blau auf, vermischten sich mit dem hellen Gelb eines Lichtstrahls, der aus der gegenüberliegenden, geöffneten Zimmertür drang.

Nia bückte sich, nahm eine Flasche aus dem Kasten und wollte wieder in ihr Zimmer zurückkehren, als sie Stimmen hörte. Leise. Murmelnd. Ein Gebet?

Sie blickte auf und sah durch die geöffnete Zimmertür den jungen Mann in seinem Bett liegen, dessen hohes Fieber Britta Dünkens Sorge geweckt hatte. Jemand war bei ihm. Nia erkannte Hände, die auf denen des jungen Mannes lagen und sie festhielten. Sie ging einen Schritt zu Seite, wieder in das Dunkel des Flurs zurück, und reckte den Hals. So spät noch ein Besucher? Wohl kaum. Nia überlegte. Sollte sie einfach hineingehen und nachsehen? Das wäre wohl das Beste, dachte sie, rührte sich aber nicht. Von der Szene vor ihr im Zimmer ging eine Intimität aus, die sie berührte und anzog und ihr gleichzeitig Distanz aufzwang. Eine Mauer aus Glas. Ein Kokon. Schutz und Hülle. Sie biss sich auf die Lippen und atmete sehr flach, während sie leise einen weiteren Schritt machte. Das Geräusch ihrer nackten Füße auf dem Linoleum erschien ihr unnatürlich laut. Sie verharrte, wollte auf keinen Fall entdeckt werden, auf keinen Fall stören. Aber sie musste nachsehen, was dort vor sich ging.

Die Person am Bett des jungen Mannes bewegte sich. Eliah. Er hob den Blick und starrte in die Dunkelheit des Flurs hinaus. Hatte er sie gehört? Nia hatte das Gefühl, als ob er sie direkt ansehen, sie erkennen würde. Aber dann neigte er den Kopf und wandte sich wieder dem Kranken zu. Nia atmete aus. Erst jetzt merkte sie, dass sie die ganze Zeit unbeweglich verharrt und den Atem angehalten hatte. Was machte er hier? Sie hörte, wie er etwas sagte, aber die Worte klangen nur dumpf zu ihr heraus, ohne dass sie sie verstehen konnte.

Sollte sie warten, bis er hinauskam und ihn dann zur Rede stellen? Oder ihm unbemerkt folgen? Hier war die Chance, mehr über Eliah in Erfahrung zu bringen. Nia blickte an sich hinunter. Sie trug ein Nachthemd. Wenn Sie ihn beobachten und ihn dann weiter observieren wollte, musste sich das schnellstens ändern.

Als sie fünf Minuten später wieder ihren Platz im Schatten der Wand einnahm, schlief der junge Mann. Die Augen geschlossen, hob und senkte sich der Brustkorb in gleichmäßigen, langsamen Atemzügen. Er wirkte entspannt und seine Gesichtzüge hatten etwas von dem Schmerz verloren, von dem sie beherrscht gewesen waren. Er sieht friedlich aus, dachte Nia.

Eliah stand nun am Fußende des Bettes und stützte seine Hände auf dem Metallteil ab. Er hielt den Kopf gesenkt. Seine Haare fielen in seine Stirn und über seine Wangen. Nia konnte sein Gesicht nicht sehen. Dann ging ein Ruck durch seinen Körper, und er löste sich aus der Erstarrung. Mit drei Schritten war er an der Tür und verließ das Zimmer. Nia drückte sich an die Wand. Eliah wandte ihr den Rücken zu und ging zum Ausgang. Er hatte sie nicht bemerkt. Sie folgte ihm durch das Treppenhaus, immer darauf bedacht, den Abstand einzuhalten, der ausreichte, um ihn nicht zu verlieren und gleichzeitig nicht von ihm entdeckt zu werden.

Die Eingangshalle des Krankenhauses lag verlassen da, als Eliah sie durchquerte und durch einen Nebenausgang auf die Straße trat. Nia zögerte. Sollte sie ihm nach draußen folgen? Wieder ein Alleingang? Wieder ein Risiko, das sie falsch einschätzte? War Eliah eine Gefahr für sie? Er hatte sie davon abgehalten, sich umzubringen. Wenn er der Mörder war, wenn es überhaupt einen Mörder geben sollte, hätte er sie ohne Probleme springen lassen können. Oder mehr noch: Er hätte sie stoßen und ihren Fall beobachten können. Nein. Eliah war kein Risiko für sie. Aber er hatte ihre Neugierde geweckt. Irgendwo musste er wohnen. Und wenn er es auch schaffte, sämtliche Daten geheim zu halten, würde er es nicht verhindern können, dass sie etwas über ihn herausfand.

Durch die Glasfront sah sie, wie er die Rheinuferstraße überquerte und nach links in Richtung Innenstadt abbog. Ein Blick auf die Uhr an der Wand zeigte ihr, dass es bald Morgen werden würde. Die Stadt war niemals menschenleer. Sie wäre nicht allein.

Eliah legte einen schnellen Schritt vor, und Nia hatte Mühe, ihn nicht zu verlieren. Sie folgten dem Fußweg an der Bayenwerft entlang, unter der Severinsbrücke hindurch und am Schokoladenmuseum vorbei. Entlang des Rheins, auf dem die ersten

Containerschiffe des Tages ihre Reise angetreten hatten. Nia verfiel in einen leichten Laufschritt. »Auch eine Art, den Stress des Tages zu bewältigen«, murmelte sie leise keuchend und spürte, wie die Bewegung sie trotz ihrer Anspannung beruhigte. Sie hatte den Abstand zwischen sich und Eliah in den letzten fünfundzwanzig Minuten den Gegebenheiten angepasst. Die Wege zwischen der Rheinuferstraße und dem Fluss waren gut einsehbar, streckenweise verliefen sie schnurgerade. Wo wollte er nur hin? Sie hatten die Altstadt durchquert und waren der Großen Neugasse gefolgt und schließlich auf dem Roncalliplatz gelandet.

Vor ihr erhob sich die Südfassade des Doms. Mit den drei mächtigen Portalen seines Querhauses öffnete sich das Gotteshaus zum Platz hin. Die hohen Fensterstöcke lagen im Dunkeln. Nia musste lächeln, als sie daran dachte, was ihr Vater zu der Neugestaltung des mittleren Fensters gesagt hätte. An der Leserbriefflut zum sogenannten »Richterfenster« hätte er sicher seine Freude gehabt und sich selbst rege beteiligt, als Historiker, Kunstliebhaber und nicht zuletzt als engagierter Kölner. Nia bedauerte es, dass er nie Gelegenheit bekommen hatte, sich vom Farbrausch des Fensters begeistern zu lassen und dem Spiel der einfallenden Sonnenstrahlen zu folgen.

Nia vertrieb die Erinnerung. Sie war nicht hergekommen, um über Ansichten zu Kirchenfenstern nachzudenken. Wo war Eliah? Sie suchte den Platz ab. Die weite Fläche vor dem Römisch-Germanischen Museum, sonst Heimat von Touristenströmen, Besuchern der Kölner Shoppingmeile und akrobatischen Skatern, war nahezu leer. Ein Obdachloser trug sein Hab und Gut in zwei Tüten mit sich, Hotelangestellte traten ihre Frühschichten an. Links, am Übergang zum Domkloster, vor dem hellen Natursteinbau, hinter dessen Glasfront sich seit dem Frühjahr des letzten Jahres der offizielle Domdevotionalienhandel befand, erkannte sie seine Gestalt. Nia rannte jetzt. Es war ihr egal, ob er sie entdecken würde.

Am Springbrunnen vor dem Domshop stoppte sie, schnappte nach Luft und folgte dem Glasgeländer bis zum Eingang zur Turmbesteigung. Die massive Mauer bot ihr Sichtschutz. Die feuchte Kühle des Steins kroch durch den Stoff ihres T-Shirts, als sie sich daran presste. Ein Mann ging an ihr vorbei, die rote Soutane schwang um seine Beine. Ein Domschweizer. Seine zusammengezogenen Augenbrauen verschwanden beinahe unter dem schwarzen Samt der Kopfbedeckung. Er musterte Nia, zögerte kurz. Dann hob er den Wappenstab, schrieb ein unsichtbares Zeichen in die Luft und setzte seinen Weg fort.

Eliah stand nun vor dem Petersportal. Er legte den Kopf in den Nacken, und Nia glaubte zu erkennen, dass er mit geschlossenen Augen weinte. Nia schwankte, krallte ihre Finger in den Stein. Sie wollte zu ihm. Ihn trösten. Sein Leid teilen, das sie noch nicht einmal kannte. Der Wunsch, bei ihm zu sein, wurde übermächtig. Aber irgendetwas hielt sie an diesem Platz. Ihre Beine waren wie verankert. Sie schluckte und spürte, wie ihr eine Träne über die Wange lief. Was war bloß los mit ihr? Vor wenigen Stunden war sie nahe dran gewesen, sich umzubringen, und jetzt stand sie hier und verliebte sich in einen Mann, der vielleicht ein Serienmörder war.

»Eliah«, flüsterte sie und lauschte dem Namen nach. Ihre Stimme kratzte rau durch ihre Kehle. »Eliah«, versuchte sie es noch einmal, diesmal lauter.

Er reagierte nicht. Stattdessen breitete er die Arme aus. Im Gegenlicht des Morgens wurden aus seinen Mantelschößen Flügel. Er schritt auf das Portal zu. Langsam. Zögerte. So als ob ihm die nächsten Schritte Schmerzen bereiten würden und er sich darauf vorbereiten müsste.

Nia merkte, wie sie zitterte. Sie fror, obwohl ihr der Schweiß in den Nacken lief. Mit einem Ruck beugte sie sich vor. Ihr Körper füllte sich mit Leben, und die Beine gehorchten wieder. Sie stolperte und hatte Mühe, sich aufzufangen. Ihre Muskeln kribbelten, als sie mit wenigen Schritten vor das Portal trat. Hier hatte Eliah gestanden. Er musste hineingegangen sein. Das war die einzige Möglichkeit. Sie holte tief Luft, ging auf die Bronzetür zu und legte die Hand auf die Klinke. Was immer er auch im Inneren des Doms zu schaffen hatte, sie wollte es wissen. Sie drückte das kalte Metall nieder und verharrte. Wollte sie es wirklich? War sie dabei, einen großen Fehler zu begehen? Sie schloss die Augen und sah sein Gesicht vor sich. Er erwiderte ihren Blick und lächelte. Aber da war noch etwas. Hinter dem Lächeln. Trauer. Sehnsucht. Und eine Warnung.

Nia hob die Lider und starrte auf die niedergedrückte Klinke in ihrer Hand. Dann stemmte sie sich mit ihrer ganzen Kraft dagegen. Nichts rührte sich. Die Tür war verschlossen.

***

Der Domschweizer hatte das erste Tor der südlichen Querhauspassage erreicht und legte die Hand auf das Schloss. Das Tor sprang auf. Er trat in die Dunkelheit und folgte dem alten Pilgerweg, bis er vor dem Schrein stand.

»Herr?« Er deutete eine Verbeugung vor dem ganz in schwarz gekleideten, hochgewachsenen Mann an, der vor dem Dreikönigsschrein in tiefe Andacht versunken schien.

»Ja?«

»Es ist so weit.«

»Bist du sicher?«

»Ja.«

»Was bringt dich zu dem Schluss?«

»Sie ist ihm gefolgt.«

»Das bedeutet nichts.«

»Ich habe ihren Gedanken nachgespürt.«

»Und?«

»Sie ist es, da bin ich sicher. Sie ist gefährlich.«

»Sie weiß nichts.«

»Nein. Aber die Prophezeiung …«

»Haben wir sie genügend unter Kontrolle?

»Es ist alles vorbereitet.«

»Wenn sie beginnt zu ahnen …«

»… dann müssen wir sie aufhalten.«

Acht

Walburga hatte sie nur unwillig gehen lassen und ihr eine Pflicht nach der anderen aufgetragen. Aber schließlich, nachdem die heilige Sonntagsmesse gefeiert und am späten Nachmittag alle Arbeit getan war, akzeptierte sie, dass Anna Ursula beistehen musste. Nachbarn waren gekommen und hatten berichtet, dass Ursula wie von Sinnen sei und Johannas Leichnam noch nicht beerdigt worden war.

Anna eilte durch die Stadt. Sie hatte der Meisterin versprechen müssen, rechtzeitig zum Abendgebet zurückzukehren. Aber die Dinge mussten getan werden, egal, wie lange es dauern würde. Der Ausdruck in Ursulas Augen, als Johanna tot in ihren Armen lag, hatte sich in Annas Herz gebrannt. Leid und Trauer. Schmerz und Hoffnungslosigkeit. Hilflosigkeit und Ohnmacht im Angesicht der Macht des Todes.

Schon von Weitem hörte sie Ursulas lautes Weinen. Zwei Frauen standen an der geöffneten Tür zum Haus. Bereitwillig machten sie Anna Platz und traten zu Seite.

Ursula saß neben ihrem toten Kind auf dem Boden. Anna erschrak. Die Haare fielen ihrer Freundin in wirren Strähnen ins Gesicht. Nur Fetzen dessen, was einmal ihr Gewand gewesen war, bedeckten ihren schmalen Körper. Anna trat näher zu dem Strohlager, auf das sie das tote Mädchen vor zwei Nächten gebettet hatten, und kniete neben Ursula nieder. Die beiden Kerzen, die sie rechts und links neben Johannas Kopf angezündet hatten, waren vollständig niedergebrannt. Gelbliche Wachsspuren krochen über die einfachen Ständer und verteilten sich wie versteinerte Flüsse auf dem trockenen Lehmboden.

»Ursula!« Anna hob ihre Hand, berührte die Freundin behutsam an der Schulter und sah sie an.

Ursula reagierte nicht. Sie verharrte reglos. Eine Statue. Ihr Atem ging langsam. Stockend, so als ob sie sich dagegen sträuben und das Leben, das mit jedem Zug durch ihre Lungen strich, nicht haben wollte.

»Ursula«, flüsterte Anna und beugte sich vor. Sie strich ihr eine der wirren Haarsträhnen aus dem Gesicht und zuckte zurück. Die Haut war rot und blutig. Lange, tiefe Kratzer durchzogen Stirn, Wangen und Hals. Ursulas Augen waren verquollen, ihre Lippen zerbissen, der Blick leer.

»Sie hat nicht aufgehört mit der Totenklage.« Eine der beiden Nachbarinnen stand nun neben Anna und schüttelte den Kopf. »Wie rasend hat sie geschrien und sich geschlagen und gekratzt.« Sie wies auf den umgestürzten Tisch in der Mitte des Raumes. »Wir wollten dem Mädchen ein Mahl zur Totenwache ausrichten, aber sie hat getobt und damit um sich geworfen.«

Erst jetzt sah Anna den zerbrochenen Krug und die Reste von Fleisch und Gemüse auf dem Boden hinter Ursula liegen. Dicke Fliegen surrten durch die Luft und erfüllten den Raum mit einem dunklen, brummenden Klang ohne Anfang und Ende.

»Seit Stunden weint sie nur noch.« Die Nachbarin schüttelte wieder den Kopf.

»Komm, Ursula.« Anna fasste Ursula um die Schultern und versuchte, sie im Aufstehen hochzuziehen. »Komm mit mir.«

Ursula stöhnte, schloss die Augen und erschlaffte in Annas Armen. Sie streckte sich neben der Leiche auf dem Boden aus. Tränen liefen unter ihren Lidern hervor und über die aufgekratzten Wunden.

Anna kniete nieder und betrachtete das tote Mädchen. Vor zwei Nächten war sie gestorben. Sie hatten sie gewaschen und in ein Totenhemd gehüllt. Der weiße Stoff war verrutscht und gab den Blick frei auf Johannas nackten Körper. Ihr Unterleib wirkte aufgebläht und an der unteren linken Hüfte schimmerte es grünlich. Dunkle blaurote Adern überzogen die zarte Haut des Mädchens wie ein Netz. Ein süßlicher, fettiger Geruch lag in der Luft. Weißliche Maden krümmten sich an den Augenlidern und am Mund.

»Sie muss auf den Gottesacker«, murmelte Anna und wandte sich ab. Der Geruch sickerte in ihr Bewusstsein und verdrängte dort die Erinnerung an Johannas helles Lachen und die strahlenden Augen zu ihren Lebzeiten. »Reicht ihn mir bitte«, sagte sie zu der Nachbarin und zeigte auf den Beutel, den sie mitgebracht und nach dem Eintreten auf den Boden neben der Tür hatte fallen lassen, »ich brauche das Leichentuch. Darin können wir sie einnähen.« Sie streckte die Hand aus, nahm die Tasche entgegen und holte den weißen Stoff hervor. Zwei Münzen fielen aus den Falten und rollten davon.

Die Nachbarin bückte sich danach und wog sie in der Hand.

»Soll ich den Totenträger rufen?«

Anna nickte. Dann stand sie auf und breitete das Tuch neben Johanna aus. Behutsam hob sie zuerst die Schultern, dann die Beine an und bettete ihren Körper auf den Stoff. Wie eine Feder, so leicht, dachte Anna und merkte, wie ihr die Tränen in die Augen schossen. Sie schluckte und suchte nach Nadel und Faden, die sie in ihrem Beutel verstaut hatte. Sie durfte jetzt nicht trauern. Sie musste tun, was zu tun war. Nachdem sie das Tuch über Johannas Leib und Gesicht zusammengeschlagen hatte, nähte sie mit großen Stichen.

Ein Schatten schob sich vor die Türöffnung, und das Dämmerlicht im Raum wurde zu Dunkelheit. Der Totenträger blieb für einen Moment im Geviert stehen, nahm seine Kapuze ab und beugte den Kopf. Dann trat er in den Raum und sah Anna fragend an.

»Bringt sie auf den Gottesacker und sagt dem Priester Bescheid. Wir werden kommen und für ihre Seele beten«, antwortete sie leise auf seine unausgesprochene Frage.

»Nehmt sie mir nicht weg!«, flüsterte Ursula. »Nehmt sie mir nicht weg!« Ihre vom vielen Weinen und Klagen rau gewordene Stimme wurde lauter. Sie setzte sich auf und stützte sich mit einer Hand auf dem Boden ab. Die andere streckte sie nach dem weißen Bündel aus, das nun in den Armen des Totenträgers lag.

»Johanna«, flüsterte sie.

»Sie ist jetzt bei Gott, Ursula.« Anna ging zu ihr und hockte sich vor sie. »Wir müssen sie unter die Erde bringen – es ist Zeit.«

Ursulas Blick kehrte wie aus einem Traum zurück, und sie starrte Anna an.

»Du hast sie getötet!« Sie riss den Mund auf und fauchte wie eine Katze. Ihr Atem flog. »Du hast sie sterben lassen. Hast sie mir genommen! Du!«

Anna zuckte zusammen wie unter einem Schlag.

»Sie war krank, Ursula«, setzte sie zur Antwort an, aber ein Blick in deren flackernde Augen machte ihr klar, dass ihre Freundin sie nicht verstehen würde.

Mit einem gurgelnden Schrei warf Ursula den Kopf in den Nacken. Ein Zittern lief durch ihren Körper, als sie langsam die Hand sinken ließ und mit den Fingernägeln eine weitere blutige Furche in die Haut ihres Gesichtes zog.

»Helft mir bitte!«, forderte Anna die Nachbarin auf.

Gemeinsam hoben sie Ursula hoch, stellten sie auf die Beine und führten sie zu dem umgestürzten Tisch. Anna bückte sich, stellte das Möbel auf und schob einen Schemel daneben.

»Setz dich.«

Wie eine hölzerne Puppe mit steifen Gliedern ließ Ursula sich auf den Schemel fallen und blieb reglos sitzen.

»Ich gehe mit dem Totenträger zum Gottesacker und bete für Johanna. Bleibt Ihr hier bei ihr und sorgt Euch ein wenig. Wenn alles vorbei ist, werde ich zurückkehren und nach ihr sehen.«

Die Nachbarin nickte, stellte sich neben Ursula und legte ihr einen Arm um die Schultern.

Anna drehte sich um und folgte dem Totenträger, der den Leichenkarren bereits bis ans Ende der Straße geschoben hatte und dort zwischen herumstreunenden Schweinen und Hunden auf sie wartete.

Wieder erhob sich lautes Klagegeschrei. Anna hatte keine Mühe, die hasserfüllten Worte zu verstehen, die aus Ursulas Haus drangen: »Du hast sie getötet!«

Über den Gottesacker der Sankt Mauritius Kirche krochen lange Schatten. Wie dunkle Finger griffen sie in die Wärme des Sonnenlichts. Unter den drei mächtigen Eichen neben dem Eingang war der Boden aufgeworfen, durchwühlt von unzähligen Schweinen auf der Suche nach Leckerbissen. Nur die vor dem Tor in den Boden eingelassenen Knochenbrecher in Form langer Eisenstäbe, die in parallelen Reihen ein Gitter bildeten, hinderten die Tiere daran, auf dem Friedhof selbst ihre Suche nach Nahrung fortzusetzen.

Anna zögerte kurz, bekreuzigte sich und folgte dann dem Totenträger über den Acker. In der hinteren Ecke, dicht an der alten Mauer aus der Zeit der Römer, hatten die Gehilfen mehrere Gräber ausgehoben, von deren Wänden sich kleine Lehmklumpen lösten.

Ein Benediktinermönch in schwarzer Kukulle kniete vor dem großen Kreuz in der Mitte des Friedhofs. Anna ging zu ihm. Mit einem Kreuzzeichen beendete er sein Gebet, erhob sich und sah Anna schweigend an.

»Würdet ihr den Segen über die Tote sprechen?«, fragte sie leise. »Sie darf in geweihter Erde liegen, ist getauft und mit den Sakramenten versehen gestorben.« Sie verstummte. Würde Gott ihr diese Lüge verzeihen? Aber die Vorstellung, Johanna auf dem Schindanger zu verscharren, ging über ihre Kräfte. Das Mädchen hatte in Unschuld gelebt, war aufgewachsen im christlichen Glauben und im Vertrauen auf Gott gestorben. Es war nicht ihre Schuld, dass sie ohne das letzte Sakrament gestorben war.

Der Mönch wandte sich um und folgte dem Totenträger, der den Leichnam bereits in eine flache Grube gelegt hatte. Vor dem Grab murmelte er ein Gebet, breitete dann die Arme aus und segnete die Tote. Daraufhin trat er einen Schritt zur Seite, raffte die Falten seiner Kukulle und folgte dem Weg, der quer über den Gottesacker zum angrenzenden Kloster führte.

Anna verharrte stumm vor dem offenen Grab. In ihrem Leib tobte ein Schmerz, den sie mit keinem ihrer Kräuter zu heilen wusste. Er brannte und biss sich in ihre Seele. Hatte Ursula recht? War sie schuld an Johannas Tod? Sie schloss die Augen und brachte sich die Geschehnisse des Abends, an dem das Mädchen gestorben war, wieder in Erinnerung. Hätte sie es verhindern können? Sie prüfte jeden ihrer Handgriffe, zweifelte an allem, was sie getan hatte. Vergeblich getan hatte. Ursulas kleine Tochter war tot und lag hier vor ihr. Ein weißes Bündel, auf das nun langsam die Erde niederfiel, aus der sie einst gekommen war. Anna faltete die Hände und wünschte sich für Johanna einen Platz neben den Engeln in Gottes Paradies.

Sie blieb, bis der Totenträger und sein Gehilfe ihr Werk vollendet hatten. Dann drückte sie ihnen je eine Münze in die geöffnete Hand und wandte sich zum Gehen.

Ein Tropfen fiel auf ihre Wange. Schwer und kalt rann er ihren Hals hinunter. Sie hob das Gesicht und spürte, wie es mehr Tropfen wurden, die sich aus den dunklen Wolken über ihr zu ergießen drohten. Das sanfte Licht war verschwunden. Wie lange hatte sie hier gestanden? Versunken in Gedanken, die ihr keinen Trost brachten. Anna lief zum Ausgang, trat über das Gitter und lauschte auf die Geräusche der Straße. Menschen und Tiere flüchteten vor dem drohenden Unwetter, schlüpften in Unterstände, krochen unter Mauervorsprünge und suchten Schutz unter den Erkern der Steinhäuser. Sie packte den Stoff ihres Gewandes mit beiden Händen und hastete in Richtung Neumarkt. Von dort aus wären es nur wenige Schritte zu Ursulas Haus. Sie musste noch einmal zu ihr und nach ihr sehen. Was wenn Ursula über den Kummer ihren Verstand verlieren würde? Wenn Sie aus der Trauer und dem Leid keinen Ausweg finden und in der Dunkelheit, die ihre Seele jetzt überzog, untergehen würde? Ursula hatte keine Familie mehr und stand nach dem Tod ihrer Tochter völlig allein da. Niemand war da, der sich um sie kümmern und sie pflegen würde, wenn sie ihren Geist nicht wiederfand.

Vielleicht sollte sie sie mitnehmen in den Konvent. Es war die Pflicht der Beginen, sich derer anzunehmen, die sich aus Verzweiflung und Hoffnungslosigkeit das Leben nehmen wollten, mit ihnen zu reden und ihnen neuen Mut zuzusprechen.

Der Platz war beinahe menschenleer. Einige Knechte stritten an der Viehtränke mit ihren Pferden um einen Platz unter dem weit ausholenden Dach. Anna blieb stehen und blickte nach oben. Die Wolken ballten sich zusammen, und ein heller Lichtschein zuckte am grauen Himmel, gefolgt von einem lauten Knall.

Anna schrie auf, duckte sich und rannte auf der Suche nach einem offenen Torbogen an den Mauern der Höfe entlang. Der Regen lief ihr über die Haube, sickerte in den Stoff ihres Gewandes und durchnässte sie bis auf die Haut. Sie schauderte und stolperte weiter. Ihr linker Schuh versank im immer weicher werdenden Schlamm der Straße und blieb stecken. Sie bückte sich und zerrte daran. Mit einem schmatzenden Geräusch gab der Lehm ihn frei.

»Lasst Euch helfen, fromme Frau!« Ein Knecht, der den Anschein machte, als ob er seinen Tag eher in einer Wirtsstube als bei der Hofarbeit verbracht hatte, schwankte auf sie zu. Seine Blicke wanderten über ihren Umhang, der durch die Feuchtigkeit an ihrem Körper klebte, und er spitzte die Lippen. »Wir wollen doch nicht, dass Ihr in den Dreck stürzt«, lallte er mit vom Wein schwerer Zunge und blieb vor Anna stehen.

Sie hielt die Luft an. Der Gestank, der von dem Mann ausging, war unerträglich. Das Gemisch aus Schweinemist, Alkohol und fauligen Zähnen ließ ihr die Galle hochkommen. Anna würgte, hielt sich die Hand vor Nase und Mund und versuchte, dem Betrunkenen mit einem Schritt zur Seite auszuweichen. Er folgte ihr und packte sie am Ärmel.

»Nicht so schnell, hohe Dame.« Er lachte gackernd. »Ich will Euch doch nur einen sicheren Heimweg bereiten.«

»Den finde ich auch allein!« Anna richtete sich zu ihrer vollen Größe auf und schüttelte seine Hand ab. »Ich danke für Euer Hilfsangebot, werde es aber nicht in Anspruch nehmen.« Wieder machte sie einen Schritt zur Seite, und wieder folgte ihr der Mann wie bei einem Tanz, den sie beide aufführten. Er grinste breit.

Anna blieb stehen, holte tief Luft und stieß ihn mit beiden Händen zur Seite. Er stolperte und fiel um. Sie rannte los, ohne auf sein Wutgeschrei zu achten, und verlangsamte ihren Schritt erst, als sie einen großen Abstand zwischen sich und den Knecht gebracht hatte.

Sie lehnte sich gegen eine Mauer und rang nach Luft. Ihr Herzschlag beruhigte sich nur langsam, und ihre Hände zitterten. Sie zupfte an ihrem Gewand, aber der feuchte Stoff klebte immer noch wie eine zweite Haut an ihrem Leib. Sie musste auf dem schnellsten Weg in den Konvent zurück. Mit den nassen Kleidern würde sie sich einen schlimmen Husten einhandeln, und noch eine Begegnung wie die mit dem Betrunkenen wollte sie nicht riskieren. Der Berlich war ganz in der Nähe, und die Bewohnerinnen dieser Straße zogen Männer wie den Knecht an wie Essensreste die Schweine. Außerdem war es bald Zeit für das Abendgebet. Walburga würde sie für ein Zuspätkommen hart bestrafen.

Sie hob den Kopf und wandte sich um, sah in die Richtung, die sie zu Ursulas Haus führen würde. Die Freundin war krank vor Kummer und brauchte sie. Was sollte sie tun? Wie erstarrt blieb sie auf der Stelle stehen, unfähig, einen Schritt in die eine oder die andere Richtung zu machen. Anna sog die Lippen zwischen die Zähne und biss darauf, wartete auf den Schmerz und den Geschmack von Blut auf der Zunge. Dann fuhr sie herum. Von hinten näherte sich eine Gruppe junger Männer in hörbar ausgelassener Stimmung. Sie sangen, lachten und lenkten ihre Schritte in ihre Richtung.

Nein. Es ging nicht. Sie musste in den Konvent zurück, sofort. Vielleicht ließ Walburga sich ja erweichen, und sie konnte gemeinsam mit einer Schwester unter der Obhut eines Leuchtenmannes heute Abend noch einmal zu Ursula gehen und sie in das Beginenhaus holen.

Anna raffte ihr Gewand vor der Brust zusammen und trat den Heimweg an. Sie vermied die dunklen Ecken, wich den stöbernden Schweinen und Gänsescharen aus und achtete darauf, nicht zu tief im Unrat und Morast zu versinken.

Nach zehn Minuten konnte sie die Einfriedung des Konventes erkennen. Es hatte aufgehört zu regnen. Sie senkte den Kopf, ging schneller und achtete nicht auf ihre Umgebung. Erst als sie das Tor zum Konvent erreicht hatte, blieb sie stehen. Jemand berührte sie von hinten an der Schulter. Anna schrak zusammen und drehte sich um.

»Eliah!«

»Ich hatte gehofft, Euch hier wiederzufinden.« Er lächelte zaghaft, deutete eine kurze Verbeugung an und sah ihr in die Augen.

Anna schwieg und erwiderte stumm seinen Blick. Sie fühlte sich umfangen und geborgen. Vertrautheit. Wärme. Ihr Herz schlug langsam. Sie spürte jeden einzelnen Schlag in ihrer Kehle. Sie schloss die Augen, riss sich los, nahm einen tiefen Atemzug und trat einen Schritt zurück. Was geschah hier? War sie das?

»Was führt Euch zu mir?« Erstaunt hörte sie die Kühle in ihren eigenen Worten.

»Ich …« Er räusperte sich. »Ich habe Euch gesucht.«

»Was wollt Ihr von mir?«

»Ich …« Er verschränkte die Hände hinter dem Rücken. »Ich wollte Euch sehen, mit Euch sprechen.«

»Warum?«, fragte sie und wusste im gleichen Moment die Antwort. Anna spürte, wie ihre Wangen heiß wurden.

»Weil ich Euch nahe sein möchte, Anna.«

»Woher kennt Ihr meinen Namen?«

Er zögerte. »Weil Eure Begleiterin Euch so nannte?« Es war mehr eine Frage als eine Antwort.

Anna schüttelte den Kopf.

»Weil ich dich kenne.«

»Woher kennst du mich?«, flüsterte sie und dachte gleichzeitig daran, dass sie von ihm weglaufen, sich seinen zudringlichen Fragen erwehren, ihn wie den betrunkenen Knecht zu Seite stoßen und das Eingangstor zum Konvent fest hinter sich verschließen sollte. Stattdessen blieb sie stehen, gefangen von seinem Wesen und seinen Worten. Er kannte sie, so wie sie ihn kannte. Es war so klar. Und so einfach.

Eliah trat näher zu ihr, beugte sich vor und küsste sie auf die Wange. Sie spürte seine Wärme. Reglos horchte sie auf seinen Atem. Ihre Lider wurden schwer. Ihr Geist vibrierte. Sie schloss die Augen und folgte der zarten Berührung seiner Finger an ihrem Kinn, ihrer Wange, ihren Lippen. Dann küsste er sie wieder. Unendlich sanft, und doch durchströmte sie eine Energie, die sie mit sich riss. Sie flog. Sie schwebte und stand mit beiden Beinen fest auf der Erde. Als er sich von ihr löste, war sie mit einem Mal unvollständig. Etwas fehlte. Ein Teil ihres Selbst. Sie zitterte, als sie die Augen aufschlug und ihn ansah. Und da, wo sie vorher in ein dunkles Geheimnis geblickt hatte, erkannte sie seine Seele.

Neun

»Ich habe mich darum gekümmert, wie Sie es gesagt haben«, erwiderte der Mann die unausgesprochene Frage im Gesicht seines Gegenübers und deutete eine leichte Verbeugung an. »Unsere Brüder wissen Bescheid und haben die Situation unter Kontrolle.«

»So, so.« Die Stimme des zweiten, älteren Mannes hatte einen tiefen, angenehmen Klang. Er war es gewohnt, mit Autorität zu sprechen, ohne sich darum bemühen zu müssen. Er ordnete den Kragen seines weißen Hemdes über dem Revers seiner Anzugjacke und strich abwesend über deren dunklen Stoff. Dann drehte er sich ruckartig um und blickte den langen Gang des Seitenschiffes hinunter auf die Besucher des Doms, die in kleinen Gruppen umherwanderten. Er runzelte die Stirn, als er ein Ehepaar entdeckte, dessen Kleidung eher an die hochsommerlichen Temperaturen in der Kölner City als an einen Kirchenbesuch angepasst war. Die dünnen Spaghettiträger am Top der Frau rutschten über ihre Schultern und drohten, noch mehr nackte Haut freizugeben.

Der Mann im Anzug presste die Lippen aufeinander und neigte den Kopf zur Seite. Ohne die Frau aus den Augen zu lassen, zog er seine linke Hand aus der Hosentasche und hob sie mit gespreizten Fingern hoch, als ob er seine Fingernägel betrachten wollte. Er richtete die Handfläche gegen das Ehepaar. Dann ballte er die Hand langsam zur Faust und ließ sie abrupt sinken. Die Frau schauderte, rieb sich ihre nackten Arme und löste den Knoten ihrer Strickjacke, die sie um die Hüften geschlungen hatte. Mit einer raschen Bewegung streifte sie die Jacke über.

Der Mann lächelte kalt und nickte. Dann ging er am Hochaltar vorbei auf das Chorgestühl zu, öffnete die Absperrkette und winkte den anderen mit einer harschen Geste hinein. Die beiden Männer klappten die Sitze herunter und setzten sich.

»Die Prophezeiung sagt nichts darüber aus, wann es geschehen soll. Seit Jahrhunderten bereiten wir uns auf diesen Augenblick vor, da sollte es keine Schwierigkeiten geben, oder?« Der letzte Satz klang wie eine Drohung.

»Selbstverständlich nicht.«

»Was ist mit ihm?«

»Er wird sie schützen.«

»Und wir schützen das Unsrige.« Er strich über den geschnitzten Dämonenkopf am Seitenteil der Chorbank. »*Antiquitatem tuentes custodes temporum aeternitatum fiunt.* Die Hüter des Alten werden zu Bewahrern der Ewigkeit«, murmelte er leise und lächelte kalt. »Wir müssen ganz sicher sein.«

Der jüngere Mann griff in die Innentasche seines Jacketts und hielt ihm ein Foto hin. Wortlos griff er danach, betrachtete es und schloss dann die Augen. Für einen Moment herrschte eine Stille zwischen den beiden, die durch das Gemurmel der unzähligen Besucherstimmen nur noch eindringlicher wurde.

»Dann hat er also doch recht gehabt, als er uns warnte. Sie ist es tatsächlich.« Er steckte das Foto ein und hustete leise. »*Nunc tibi abire licet.* Du kannst jetzt gehen.«

Die beiden Männer reichten sich im Aufstehen die Hand, sahen sich kurz an und entfernten sich dann in unterschiedlichen Richtungen.

Mit langen Schritten durchquerte der Mann im Anzug das Kirchenschiff. Er nickte den beiden Domschweizern zu, die am Eingang zum Hauptschiff Wache standen und seinen Gruß ehrerbietig erwiderten. Als er auf den Domvorplatz trat, blendete ihn die helle Sonne. Er blinzelte, wandte sich nach links und verharrte vor dem Petersportal.

Er ließ seinen Blick über die Apostelstatuen wandern, von denen fünf aus dem Mittelalter stammten. Links Jakobus, Andreas, Petrus. Sie alle stammten aus der Werkstatt der Parler. Wie die heiligen Frauen und die Engel über ihnen. Sie trugen die Züge derer, die sie geschaffen hatten, und derer, denen die Bildhauer gedenken wollten. Auf der rechten Seite Paulus und Johannes. Die anderen Figuren waren erst viel später dazugekommen.

Seine Hand fand wie von selbst das Foto in seiner Jackentasche. Er hielt es hoch, und seine Blicke sprangen zwischen den Figuren und dem Bild hin und her.

»Sicher«, murmelte er leise, wandte sich ab und reihte sich ein in den Strom derer, für die der Dom nichts weiter war als ein gewaltiges Bauwerk und das Wahrzeichen der Stadt Köln.

***

Es knallte. Nia riss die Augen auf und richtete sich in ihrem Bett auf.

»Was …«, stöhnte sie, ließ sich wieder nach hinten kippen und legte ihren Arm über die Augen. »Was machst du, Tante Yari?«

»Ich bereite die Raumreinigung vor, Kindchen.« Yari beugte sich über den Besuchertisch, packte ihn mit beiden Händen und zog ihn quer durch den Raum. Seine Beine ratterten über den Boden und hinterließen schwarze Gummistreifen auf dem Linoleum.

»Dafür gibt es doch Putzfrauen, Tante Yari.« Nia blinzelte und riskierte einen Blick auf ihre Armbanduhr. Halb acht. Sie stöhnte leise. Wie viele Stunden hatte sie geschlafen? Eine? Zwei? Sie wusste es nicht genau. Es war hell gewesen, als sie die Klinik erreicht hatte und unbemerkt in ihr Zimmer schlüpfen konnte. Was war in der letzten Nacht geschehen? Eliah konnte sich nicht einfach in Luft aufgelöst haben. Aber dennoch machte es den Eindruck, als hätte er genau das getan. Es sei denn, Eliah hatte einen Schlüssel zum Petersportal. Warum war ihr das nicht schon in der Nacht eingefallen? Weil es noch unwahrscheinlicher war, als die erste Möglichkeit?

»Unter die Dusche mit dir. Für das Reinigungsritual muss man zunächst seinen Körper säubern.« Yari schlug Nias Decke zurück. »Stell dir vor, die Wassertropfen sind voller Licht. Auf dem Weg an deinem Körper entlang nehmen sie alle energetischen Unreinheiten mit sich und spülen sie in den Abfluss.«

Vermutlich würde es schon reichen, wenn die Wassertropfen den Staub und Dreck mit in den Abfluss nehmen würden, der sich in der letzten Nacht auf mir angesammelt hat, dachte Nia und ergab sich widerstandslos dem sanften Händedruck ihrer Tante.

»Hier, nimm das und reib dich damit ab.« Yari gab ihr eine kleine, durchsichtige Tüte mit einem weißen Pulver. »Das ist Salzmehl, es kann in jeder Situation zur Reinigung eingesetzt werden. Besonders bei destruktiven Gedankenformen«, ergänzte sie, als sie die Frage in Nias Gesicht sah.

Nia nickte stumm. Sie wusste, eine Diskussion um das Wieso, Weshalb und Warum hätte keinerlei Erfolg. »Also Peeling«, murmelte sie, »kann ja nicht schaden.«

Sie verschwand in ihrem Badezimmer.

»Und wie geht es nun weiter?«, fragte sie, als sie fünf Minuten später, nur mit einem Handtuch um den Bauch und einem auf dem Kopf, das Zimmer betrat. »Was muss ich jetzt machen?«

»Nichts, Kind. Ich erledige das für dich. Setz dich einfach, konzentriere dich auf deinen Atem und schaue mir zu.«

Yari stellte sich in die Mitte des Raumes, schloss die Augen und breitete die Arme aus. »Möge die reinigende Kraft des Salzes alle negativen Gedanken aufnehmen und an sich binden!«

Sie begann, sich langsam im Kreis zu drehen. Aus ihren zu Fäusten geballten Händen rieselten dabei feine weiße Salzkörner, die sich wie Nebel im Zimmer verteilten.

»Mögen die Gefühle in diesem Raum gestärkt werden durch die erdgebundene Kraft des Salzes!«

Yari rotierte schneller und schneller. Das Salz flog um sie herum und bedeckte alles mit einer feinen weißen Schicht.

»Möge das Salz all das aufsaugen, was die Energieflüsse stört und den Raum strahlend und rein hinterlassen!«

Die roten Locken wirbelten um ihr helles Gesicht und wippten auch dann noch weiter, als Yari unvermittelt stoppte und die Arme wieder sinken ließ.

»So.« Sie klatschte die Hände zusammen und verteilte die letzten Salzkrümel über dem Boden. »Wenn die Putzfrauen das Salz weggewischt haben, wird sich der Raum in einem Zustand der absoluten Reinheit befinden.«

»Bestimmt«, platzte Nia heraus und unterdrückte mühsam einen Lachanfall. »Meinst du nicht, wir sollten lieber selbst …«

»Ach was. Das hat doch keine Eile. Alles Negative ist nun in dem Salz gebunden.« Sie ging zu einem Besucherstuhl, wischte kurz mit der flachen Hand darüber und schob ihn zu Nias Bett. »Wir können die Danksagung auch jetzt schon aussprechen.«

Sie umfasste Nias Hände, rieb und quetschte ihre Finger und suchte dann Nias Blick. »Sprich mir nach: Salz – wir danken dir für die Hilfe bei der Reinigung dieses Raumes.« Auffordernd nickte sie ihr zu.

»Salz«, begann Nia, merkte aber, dass sie nicht in der Lage sein würde, diesen Satz mit der von ihr erwarteten Ernsthaftigkeit auszusprechen. Sie hustete und sagte nur knapp: »Danke.«

»Fein.« Yari stand auf. »Jetzt geht es dir besser.«

»Ja.« Das war zumindest nicht gelogen.

»Wenn du entlassen wirst, kommst du erst mal mit zu mir. Ich werde mich um dich kümmern und deine Kräfte weiter aufbauen.«

»Es wird aber noch eine Weile dauern, bis sie mich nach Hause lassen.« Nia suchte nach einer glaubwürdigen Ausrede. »Sie wollen noch einige psychologische Tests mit mir durchführen, um ganz sicher zu gehen, dass ich wieder in Ordnung bin.«

Yari runzelte die Stirn. »Lass dich bloß nicht auf irgendeinen Hokuspokus ein, Kind.«

Nia biss sich auf die Lippen. Niemals hätte sie ihrer Tante unterstellt, etwas anderes als ihr Wohlergehen im Sinn zu haben. Sie wollte ihr helfen, nicht sie behindern. Aber genau das tat Yari gerade. Mehr noch: Auch wenn die Raumreinigung sie amüsiert hatte, ging ihr das ganze Esoterikgetue langsam aber sicher auf die Nerven. Ihr war völlig schleierhaft, wieso ausgerechnet ein Haufen Salz, den man mit Schwung und schlauen Sprüchen großzügig im Raum verteilte, zu innerer Harmonie und Ausgeglichenheit führen sollte. Ganz im Gegenteil, den Ärger mit den Krankenschwestern, wenn sie den feinen Salzstaub überall im Zimmer entdecken würden, sah sie unvermeidbar kommen.

Sie schlug ihre Bettdecke zurück, ging mit nackten Füßen an ihrer Tante vorbei zur Tür und auf den Gang. Sie würde jetzt ein Kehrblech oder was auch immer man hier auftreiben konnte besorgen und das Zimmer reinigen.

»Wohin willst du?«, rief Yari ihr nach.

»Bin gleich wieder da«, antwortete Nia und bemühte sich um einen freundlichen Ton.

Als sie nach wenigen Minuten wieder in ihr Zimmer kam, in der einen Hand einen Besen und in der anderen einen Handfeger samt Schaufel und einen kleinen Eimer mit einem Lappen, hatte ihre Tante das Bett um neunzig Grad gedreht und den Nachttisch wieder daneben gestellt. Die Kabel von Notrufknopf und Telefon hingen wie schlappe Wäscheleinen in der Luft.

»Es reicht, Tante Gertrud.« Nia stellte das Putzzeug ab und packte sich mit beiden Händen an die Stirn. »Was soll das jetzt schon wieder?«

»Dein Bett stand nicht im Fluss der Dinge, das Feng …«

»Das Bett stand genau so, wie es stehen soll«, unterbrach Nia sie. »Nämlich so, wie das Krankenhaus denkt, dass es richtig ist. Damit die Schwestern es einfach haben, ihre Patienten zu pflegen. Damit die Putzfrauen ihre Arbeit leicht, rationell und gut erledigen können. Damit alle Technik, die ein Patient braucht, einfach und ohne große Umstände zur Verfügung steht, wenn sie benötigt wird.« Sie stampfte zum Fußende des Bettes, löste die Bremsen und schob das Kopfteil wieder gegen die Wand. »Ich glaube nicht, dass Feng Shui hier ein Kriterium ist. Tante. Gertrud.«

Yari öffnete den Mund und schloss ihn wieder. Um ihre Augen zuckte es. Aber sie erwiderte nichts. Nia sah, wie sie schluckte, sich aufrichtete und die Schultern straffte. Immer noch sagte sie nichts, aber Nia kannte sie lange und gut genug, um zu wissen, was nun in ihr vorging. Sie seufzte. Es tat ihr leid, so aus der Haut gefahren zu sein, aber es war einfach genug gewesen.

»Ich werde jetzt das Zimmer sauber machen, bevor die Schwestern die Schweinerei entdecken.« Sie hob die Kehrschaufel auf und hielt sie ihrer Tante hin. »Hilfst du mir?«

Yari nickte, nahm die Schaufel entgegen und griff nach dem Besen.

Es hatte zwei Stunden gedauert, das Zimmer wieder in einen vorzeigbaren Zustand zu bringen. Zu Nias Erleichterung hatte sie niemand dabei entdeckt. Keine Schwester, kein Arzt hatte sie aufgesucht, und nun war es fast Zeit für das Mittagessen.

»Ich bin dann mal weg«, sagte Yari, nachdem sie die letzten Salzkrümel abgestaubt und das Tuch im Waschbecken von Nias Badezimmer ausgewaschen hatte.

»In Ordnung.« Nia wollte keine weitere Diskussion. Auf der einen Seite hatte sie ein schlechtes Gewissen, weil sie ihre Tante so angefahren hatte, und auf der anderen Seite war ihr in den letzten beiden Stunden des stummen Nebeneinanderherarbeitens klar geworden, dass ihr Verhältnis sich ändern musste. Für Yari war sie immer noch die Kleine, deren Eltern so schrecklich ums Leben gekommen waren. Das Kind, das Schutz und Hilfe brauchte, das keinen eigenen Schritt in die Welt wagte. Aber das war sie nicht mehr. Sie hatte sich gewagt. War, ihr Ziel vor Augen, den Weg gegangen, den sie gehen wollte. Yaris Anteil daran war riesig. Sie hatte sie in den ersten Wochen und Monaten im Arm gehalten, wenn Alpträume durch ihren Schlaf tobten und sie schweißnass erwachte. Sie hatte ihr beigestanden gegen Nachbarn und Lehrer, denen sie zu ungezogen, zu aufmüpfig war. Yari hatte ihr geholfen und sie gestützt auf ihrem Weg. Aber gegangen war sie ihn selber.

Nia hatte ihrer Tante nichts von ihren Ermittlungen gegen Krahwinkel erzählt. Warum nicht?, fragte sie sich und ließ sich rücklings aufs Bett fallen. Sie verschränkte die Arme hinter dem Kopf und starrte an die Decke. Was hatte sie befürchtet? Dass Yari sie von ihrem Vorhaben abhalten könnte? Dass sie, benebelt von ihrem ewigen Esoteriktrip, auf sie einreden und versuchen würde, sie davon abzubringen? Oder war es so, dass sie einfach Angst gehabt hatte, sich einzugestehen, dass ihre Bedenken exakt dieselben sein könnten wie die, die sie erfolgreich in die hinterste Ecke ihres eigenen Denkens verdrängt hatte?

Das ganze Kartenhaus, das sich ihr Leben nannte, wäre vielleicht zusammengestürzt, wenn sie sich hätte eingestehen müssen, dass es im Grunde ihres Herzens doch nur der Rachegedanke gewesen war, der sie vorwärts trieb.

Nein. Nia streckte beide Hände in die Luft, ignorierte das Ziehen in ihrer Wunde und spreizte die Finger. Sie sah ins Licht der Deckenlampe. Es war der Gedanke daran gewesen, solche schrecklichen Dinge zu verhindern. Andere davor zu bewahren, Opfer einer solchen Gewalttat zu werden.

Rache war nicht der Antrieb gewesen. Die Rache und alles, was dazugehörte, war erst aufgeflammt, als sie Krahwinkel immer näher gekommen war, als sie ihn langsam in die Enge getrieben und seinen Weg verfolgt hatte. Sie war eskaliert, in dem Moment, in dem Krahwinkel Tims Leiche getreten und damit in ihr eine Bilderflut ausgelöst hatte, die sie nicht kontrollieren konnte.

Und jetzt musste sie mit diesem Riss in ihrer Selbstkontrolle leben.

»Was mich nicht tötet, härtet ab«, murmelte sie und dachte daran, dass sie selbst sich beinahe getötet hätte. Und es stimmte. Sie hatte sich nicht getötet. Sie hatte sich härter gemacht. Nia zog die Beine an und setzte sich mit Schwung auf. Wackwitz hatte sicher nicht daran gedacht, dass sie hier auf dem Bett liegen und sich in Selbstmitleid ergehen sollte, als er meinte, sie müsse überzeugend die Kranke spielen.

»Die Personalakten warten auf dich, Frau Kommissarin.« Nia grinste. Jetzt fing sie schon an, mit sich selbst zu reden. Sie schüttelte den Kopf und lachte immer mal wieder leise vor sich hin, während sie den Flur hinunterging und Dr. Leisenfels' Büro ansteuerte.

Die Tür zum Zimmer gegenüber der Patientenlounge stand offen, das Bett war leer. Frisch bezogen und blinkend wartete es auf seinen Patienten. Nia blieb stehen und schaute hinein. Im Zimmer lagen keine persönlichen Sachen, weder auf dem Nachttisch, noch auf der Fensterbank oder an einer anderen Stelle.

»Frau Hallmann?«, hörte Nia Britta Dünkens am anderen Ende des Flurs sagen.

»Ja?« Sie drehte sich um. Die Krankenschwester schob einen Wagen mit Essen vor sich her. Mehrere Tabletts stapelten übereinander. Aus den Zwischenräumen stiegen dünne Dampfschwaden auf.

»Ihr Mittagessen.«

»Oh. Ja. Danke.« Also keine Personalakten. Nia schnappte sich eine Flasche Wasser aus dem Kasten und schlenderte betont langsam den Weg zu ihrem Zimmer zurück.

»Kommen Sie.« Die Schwester hielt ihr die Tür auf. »Heute Nachmittag möchte Dr. Leisenfels noch einmal mit Ihnen reden und weitere Behandlungsschritte besprechen.« Sie musterte Nia von oben bis unten. »Eigentlich machen Sie ja einen recht gesunden Eindruck, so wie Sie hier rumlaufen.«

Nia zuckte mit den Schultern. »Ich habe Alpträume.«

»Dr. Leisenfels wird wissen, was zu tun ist. Das weiß er immer.« So wie sie es sagte, klang es, als ob Britta Dünkens diejenige sei, die darüber zu entscheiden hätte, ob das, was Dr. Leisenfels hier in dieser Klinik tat oder ließ, gut oder schlecht war.

»Geht es dem jungen Mann mit dem schlimmen Fieber besser?«, wechselte Nia das Thema, um die Schwester auf andere Gedanken zu bringen.

Der gestresste Ausdruck in deren Gesicht wurde für einen kurzen Moment weich, dann hatte sie sich wieder unter Kontrolle.

»Er ist heute Morgen gestorben.«

»Aber …«, entfuhr es Nia, doch Schwester Britta ließ sie nicht zu Wort kommen.

»Ja. Sehr bedauerlich.« Sie packte eines der Tabletts mit beiden Händen und stellte es auf den Besuchertisch. »Sie müssen ja nun nicht mehr im Bett essen, Frau Hallmann«, sagte sie und hob den Deckel ab. »Guten Appetit.«

»Ich habe ihn an seinem Bett sitzen sehen.« Nia hockte auf der Kante von Dr. Leisenfels' Schreibtisch in dessen Büro. Offiziell war das eine Therapiestunde. »Aber als Eliah Kahmen ging, lebte der junge Mann noch.«

»Ich habe Ihre Angaben noch einmal überprüft. Selbst wenn wir den Namen außer Acht lassen, gibt es wirklich niemanden, auf den Ihre Beschreibung passen würde. Fehlanzeige – selbst bei den Lieferanten.«

Nia gewöhnte sich nur langsam an die fiepsige Stimme des

Arztes. Es fiel ihr schwer, ihm zuzuhören, ohne dass die Diskrepanz zwischen seinem Auftreten und seiner Stimme sie ablenkte.

»Wenn es ihn nicht gibt, was bedeutet das?«

Dr. Leisenfels faltete die Hände über seinem Bauch und lehnte sich in seinem Bürostuhl zurück. Leder knarzte.

»Halluzinationen tauchen in den meisten Fällen im Zusammenhang mit Drogenmissbrauch oder bei schizophrenen Störungen auf. Ich gehe davon aus«, er verlagerte sein Gewicht auf die rechte Seite und legte die Finger ans Kinn, »dass wir Ersteres bei Ihnen ausschließen können?«

Nia nickte. »Keine Drogen. Noch nicht einmal Bier oder Wein – ich werde davon so müde.«

»Wann ist dieser Eliah zum ersten Mal aufgetaucht?«

»An dem Tag, an dem ich wieder zu Bewusstsein gekommen bin. Hier im Krankenhaus.« Sie würde Leisenfels nicht von ihren Selbstmordabsichten erzählen.

»Und Sie haben seine Stimme gehört?«

»Nicht nur seine Stimme gehört. Ich habe ihn gesehen.« Sie machte eine Pause und blickte ihn ernst an. »So wie ich Sie jetzt vor mir sehe.«

»Gesehen und gehört. Hm. Haben Sie ihn gerochen?«

»Bitte?«

»Gab es einen auffälligen Geruch, an den Sie sich erinnern können?«

»Nein.«

»Wenn wir nun davon ausgingen, dass es keine Halluzinationen sind – wie würden Sie vorgehen? Als Polizistin, meine ich.«

»Fingerabdrücke.«

Dr. Leisenfels beugte sich mit fragendem Gesichtsausdruck vor.

»Ich habe gesehen, wie er sich über das Fußende des Bettes lehnte und sich dabei auf dem Gestell abstützte. Er muss Fingerabdrücke hinterlassen haben. Vielleicht finden wir was in der offiziellen Polizeikartei.«

Dr. Leisenfels schüttelte den Kopf. »Bedaure, aber dafür wird es zu spät sein. Unser Reinigungspersonal zieht nach der Entlassung eines Patienten oder, wie in diesem Fall, dem Versterben die Bettwäsche komplett ab, und das Gestell wird einer Wischdesinfizierung unterzogen. Alle Teile des Bettes, mit denen der Patient tatsächlich oder möglicherweise in Berührung gekommen ist, werden abgewischt. Wir machen das hier mit der Hand. Eine Anlage lohnt sich nicht für unsere fünfzig Betten. Wir müssen da wirtschaftlich denken.«

»Also keine Fingerabdrücke«, murmelte Nia und überlegte, wie sie weiterkommen könnte. »Ich habe einen Bekannten mit einer Recherche beauftragt. Aber auch im Internet sind keine aktuellen Daten zu finden.«

Dr. Leisenfels sah sie stumm an und legte die Stirn in Falten.

»Ich habe ihn mir nicht eingebildet!« Nia stieß sich vom Schreibtisch ab, vergrub die Hände in den Taschen ihrer Jeans und ging zum Fenster. Parkblick, wie in ihrem Zimmer. Aber aus größerer Höhe. Mehr Übersicht. Die Kinder der nahe gelegenen Grundschule strömten durch das Schultor. Sie verteilten sich in verschiedene Richtungen, verschwanden in den Gassen der Kölner Südstadt oder trödelten über den Spielplatz Richtung Rheinuferstraße. Nia folgte ihnen mit ihren Blicken.

»Das letzte Mal habe ich ihn vor dem Dom gesehen. Gestern Nacht«, sagte sie auf Dr. Leisenfels' Räuspern hin. »Ich bin ihm gefolgt, habe ihn aber aus den Augen verloren.« Sie wandte sich wieder dem Arzt zu. »Das Beste wird sein, ich mache dort mit meiner Suche weiter. Vielleicht wohnt er in der Nähe oder kommt mit dem Zug nach Köln.«

»Können Sie das herausfinden, indem Sie ihm wieder folgen?«

»Dazu müsste ich ihm erst einmal wieder begegnen.«

Es klopfte, die Tür öffnete sich einen Spalt breit und Britta Dünkens spähte ins Zimmer.

»Herr Doktor ...«, sagte sie und schaute auf ein Klemmbrett, das sie in der Hand hielt. »Ihr nächster Termin beginnt gleich.«

Dr. Leisenfels zupfte an seinem Hemdsärmel und blickte auf seine teure Armbanduhr. »Wir sollten unser Gespräch jetzt beenden, Frau Hallmann. Über die weitere Vorgehensweise bei Ihrer Behandlung werde ich Sie unterrichten, wenn ich mich mit einem Kollegen beraten habe. Bis dahin bleiben Sie bei uns.« Er stand auf und wies durch das Fenster auf den Park. »Frau Dünkens – unsere Patientin hier soll ein wenig spazieren gehen. Die frische Luft wird Ihr guttun.«

»Melden Sie sich bitte, wenn Sie wieder da sind.« Britta Dünkens sah nur kurz von der Krankenakte auf, die sie vor sich auf dem Schreibtisch liegen hatte. »Eigentlich sehen wir das ja nicht so gerne, wenn die Patienten die Klinik verlassen. Wegen des Versicherungsschutzes«, fügte sie noch hinzu, als Nia bereits ihre Tasche über die Schulter gehängt und sich mit einem freundlichen Lächeln abgewandt hatte.

»Mach ich«, versprach Nia und öffnete die Tür zum Treppenhaus. Mit einer ärztlichen Empfehlung gestaltet sich die Sache doch deutlich einfacher, dachte sie und grüßte unten den Portier mit kurzem Kopfnicken.

Vor der Eingangstür empfing sie heiße, stickige Luft. Trotz der Nähe des Flusses stand die Hitze des Tages zwischen den Häusern. Mitte Juni konnte es in Köln sehr warm werden.

Sie überquerte die Rheinuferstraße und ging den gleichen Weg wie in der Nacht. Bei Tageslicht fiel ihr auf, wie sehr die Gegend sich in den letzten Jahren und Monaten verändert hatte. Aus dem abgelegenen Hafengebiet war ein In-Viertel geworden. Neue, moderne Architektur für moderne Menschen. Nia wusste nicht, ob es ihr gefiel, bisher hatte sie nicht viel Zeit hier verbracht, und wenn, dann dienstlich.

Hinter dem Schokoladenmuseum lehnte sie sich über die Mauer zum Fluss und betrachtete die Containerschiffe, die schwer beladen rheinauf- oder -abwärts schoben. Dazwischen Motorboote. Kleine Spritztouren aus dem Rhenaniahafen oder aus den südlicheren Häfen in Rodenkirchen und Sürth bis zur Mühlheimerbrücke und wieder zurück.

Am Rand des Flusses zogen die Ruderboote in gleichmäßigen Rhythmen durch die Wellen, verharrten die Männer mit gelupften Paddeln, bis die großen Bugwellen der Containerschiffe unter ihren Zweiern oder Vierern hindurchgerollt waren. Volkssport.

Nia atmete tief ein und schloss die Augen. Der Rhein hatte einen eigenen Geruch. Nicht wie am Meer, obwohl einen die Schreie der Möwen glauben machen konnten, die Küste sei nur einen Steinwurf entfernt. Es war eine Mischung aus Fisch, Tang und Dieselöl, die wie ein feiner Schleier über dem Wasser hing.

Sie riss sich los und ging, deutlich schneller jetzt, auf den Dom zu. Sie wollte keine Zeit mehr vertrödeln. Diesmal wählte sie den Weg am Musicaldom vorbei, durch den Hintereingang des Bahnhofs. Die Menschendichte erhöhte sich. Das Rattern von kleinen Kofferrädern, Durchsagen der Bahnhofssprecherin und Stimmengewirr empfingen und umhüllten sie. Nia wich denen aus, die, den Blick entweder auf die Anzeigetafel in vier Metern Höhe oder an ihre Fahrpläne geheftet, an ihr vorbeieilten. Sie überholte diejenigen, die ihre Reise langsam begannen, beendeten oder fortsetzten, in Gruppen oder allein standen, lachten oder diskutierten. Sie sah sich um. Aber ihre Hoffnung, irgendwo in diesem Gewühl Eliahs Gesicht zu entdecken, erfüllte sich nicht. Sie schlenderte, ließ sich mitnehmen, durch die graue Wolke aus Rauchern hinaus auf den Bahnhofsvorplatz und die Treppen hoch. Die Buden klebten am Fuß der Nordfassade des Doms wie kleine Wespennester. Baugerüste wuchsen in die Höhe, ihre metallischen Rippen verschwanden im Grau des Steins. In der Mitte kroch ein Lastenaufzug die Mauern empor.

Nia umrundete den Nordturm, passierte das Hauptportal und blieb vor dem Petersportal stehen. Ein Bettler hatte sich daneben niedergelassen, seinen Hund wie ein Baby im Arm, den Kopf im Dämmerschlaf zur Seite geneigt. Für einen Moment hatte sie das Gefühl, in einer anderen Zeit zu sein. Ein Bild tauchte vor ihr auf. Der Dom, noch nicht das imposante Bauwerk, sondern die gigantische Baustelle, die er einst gewesen sein musste. In seinem Schatten Pilger, einfache Handwerker und Bettler, die, genau wie heute ihre Nachfolger, an den Steinen Halt, Schutz und manche großzügige Hand fanden. Nia blinzelte.

Hatte sie gestern Nacht wirklich hier gestanden und nach Eliah gesucht? Sie blickte nach oben zu den Steinfiguren. Apostel, Engel und Heilige, deren Züge fremd wirkten und doch vertraut. Wie viele Male war sie hier vorbeigegangen, hatte gesehen ohne hinzuschauen? Der Dom war selbstverständlich.

Sie wandte sich ab, ging quer über den Platz zum römischen Tor und setzte sich auf die Stufen. Von hier aus hatte sie eine gute Übersicht über den gesamten Platz, den Weg an der Nordfassade entlang und in die Hohe Straße hinein. Ihre Blicke wanderten über die Gesichter der Menschen. Kein Eliah. Zwei Männer in hellen Anzügen nahmen neben ihr Platz, nippten an ihren Kaffeebechern aus Pappe und zückten die Handys.

Nia lehnte sich zurück. Machte es überhaupt Sinn, zu warten? Nur weil sie ihn einmal bis hierhin verfolgt hatte, hieß das noch lange nicht, dass er öfter hier zu finden war. Und doch war es die einzige Möglichkeit, die sie hatte. Der offizielle Polizeiapparat blieb ihr verschlossen, und obwohl Wackwitz versprochen hatte, sich um die notwendigen Informationen zu kümmern, hatte sie bisher noch keine Nachricht von ihm erhalten.

Die Männer neben ihr unterhielten sich nun in einer Sprache, die sie entfernt an Italienisch erinnerte, mehr aber noch an die Schimpftiraden, die ihr Vater während seiner Klassenarbeitskorrekturen von sich gegeben hatte, wenn einer seiner Schüler komplett versagt hatte. Nia runzelte die Stirn. Sprachen die Männer wirklich Latein? Sie bemühte sich, mehr als einen Wortbrocken zu verstehen, aber das Flüstern wurde leiser. Nia stand auf und reckte sich. Ihr Hintern schmerzte vom reglosen Sitzen auf den harten Steinen. Sie würde noch ein Weilchen auf der Domplatte umherschlendern und dann wieder zurück ins Krankenhaus gehen.

Jedem, der ihr entgegenkam, schaute sie ins Gesicht. Einige sahen durch sie hindurch, andere erwiderten ihren Blick und lächelten freundlich. Nia hielt inne und bemerkte, dass sie selbst ein Gefühl von Lächeln in ihrem Gesicht empfand. In dieser Sache hatte Dr. Leisenfels recht gehabt. Die Bewegung an der frischen Luft tat ihr gut, entspannte sie. Ablenkung. Das funktionierte immer. Und es ließ sich steigern.

Kurz entschlossen folgte sie einem Trupp Japaner durch das geöffnete Portal. Hinter dem Windfang aus Glas empfingen sie ein Geruch nach trockenem, kühlem Stein und eine Ahnung von Weihrauch. Hallendes Gemurmel erfüllte den Kirchenraum. Nia sah sich um. Einige Meter vor ihr versammelte sich eine Gruppe neben dem Schild mit den Angaben zu den Domführungen. Eine schlanke Frau mit schulterlangem blondem Haar trug einen Ausweis und verteilte Eintrittskarten. Nia sah auf ihre Armbanduhr. Halb vier. Die Führung würde gleich starten. Sie schlug ihre Tasche auf, kramte nach ihrer Geldbörse und fand einen zerknitterten Fünfeuroschein. Warum nicht?, dachte sie und schloss sich der Gruppe an.

Mit einem Akzent, der, wenn auch eindeutig nicht rheinisch, so doch sehr charmant war, begann die Führerin ihren Rundgang. Nia erfuhr Fakten, Jahreszahlen und Namen von Menschen, die ihre Lebensgeschichte für immer mit dem Kirchenbau verbunden hatten.

»Der Dom war bereits im Mittelalter die größte christliche Kirche der Welt«, sagte die Fremdenführerin, wobei sie immer die ersten Silben betonte, und bat ihre Zuhörer darum, doch näher zu kommen.

Wie Schäfchen um ihren Hirten drängte sich die Gruppe um die Fremdenführerin. Nia stieg Parfüm- und Schweißgeruch in die Nase, während sie sich darum bemühte, einen allzu nahen körperlichen Kontakt zu vermeiden, und an den Rand der Gruppe trat. Sie setzte sich in eine der Bänke und sah zum Hochaltar, der in der Mitte der Kirche auf einem Holzpodest stand. Aus diesem Blickwinkel verschwanden die Lücken zwischen den Säulen, und die Pfeiler verschmolzen zu einer einzigen Wand. Nia schreckte zusammen, als die Gruppe sich plötzlich wieder in Bewegung setzte und weiter in Richtung Chorraum zog.

»Wir gehen jetzt den Weg, den die Pilger bereits im Mittelalter wählten, wenn sie die Reliquien der Heiligen Drei Könige anbeten wollten.« Die Fremdenführerin wies mit der Hand nach rechts. »Dies war viele Jahre lang der einzige Eingang zum Chor, den das Volk benutzen durfte. Es gab von hier aus keinen Durchgang zur südlichen Turmhalle, da der Chor mit einer hohen Mauer abgeschlossen war.« Sie blieb stehen und zeigte auf den Altar. »Hier in der Vierung befindet sich seit dem Zweiten Vatikanischen Konzil das liturgische Zentrum des Doms. Davor wurde der Altar genutzt, hinter dem Sie den Königsschrein erkennen können.«

Die Gruppe zog wieder weiter, in Richtung des Chorumlaufs. Nia spürte einen kurzen Schlag an der Hüfte und drehte sich um. Einer der beiden Männer, die vorhin neben ihr auf den Stufen vor dem römischen Tor gesessen hatten, hatte sie im Vorbeigehen angerempelt. Allem Anschein nach hatten sich die beiden ebenfalls der Gruppe angeschlossen, ohne dass es ihr aufgefallen war. Er zog die Schultern hoch und lächelte so, als ob er sie um Verzeihung bitten wollte. Nia nickte und ging weiter. Die Gruppe hielt vor den einzelnen Kapellen; man bewunderte die unzähligen Kunstwerke in den Nischen, die Verehrung und Wertschätzung.

Vor der mittleren der sieben Kapellen fuhr die Fremdenführerin mit ihren Erläuterungen fort. »Hier, in dieser Kapelle, stand im Mittelalter der Dreikönigsschrein«, erklärte sie langsam. »Jeder Pilger konnte ihn sehen und anbeten. Danach führte der Weg weiter an den anderen Kapellen entlang und schließlich wieder aus dem Domchor hinaus.«

Warum dehnte sie die Worte immer mehr? Nia griff sich an die Stirn.

Die Gruppe folgte der Frau, deren blonder Schopf im bunten Schein des Lichts reflektierte, der durch die hohen Fenster ins Innere der Kirche fiel. Was hatte sie gesagt? Farben waren von großer Bedeutung im Mittelalter? Die Könige auf den umlaufenden Fenstern über dem Chor bewegten sich. Nia blinzelte. Sie ließ die Lider sinken. Schwer. So schwer. Kämpfte sie wieder auf. Helle Haare, dunkle Haare, alt, jung, alt, jung, im Reigen, sie tanzen, alles ist bunt, die Farben …

»Es geht Ihnen nicht gut. Kommen Sie mit, Frau Hallmann.« Die beiden Männer in den hellen Anzügen standen plötzlich neben Nia, fassten sie unter den Armen und hielten sie fest.

»Nein!« Sie wollte schreien, aber während sie ihren Mund öffnete, verschwand der Gedanke wieder, und ihr Kopf fiel nach hinten in den Nacken. Schleier. Nebelschwaden. Sie spürte, wie sie aufrecht gehalten und zum Ausgang geführt wurde. Die

Gruppe und die Fremdenführerin hatten nichts bemerkt. Die Blicke starr auf Altäre, Statuen und Goldornamente geheftet folgte die Herde der Hirtin.

Nia folgte mit schleifendem Schritt dem Weg, den ihre Begleiter vorgaben. Es ist nicht gut, dachte sie, und die Worte teilten den Schleier. Es ist nicht gut, Nia. Atmen und konzentrieren. Konzentrieren und atmen. Der Ausgang kam näher. Nia wollte die Muskeln anspannen, sich aufrichten und den Griffen entwinden, aber ihr Körper gehorchte nicht. Ihre Gedanken klärten sich für einen Augenblick. Sie mussten ihr etwas verabreicht haben, eben, bei dem Zusammenstoss. Eine Droge? Die Männer quetschten sie zwischen sich, als sie durch den Windfang ins Freie traten. Die grelle Sonne blendete Nia, und sie kniff die Augen zusammen.

»Hilfe«, krächzte sie und schaffte es, einen Arm aus der Umklammerung zu lösen und um sich zu schlagen. »Hilfe!« Lauter.

Die Blicke der Umstehenden trafen sie, und Nia erkannte darin eine Mischung aus Mitleid und Abscheu, aus Sensationslust und Ekel. Entsetzen packte sie. Die Menschen hielten sie für eine Drogensüchtige, die sich in den Dom verirrt hatte und nun vor die Tür gesetzt wurde. Noch einmal schlug sie zu. Die Männer ließen sie los. Sie stolperte, fiel und spürte nichts als den heißen Boden unter ihren Händen und das Pochen der Schusswunde. Mit einem Stöhnen drehte sie sich um und versuchte, die Gesichter der beiden Männer zu erkennen, die nun breitbeinig über ihr standen und Anstalten machten, sie wieder zu packen. Einer der beiden fasste in die Innentasche seines Jacketts. Metall blitzte und es klackte, als das Messer aufsprang. Nia raffte sich auf, stützte sich an der Säule des Hauptportals ab und tastete sich wie eine Blinde am Stein entlang, umrundete die Säule. Ein Schlag traf ihren Hinterkopf. Wieder stürzte sie, fiel zur Seite und blieb auf dem Rücken vor dem Petersportal liegen. Über ihr verschob sich die Perspektive. Nia erstarrte und blickte wie paralysiert auf die Steinfiguren des Portals. Was, zum Teufel, hatten sie ihr verabreicht? Die graue Steinmasse bewegte sich. Gesichter wandten sich ihr zu, öffneten die Augen, hoben die Hände. Ein Glockenton schnitt durch ihre Gedanken, und sie drehte den Kopf in die Richtung, aus der er kam. Hoch über ihr schwang der Glockenengel die Glocke aus Stein, wuchs an und erhob sich aus seinem Sitz.

Wie in Zeitlupe näherten sich die Finger ihrer Angreifer, gespreizt, bereit, sie zu zerren und fortzubringen. Der Engel über ihnen hatte nun die Größe eines Mannes. Er breitete seine Flügel aus und sah Nia an. Ihr stockte der Atem. Eliah. Die dunklen Haare fielen auf seine Schultern, das Blau seiner Augen vermischte sich mit der Farbe des Himmels. Er stieg von seinem Thron und nahm immer mehr Form und Gestalt des Mannes an, den sie kannte. Er trat hinter die Männer, breitete seine Flügel und Arme aus, öffnete den Mund und sang Stille. Die beiden zuckten zusammen, bedeckten ihre Ohren mit Armen und Händen und brachen vor ihm zusammen. Das Messer fiel zu Boden, rollte über den Stein. Nia spürte, wie der Fuß des einen Mannes ihre Seite rammte. Sie stöhnte. Die Menschen liefen weiter, reagierten nicht auf die Ungeheuerlichkeit, die sich da vor ihren Augen abspielte.

»Eliah«, flüsterte sie, als er schließlich neben ihr kniete und sie hochhob. »Es ist doch alles nicht so! Sag mir, es ist nicht so«, murmelte sie und fühlte, wie die Dunkelheit näher kam.

zehn

Er atmete ihren Atem. Lauschte ihrem Puls. Fühlte die Wärme ihres Körpers, ihrer Lippen. Tauchte ein in ihre Augen und öffnete seine Seele.

Sie standen einander gegenüber.

»Anna«, murmelte Eliah, küsste sie wieder und spürte, wie sie auf seine Berührung reagierte.

»Reicht es dir so?« Nyeß stand in dem geöffneten Tor der Mauer, die den Konvent umgab und legte ihm eine Hand auf den Arm.

Eliah fuhr zurück. Die Stirn der Köchin glänzte silbrig, als sie mit fremder Stimme sprach. Er strich über Nyeß' Hand auf seinem Ärmel. Die Haut war faltig und spröde, blaue Adern teilten das Weiß des Fleisches.

»Ich bin glücklich.«

»Und später?«

»Ich kenne das Später noch nicht.«

»Stell es dir vor.«

Eliah schwieg und schloss die Augen. Annas Nähe umhüllte ihn wie ein Mantel. Sie war um ihn, neben ihm, vor ihm. Er fühlte, sprach zu ihr mit seiner menschlichen Stimme und mit seinem menschlichen Leib.

»Nein, es genügt nicht«, sagte er leise und sah sein Gegenüber an. »Etwas fehlt. Aber ich kann es nicht benennen.«

In Nyeß' blassen blauen Iris blitzten goldene Sterne auf. »Wenn du beschließt, danach zu suchen, muss ich dich verlassen. Ich kann dich nicht weiter als bis hierher begleiten.«

Eliah schwieg und lauschte in sich hinein. Er hörte seinen Herzschlag, den Strom seines Blutes, die Kraft seines Atems. Und darüber, wie die zweite Stimme eines Liedes, Annas Herzschlag, ihr Blut, ihren Atem.

Er hatte so viel erreicht.

»Ich werde es finden«, murmelte er, zog Anna an sich und nahm sie in die Arme. Er schloss die Augen und legte sein Kinn auf ihren Kopf. Der Duft ihres Haares reizte seine Sinne. Neu und unbekannt. Gierig sog er die Luft durch die Nase. Er war fähig zu riechen.

Mit einem Mal strömten die Gerüche seiner Umgebung auf ihn ein. Gute und schlechte. Kostbare und banale. Schweinemist. Der Duft des gebratenen Fleisches, das die Köchin hinter den dicken Mauern des Konvents im Topf schmorte. Der Lehm der Straße. Feucht und schwer. Erdig. Der Jasminstrauch neben dem Gebäude. Und über all dem der Duft aus ihren Haaren. Zart. Kräuter und Wiese. Anna.

»Was steht Ihr hier rum?« Nyeß stemmte die Hände in die Hüften. Ihr Gesicht war vor Empörung rot angelaufen. »Anna, was ...« Sie rang nach Worten, packte Annas Gewand und zerrte sie mit sich durch das Eingangstor. »Wie unerhört!«, fauchte sie in Eliahs Richtung und stellte sich schützend vor Anna, die sich jetzt erst wieder regte, den Kopf schüttelte und dann die Hände vors Gesicht schlug. »Wie könnt Ihr es wagen? Eine Begine! Ich werde die Büttel rufen!« Sie stapfte in die Mitte der Straße und hielt suchend Ausschau, um Hilfe zu rufen.

»Nicht, Nyeß!« Annas Stimme klang leise.

»Mädchen, er hat dir ...«, tobte Nyeß wieder los, aber Anna unterbrach sie mit einem Kopfschütteln.

»Er hat mir nichts getan.« Sie suchte seinen Blick.

»Er hat dich festgehalten.«

»Ja, das hat er.«

Eliah erkannte kleine Fältchen um Annas Augen. Sie lachte. Sie lachte mit ihren Augen.

»Er wollte dich küssen.«

»Ja, das wollte er.«

Eliah spürte ihre Lippen.

»Du bist eine Begine!«

»Ja, das bin ich.« Anna sah Eliah über Nyeß Schulter hinweg an. Dann senkte sie den Kopf, wandte sich um und ging auf den Hof zurück. »Aber er hat mir nichts angetan, was ich nicht wollte.«

Eine Gestalt löste sich aus dem Schatten der Mauer. Ohne einen Laut glitt sie die Straße hinunter.

Er hatte genug gesehen. Er musste berichten. Schnell.

***

»Was hast du dir nur dabei gedacht?« Nyeß stand das Entsetzen immer noch ins Gesicht geschrieben.

Anna schwieg. Sie hob einen Finger und strich sich langsam damit über die Lippen. Ihre Haut war rissig, nicht so weich, wie Eliahs Lippen es gewesen waren.

»Kind!« Nyeß packte ihren Arm und rüttelte Anna durch. »Komm zur Besinnung!«

Als Anna immer noch nicht reagierte, schob sie sie über den Hof zu der kleinen offenen Kapelle hinüber, zündete eine Kerze an und drückte Anna auf die Büßerbank.

»Hier. Bete. Denk nach. Dasselbe werde ich auch tun, und zwar darum, dass niemand dich und diesen, diesen ...«, sie rang nach Worten, während sie sich ächzend auf die Knie niederließ, »diesen Mann gesehen hat.«

Das harte, spitze Holz bohrte sich durch Annas Haut bis auf die Knochen. Der stechende Schmerz quälte sie, aber sie rührte sich nicht. Sie hatte es nicht anders verdient. Nyeß hatte recht. Sie war eine Begine, hatte ihr Leben Gott geweiht. Den Kranken und den Armen wollte sie dienen, nicht das Weib eines Mannes sein. Anna rang mit sich. Sie bat um Stärke. Um Zuversicht. Um Weisheit.

Die Männer, die ihr Vater für sie vorgesehen hatte, hatten es ihr leicht gemacht, den weltlichen Dingen zu entsagen. Keiner hatte ihren Geist berührt. Keiner ihre Sinne. Keiner war wie Eliah gewesen.

Sie stand auf und streckte sich langsam, kämpfte gegen den Schmerz in ihren Beinen. Erst jetzt bemerkte sie, dass ihr Gesicht nass war. Hatte sie geweint? Sie wischte sich mit dem Handrücken über die Wangen, beugte sich vor und gab der betenden Nyeß einen Kuss auf den Kopf. Die Ältere wandte sich erstaunt um und sah sie an.

»Ich kann keine Begine mehr sein, Nyeß. Jetzt, wo ich weiß …« Sie schluckte und hatte Angst, es auszusprechen. Sie wusste um die Macht der Worte. Sie konnten ein Leben ändern. Dann sammelte sie sich, biss sich auf die Unterlippe und fuhr fort: »… wie es ist.«

»Wie was ist?« Auch Nyeß war nun aufgestanden und stützte sich mit einer Hand an der Wand der Kapelle ab.

»Zu lieben.« War es wirklich so? Sie hatte nie darüber nachgedacht.

Nyeß schnaubte. »Mädchen, glaub mir, das verschwindet wieder. Wie eine lästige Krankheit. Wie ein Vögelchen im Herbst.« Ihre Stimme kratzte durch ihre Kehle, und sie wischte sich eine Träne aus dem Augenwinkel. »Oder wie der Bursche, der dich küsst und herzt und dir die schönsten Wonnen schenkt, dich aber dann, wenn dein Leib sich wölbt und rundet, allein lässt in der Armut und im Dreck, und der dich auch dann, wenn das Kind dich fast umgebracht hat und blau und klein vor dir liegt, ohne Regung und ohne Leben, nicht mehr kennt – ohne noch ein Wort von der Liebe wissen zu wollen, die er dir vorher versprochen hat …« Sie brach ab. Ein stummes Schluchzen erschütterte ihren Körper. Mit geschlossenen Augen schüttelte sie den Kopf.

Anna trat dicht zu ihr, legte einen Arm um ihre Schultern und strich ihr über den Rücken.

Stumm standen sie aneinandergelehnt.

»Arme Nyeß«, murmelte Anna in das schüttere Haar der Köchin, starrte an den wirren Strähnen vorbei auf die Wand der Kapelle und wusste, dass es so nicht sein würde mit ihr. Und Eliah.

Elf

Kühlende Hände.

Wasser auf ihren Lippen.

Bilder tobten durch ihren Kopf. Die Könige verneigten sich und nahmen wieder ihre Plätze ein. Erstarrten. Der Steinengel saß ruhig auf seinem Platz, wandte ihr den Kopf zu. Er lächelte. Eliah.

»Was machst du nur, Schätzchen? Was machst du nur?«

Nia kämpfte sich an die Oberfläche ihres Bewusstseins. Irgendwo tief hinten in ihrem Hals verkantete sich ein Stöhnen.

»Es wird schon wieder, Liebchen.« Yari war da. Yari war immer da, wenn sie Hilfe brauchte.

»Der Steinengel …«, krächzte Nia und hatte das Gefühl, ihre Lippen würden wie trockene Lehmböden aufplatzen, wenn sie nur noch ein einziges Wort mehr sagen müsste. Sie versuchte, mit der Zunge darüber zu lecken, aber der große, unförmige Fleischklumpen in ihrem Mund gehorchte nicht. Stattdessen klebte er an ihrem Gaumen fest.

»Warte. Ich hole mehr Wasser.« Nia hörte, wie Yari aufstand, um ihr Bett herumging und dann eine Flüssigkeit in ein Glas eingoss. Allein das Geräusch löste in Nia solch einen Durst aus, dass sie es schaffte, ihre Augen zu öffnen und sich halb aufzurichten. Sie streckte die Hand nach dem Wasserglas aus und trank mit gierigen Zügen. Dann hielt sie Yari das leere Glas hin, schaute auf die Flasche und nickte.

»Mehr!« Sie schloss den Mund und fuhr sich mit der Zunge über die Lippen. Diesmal klappte es besser. »Bitte!«

Yari füllte das Glas bis zum Anschlag. Nia verschüttete eine Menge, ehe sie es schaffte, das Zittern in ihrem Arm zu bezwingen.

»Danke.« Sie schloss die Augen und ließ sich nach hinten in die Kissen fallen.

Yari zog einen Stuhl neben ihr Bett, setzte sich darauf und nahm ihre Hand. Sie schwieg und wartete.

»Schimpfst du diesmal nicht?«, versuchte Nia einen Scherz. Ihre Sprechorgane gehorchten wieder.

»Nein«, antwortete Yari, und als Nia die Augen öffnete, sah sie, dass sie den Kopf schüttelte. Die roten Locken wippten. »Ich mache mir Sorgen.«

»Der Steinengel ...«, setzte Nia erneut an und bemühte sich, den Satz von eben zu beenden. Ohne Erfolg. Der Gedanke verschwamm, löste sich auf, und sie wurde müde.

Als sie die Augen wieder aufschlug, war es vor ihrem Fenster dunkel.

Yari saß immer noch auf dem Besucherstuhl, den Kopf gegen die Wand gelehnt, und schlief, in der einen Hand eine Zeitung, auf deren Titelseite Mondphasen und Sternbilder abgebildet waren. Die andere Hand lag auf dem Tisch.

Nia schob ihre Bettdecke weg, setzte die Füße auf den Boden und stellte sich hin, tastend und ausprobierend, ob nicht ein Schwindel sie niederreißen würde. Als nichts geschah, ging sie zu ihrer Tante und berührte sie behutsam an der Schulter.

»Tante Yari«, flüsterte sie, »aufwachen!«

Yari zuckte zusammen. Die rechte Hand rutschte vom Tisch und schlug hart gegen die Stuhlkante. Mit aufgerissenen Augen fixierte sie Nia, und es dauerte einen Augenblick, bis Nia erkennen konnte, ob ihre Tante in der Welt der Wachen angekommen war.

Yari räusperte sich und setzte sich gerade hin.

»Hab ich gesabbert?«, fragte sie, wischte sich über die Mundwinkel und betrachtete ihren Handrücken.

Nia lachte leise. »Nein.«

»Das ist gut. Nur alte Leute sabbern. Ich bin noch nicht alt.« Yaris grüne Augen funkelten. Dann musterte sie Nia. »Geht es dir wieder besser?«, fragte sie in deutlich distanzierterem Ton.

»Es geht mir gut.« Nia stellte erstaunt fest, dass das stimmte. Körperlich ging es ihr wirklich gut. Die Watte war aus ihrem Kopf verschwunden, keine Schmerzen, kein Ziehen, kein Nichts. »Wenn man mal davon absieht, dass ich mich nicht erinnern kann, wie ich hergekommen bin und was mit mir passiert ist.«

»Du bist auf der Domplatte zusammengebrochen.«

Nia runzelte die Stirn. Sie wusste nicht, *was* falsch daran war, aber sie wusste, *dass* es falsch war. Sie erinnerte sich daran, in den Dom gegangen zu sein und an einer Führung teilgenommen zu haben. An die Glasfenster des Hochchors, die alten und neuen Könige. An die Fremdenführerin mit dem charmanten Akzent. Seltsam, dass ihr dieses Detail jetzt einfiel. Was war danach gewesen?

»Wieso bin ich wieder hier? Es gibt doch andere Krankenhäuser in der Nähe des Doms.«

»Ein junger Mann hat die Sanitäter informiert. Du hattest deinen Dienstausweis dabei. Da haben sie bei der Polizei angerufen und erfahren, dass du als Patientin hier gemeldet bist.« Yari zog die Schultern hoch, umfasste sich selbst mit beiden Armen und schüttelte sich ein wenig, als ob sie frieren würde. »Sie haben gesagt, du wärst einfach zusammengebrochen und hättest das Bewusstsein verloren. Aber du hast gesprochen, während du eben geschlafen hast.«

»Was habe ich gesagt?«

»Eliah. Den Namen hast du mehrfach genannt. Zwischendurch wurdest du sehr unruhig.« Sie fuhr sich mit der Hand durchs Haar und strich die Locken aus der Stirn. »Du hast um Hilfe geschrien und etwas von Engeln und Steinen gemurmelt.«

Nia sog die Unterlippe ein und biss darauf. Sie stützte sich mit den Ellenbogen auf die Tischplatte, legte beide Hände um ihre Wangen und starrte ihre Tante an. Wieder blitzten Bilder in ihrem Kopf auf.

»Da waren zwei Männer in Anzügen. Sie haben Latein gesprochen.«

»Latein?« Das schien selbst Yari zu erstaunen, aber Nia ließ sich nicht unterbrechen.

»Ja, sie saßen bereits draußen auf der Domplatte neben mir und sind mir dann in den Dom hinein gefolgt.«

Yari schwieg, drehte eine Locke um den Finger und sah sie an.

»Einer von ihnen hat mich angerempelt. Vielleicht hat er mir dabei irgendwie die Drogen verabreicht.«

»Drogen?« Jetzt klang Yari alarmiert.

Die Tür öffnete sich, und Dr. Leisenfels betrat das Zimmer. Er nickte kurz und öffnete den Mund, aber Nia hob abwehrend die Hand.

»Wie erklärst du es dir sonst, dass ich die Könige des Chorfensters habe Polonaise tanzen sehen und Eliah aus dem Steinengel des Petersportals …«, sie zögerte und suchte nach einem passenden Wort, »erwuchs.« Ja, das Wort passte. Sie erinnerte sich wieder ganz genau. Der Steinengel hatte sich erhoben und war zu Eliah geworden.

Dr. Leisenfels hüstelte. Nia blickte ihn an. Ihr war klar, welchen Eindruck sie auf ihn machen musste. Vielleicht hatte er von Anfang an recht gehabt, und sie tickte nicht richtig. Vielleicht war sie irre geworden? Vielleicht …

»Frau Hallmann, ich denke, das Beste ist nun wirklich, dass wir einige Tests mit ihnen durchführen, bevor wir«, er räusperte sich, »mit der Sache weitermachen.«

»Dann fangen Sie am besten mit einem Drogenscreening an«, mischte sich Yari ein. »Meine Nichte glaubt, unter Drogen gesetzt worden zu sein.«

Dr. Leisenfels nickte. »Ich werde es veranlassen. Wenn Sie es wirklich für nötig halten.« Nia sah ihm an, dass er auch das für einen ihrer Geistesauswüchse hielt. Husten. Räuspern. Worte hätten nicht deutlicher sein können. »Allerdings dauert es seine Zeit, bis wir die Ergebnisse vorliegen haben.« Er legte die Hände übereinander und lächelte Nia an. »Bis dahin werden wir einen Fachmann zu Rate ziehen.«

»Lars Altdorf«, schlug Yari vor, und Nia nickte. Wenn es schon jemand anders sein musste als Eliah, den es ja unter Umständen nur in ihrer Phantasie gab, dann doch wenigstens Lars Altdorf.

»Also Ihren Bekannten Dr. Altdorf. Einverstanden. Ich werde mich mit ihm in Verbindung setzen und ihn fragen, ob er in diesem Fall mit uns zusammenarbeiten möchte.«

Dr. Leisenfels ging zur Tür, wandte sich noch einmal um und deutete eine Verbeugung an.

»Meine Damen! Ich wünsche Ihnen eine gute Nacht.« Er wies

auf den Stuhl, auf dem Yari saß, und fügte hinzu: »Lassen Sie sich von der Nachtschwester ein Notbett hier reinschieben, wenn Sie wollen. Das ist bequemer.«

Nia lauschte Yaris regelmäßigen Atemzügen und versuchte einzuschlafen, aber die Bilder ließen sie nicht los. Der Engel. Eliah. Die Männer in den hellen Anzügen. Das konnte alles nicht so passiert sein. Irgendwie musste es ja gewesen sein, aber anders, nicht so. Nicht so, wie sie es erinnerte.

»Du bist sicher, dass er aus dem Engel kam?« Yaris Stimme aus dem Nebenbett. Dumpf, als ob sie unter ihrer Decke sprechen würde.

»Er kam nicht aus dem Engel. Er war der Engel.«

Schweigen. Die Federn des Bettes quietschten, als ihre Tante sich bewegte. Danach war es wieder still. Sicher war sie wieder eingeschlafen.

»Es gibt eine alte Sage von einem Engel im Kölner Dom.«

»Was?« Nia schreckte hoch. Sie war wohl doch kurz weggenickt, aber nun wieder hellwach.

»Ich kenne sie nicht genau«, sagte Yari, und Nia hörte, wie sie aufstand, zu ihr kam und sich auf ihr Bett setzte.

Nia knipste das Licht an. Aber als Yari die Augen zusammenkniff und sich den Arm vor das Gesicht hielt, schaltete sie es wieder aus.

»Besser«, murmelte ihre Tante. Dann schwieg sie wieder eine Weile. »Du kennst doch sicher die Legende von Meister Gerhard?«

Die Frage kam unvermittelt, und Nia brauchte eine Weile, bis sie sie richtig zuordnen konnte. »Der mit dem Teufel die Wette abgeschlossen und verloren hat?«

»Richtig. Es gibt noch eine andere, in der der Teufel eine Rolle spielt.«

Nia zog die Knie an, umfasste ihre Beine mit beiden Händen und legte ihr Kinn darauf. In dieser Haltung hatte sie früher stundenlang den Märchen und Geschichten zugehört, die Yari ihr erzählt hatte.

»Wenn ich mich recht erinnere, spielt diese Sage im 14. Jahrhundert, zu der Zeit, als die Parler ihre beeindruckenden Werke schufen.«

»Die Apostelfiguren am Petersportal?«

»Nicht nur die. Auch die kleineren darüber, die Heiligen und das Engelsorchester.«

Nia schwieg. Es war einer dieser Engel gewesen, den ihr von Drogen umnebeltes Gehirn zu Eliah gemacht hatte.

»Wie so oft geht es darin um menschliche Schwächen, denn als es daran ging, die Arbeiten an den Figuren unter den Steinmetzen aufzuteilen, entwickelte der Jüngste der Parlersippe einen ungeheuren Ehrgeiz, die besten Figuren zu schaffen.«

»Was ihm natürlich nicht gelang, vermute ich mal.«

»Nein, denn sein Vater und auch andere Gesellen hatten deutlich mehr Erfahrung und waren zudem die talentierteren Steinbildhauer.« Yari rückte ein Stück näher. Nia konnte die Wärme ihres Körpers an ihren Fußspitzen spüren. »Soll ich nun weitererzählen?«

Nia bewegte die Zehen. »Ja, bitte«, flüsterte sie und fühlte sich wieder wie das Kind, das gespannt der Geschichte lauscht.

»Der Teufel bot dem jungen Parler an, ihm die Fähigkeit zu verleihen, so lebensechte Figuren zu schaffen, dass man meinen würde, sie wären direkt aus dem Leben gegriffen. Dafür sollte er ihm die Seele desjenigen versprechen, der ihm am Abend als Erstes auf dem Hof seiner Familie begegnen würde.« Yari lehnte sich nach hinten und stützte sich mit den Händen ab. Ihre Worte schwebten wie leichte Nebelschwaden im Raum. Nia schauderte. »Der Junge sagte sofort zu, denn an jedem Abend, den er heimkam, lief ihm als Erstes der alte Haushund entgegen, um ihn zu begrüßen.«

Nia lachte leise. »Passiert jetzt das, was ich denke?«

»Vermutlich. Hör zu.« Yari beugte sich nach vorn und streichelte Nias Wange. »Am Abend kam ihm nicht der Hund, sondern seine Schwester entgegen, und erzählte ihm mit verweinten Augen, dass der Hund gestorben sei.«

»Versuche niemals, einen Trickser auszutricksen«, rutsche es Nia raus.

»Bitte?« Yari unterbrach irritiert ihren Redefluss.

»Entschuldigung. Erzähl bitte weiter. Wo kommt der Engel ins Spiel?«

»Kaum, dass der junge Parler die Schwester gesehen hatte, erschien schon der Teufel auf dem Hof und wollte sie mit sich nehmen. Der Steinmetz verzweifelte. Aber der Teufel wäre nicht der Teufel, wenn er nicht noch eine Hinterhältigkeit parat hätte. Und so fragte er den jungen Steinmetz, wen er mehr liebe, seine Schwester oder den Dom.«

Nias Augen hatten sich an die Dunkelheit im Zimmer gewöhnt, und langsam konnte sie die Umrisse ihrer Umgebung erkennen. Yaris Gesicht lag im Schatten, und so hörte sie mehr, als dass sie es sah, dass ihre Tante lächelte, während sie weitererzählte.

»Natürlich sagte der junge Parler, er würde seine Schwester mehr lieben als den Dom, aber der Teufel schaut in die Seelen der Menschen und wusste, dass es nicht stimmte. ›Du wagst es, den Fürsten der Hölle zu belügen?‹, brauste der Teufel auf. ›Zur Strafe nehme ich jetzt nicht nur die Seele des Mädchens, sondern die Seele eines jeden, den du dir zum Vorbild für deine Statuen nimmst!‹ Vor den Augen des jungen Mannes verwandelte er die Schwester langsam in eine Steinfigur. Sie stand ganz still. Weinte und schrie nicht, sondern schaute nur abwechselnd von einem zum anderen, bis der Stein auch ihre Augen erreichte und sie endgültig erstarrte.«

Nia hielt den Atem an. Obwohl für sie die alten Sagen nichts als Geschichten waren, die man den Kindern erzählte, war sie doch gebannt von Yaris Worten, ihrer Stimme und der Geschichte.

»Als am Abend der Verlobte des Mädchens zu Besuch kam, fand er den Bruder in großer Verzweiflung. ›Was ist dir?‹, fragte er und hörte ihn antworten: ›Nie wieder werde ich meine Werkzeuge in die Hand nehmen. Der Teufel hat mich und mein Handwerk verflucht.‹ Der Verlobte verstand nicht, doch als der junge Parler ihm von seinem Ehrgeiz und vom Schicksal seiner Schwester erzählte, begriff er und stimmte in das große Wehklagen mit ein. Das hörte der Teufel und bot dem Steinmetz einen Tausch an. ›Du kannst deine Schwester erlösen, wenn du mir deine eigene Seele dafür gibst‹, sagte er. ›Dazu musst du nichts weiter tun als deine Arbeit. Fertige eine Statue, banne die Seele eines beliebigen Menschen in den Stein, und ich will's zufrieden sein.‹ – ›Nein, Bruder, tu das nicht!«, hörte er da die Stimme seiner Schwester aus der Steinfigur, ganz so, als ob sie noch am Leben wäre. Ein Zittern ging durch sein Herz. ›Meine Seele geb ich gern, wenn nur die Schwester lebt. Aber macht mich nicht zum Herrn über die Seele eines anderen!‹ Da trat der Verlobte des Mädchens vor und sagte: ›Schlage ein Bildnis nach meinem Abbild. Ich will meine Seele geben. Denn ohne sie ist meine Seele nicht mehr froh.‹ Unter Tränen griff der junge Parler nach seinem Werkzeug und begann, aus einem Stein die Figur eines Engels zu erschaffen. Mit jedem Schlag, den er tat, löste sich die Starre des Mädchens, und der Verlobte versteinerte mehr und mehr. Als sie beide halb Stein und halb Fleisch waren, schworen sie einander ewige Liebe und Treue. Über den Tod hinaus. Dann vollendete der Steinmetz seine Arbeit und ließ die Meißel für immer sinken. Die Schwester aber bat den Vater, dem Steinengel einen Platz über einem der Portale des Kölner Doms zu geben. Solange sie lebte, ging sie jeden Tag zu der Kirche, sprach zu ihm und versicherte ihn ihrer ewigen Liebe.«

Yari seufzte und schwieg. Nia starrte in die Dunkelheit. Kleine bunte Punkte flirrten vor ihren Augen, die auch nicht verschwanden, als sie sie schloss und sich nach hinten auf ihr Kissen fallen ließ. Yari legte eine Hand auf Nias Bein und strich kurz darüber, bevor sie aufstand, wieder zu ihrem Bett hinüberging und sich ebenfalls ausstreckte.

»Es ist bloß eine Sage, Yari«, unterbrach Nia die Stille.

»Es gibt immer einen wahren Kern.«

»Aber doch mehr symbolisch.«

»Manche Bedeutungen sind auch sehr direkt, Nia. Man muss es nur sehen.«

»Du willst mir also allen Ernstes weismachen, dass der Engel, den ich mir im Drogenrausch eingebildet habe, der Verlobte des Parlermädchens sein könnte? Ein Mensch, der vor Hunderten von Jahren vom Teufel in einen Steinengel am Portal des Kölner Doms verbannt wurde und nun als Eliah Kahmen durch die Weltgeschichte tingelt?« Nia setzte sich wieder auf. Ihre ganze Wut auf Yaris Weltfremdheit und Versponnenheit war wieder da. Sie meinte es gut, war aber total meschugge. Nia würde es entweder akzeptieren müssen und damit leben oder ihre Tante nicht mehr so nah an ihr Leben lassen. Nias Sachlichkeit gegen Yaris seltsame Sicht der Dinge. Klare Strukturen gegen Chaos. Geordnete Gefühle gegen aufwallende Emotionen.

»Nein, Kind. Ich will dir gar nichts weismachen«, flüsterte Yari. »Ich habe dir lediglich eine Geschichte erzählt, von der ich dachte, sie würde dir neue Denkweisen eröffnen.« Sie stand auf, griff nach ihrer Hose und der Bluse und zog sich langsam an. Das Klackern auf dem nackten Linoleum verriet Nia, dass sie ihre Clogs gefunden und angezogen hatte. »Es ist besser, wenn ich nun gehe, Nia.« Sie seufzte. »Wenn du möchtest, kann ich morgen gerne wiederkommen. Ruf mich an, wenn du was brauchst.«

»Danke«, murmelte Nia und sah zu, wie Yari zur Tür ging. Die Notbeleuchtung des Flurs schickte Licht in ihr Zimmer. Von der Tür bis zur rechten Ecke am Fußende ihres Bettes glänzte alles in sanftem Gelb. Ihre Füße blieben im Schatten. Nia zog sie hoch, weg von dem Licht. Als könnte es sie verbrennen, wenn es sie berühren würde. Ihre Seele verletzen. Sie legte ihre Hand flach auf die Bettdecke und schob sie behutsam nach vorn, auf das Licht zu. Millimeter um Millimeter. Es brannte nicht. Es verletzte sie nicht. Es war einfach nur Licht. Nichts anderes.

Sie schützte sich, wurde ihr mit einem Mal klar. Vor Dingen, die ihr bedrohlich erschienen. All das, was ihr wichtig war, worauf sie so großen Wert legte, die Ordnung, die Strukturen, die Transparenz der Dinge, war nichts anderes als ein Schutzwall, den sie seit dem Tag um sich herum aufgebaut hatte, an dem Krahwinkel das Chaos und die Gewalt über ihr Leben hatte hereinbrechen lassen. Wenn sie ihr Leben leben und sich nicht auf ewig hinter Mauern verstecken wollte, musste sie sich öffnen. Neues zulassen. Wie hatte Yari gesagt? Neue Denkweisen eröffnen. Das musste ja nicht bedeuten, gleich ganz ins Okkulte abzugleiten und ihre Einstellung aufzugeben. Aber sich dem, was es alles gab, ohne Vorurteile und Abwertung zuzuwenden und es anzunehmen.

Nia sprang aus dem Bett. Wieder tanzten die bunten Lichter, aber sie ignorierte sie und rannte hinter ihrer Tante her, um sich bei ihr zu entschuldigen und sie zurückzuholen. Aber der Flur war leer. Zu spät für den Moment. Morgen würde sie sie anrufen und sie bitten, ihr dabei zu helfen, herauszufinden, wer Eliah wirklich war. Und dabei keine Möglichkeit außer Acht zu lassen. Keine.

zwölf

»Er wird nun entscheiden, wie es weitergeht.« Walburga hatte Anna in ihre Kammer gerufen und ihr eröffnet, dass sie ihren Vater von dem heimlichen Treffen mit einem Mann unterrichtet hatte. Ihre Miene und ihr Ton ließen keinerlei Zweifel an ihrer Meinung zu Annas Verhalten und dem des Mannes. Für eine Begine absolut unangemessen.

Anna stand, wie erschlagen, mit gesenktem Kopf vor ihr. Wie konnte das sein? Hatte Nyeß sie wirklich an Walburga verraten? Dieselbe Nyeß, die ihr gestern Nacht ein Fenster zu ihrer Seele geöffnet und sie hineinschauen lassen hatte?

»Er hat dir die Freiheit gelassen, zu uns zu kommen und dich uns anzuschließen. Nun, da du die Regeln verletzt hast, muss ich dich aus meiner wieder in seine Obhut übergeben. Er ist dein Vater. Er entscheidet.«

Anna schluckte und fand den Mut, Walburga ins Gesicht zu sehen. Die grauen Augen der Meisterin schienen in dunklen Schatten zu versinken. Die Muskeln an ihrem Kinn spannten sich an, machten ihr Gesicht hart und unnahbar.

»Ich dachte«, erwiderte Anna leise, aber mit fester Stimme, »ich hätte hier eine Zuflucht und könnte über mich selbst bestimmen.«

Walburga sah sie lange an und schwieg. Als sie schließlich antwortete, hatte Anna das Gefühl, sie hätte zum ersten Mal, seit sie sie kannte, die Strenge und Kälte abgelegt, mit der sie sonst handelte.

»Die Kirche sieht die Beginenbewegung mehr und mehr mit sehr kritischen Augen.« Sie seufzte. »Wir dürfen uns keine Fehler erlauben. Sie warten nur darauf, einen Grund zu finden, unsere Konvente zu schließen.« Sie straffte den Rücken. »Es tut mir leid, Anna.«

»Waren die Herren des Domkapitels deswegen heute Morgen bei dir?«

Walburgas Gesicht wurde noch grauer, als es ohnehin schon war. Wieder schwieg sie lange Zeit.

»Ja«, antwortete sie dann knapp. Sie atmete tief ein und reckte ihr Kinn in die Höhe. »Bereite dich darauf vor, uns zu verlassen, Anna. Ich gehe davon aus, dass dein Vater dich heute noch mit sich nehmen wird.«

»Aber ...«

»Still jetzt! Deine Widerworte bestätigen nur meinen Entschluss.« Die Kälte war wieder da.

Anna drehte sich um und ging hinaus. Sie überquerte den Hof, ging am Brunnen vorbei und betrat das kleine Gebäude, in dem ihre Schlafkammer untergebracht war. Noch war es kühl hier drinnen. Die Lehmwände hielten die Hitze eine Zeit lang fern. Anna blieb in der Mitte der Kammer stehen.

Es war nicht viel, was sie mitnehmen würde. Eine kleine Truhe stand in der Ecke. Sie öffnete sie, hob das blaue Kleid heraus und legte es auf ihr Bett. In diesem Kleid war sie vor zwei Jahren hierhergekommen. Jetzt würde sie es tragen, um den Konvent wieder zu verlassen. Langsam schob sie den Schleier nach hinten in ihren Nacken, löste die Bänder und ließ ihn zu Boden gleiten. Ihre Haare fielen ihr über den Rücken, und sie fasste sie mit beiden Händen zu einem Zopf zusammen. Es war ein seltsames Gefühl, das Haar unbedeckt zu haben. Sie lächelte. Als Eliah sie umarmt hatte, war der Schleier ebenfalls verrutscht. War das ein Vorzeichen gewesen?

Solange sie unverheiratet war, benötigte sie keine Haube. Sie hob den Stoff auf und faltete ihn sorgsam. Unverheiratet. Ihr Vater würde darauf drängen, diesen Zustand nun so rasch wie möglich zu beenden, und ihr seinen Kollegen Hannes zum Mann vorschlagen. Diesmal würde sie nicht Nein sagen können, auch wenn sie es noch so sehr wollte. Es sei denn – sie verharrte mitten in der Bewegung, richtete sich auf und biss sich auf die Unterlippe. Es sei denn, sie hätte einen anderen Bewerber vorzuweisen, den ihr Vater akzeptieren würde. Hastig nestelte sie die Bänder los, mir denen ihr Gewand zusammengehalten wurde. Der kratzige Wollstoff rutschte über ihre Schultern. Mit einer Hand fing sie ihn auf und warf ihn achtlos neben den Schleier. Sie musste ihren Vater davon überzeugen, sie mit Eliah zu verheiraten. Aber wie sollte sie das anstellen? Sie wusste nichts von ihm. Nicht, wo er herkam. Nicht, womit er seinen Lebensunterhalt bestritt. Was war er? Ein Handwerker? Seine Hände hatten sich glatt angefühlt, nicht rau und rissig wie die ihres Vaters und Bruders oder wie ihre eigenen. War er ein Schreiber? Ein Gaukler? Ein Kaufmann? Wo lebte er? Wo war seine Familie? Sie musste ihn fragen. Musste Antworten haben, bevor ihr Vater über ihr Leben entschied.

Rasch streifte sie sich das Kleid über und strich den Stoff glatt. Sie packte ihren Rosenkranz und das kleine geschnitzte Holzkreuz mit dem Leib des Herrn, das ihr Peter vor vielen Jahren geschenkt hatte, und wickelte sie in das dünne weiße Tuch, mit dem sie die Altarnische in ihrer Wand ausgekleidet hatte.

Als sie den Innenhof betrat, kam Nyeß ihr entgegengeeilt.

»Anna, was ist passiert?«, fragte sie und musterte das Kleid.

»Warum fragst du? Du müsstest es doch am Besten wissen.«

Nyeß runzelte die Stirn. »Was müsste ich am Besten wissen?«

»Walburga hat meine Eltern darüber in Kenntnis gesetzt, dass ich mich mit einem Mann getroffen habe. Und vom wem, wenn nicht von dir, kann sie diese Kenntnis haben?« Anna merkte, wie ihre Stimme immer lauter wurde und wie wütend sie war. »Außer dir wusste es niemand, Nyeß.« Ihre Augen brannten vor Enttäuschung und vor Wut. »Du hast es ihr verraten.«

»Nichts habe ich zu irgendjemandem gesagt, Kind! Wie kannst du so von mir denken?« Nyeß schlug die Hände vor den Mund. »Ich habe dir versprochen zu schweigen. Ich mag zwar alt sein und ein wenig dumm, aber meine Versprechen halte ich immer!« Sie bekreuzigte sich.

Anna blickte auf ihre kleine Gestalt hinunter. Nyeß hatte sich ihr gegenüber immer sehr freundlich verhalten, und in den letzten Tagen war sie fast etwas wie eine Verbündete für sie geworden, deren Unterstützung sie sehr geschätzt hatte. Anna senkte den Kopf, sagte aber nichts. Woher sonst hätte Walburga von Eliah erfahren können? Sie nickte stumm. Dann ging sie auf die Tür zu Walburgas Kemenate zu.

***

»Hannes hat sein Angebot, dich zu seiner Frau zu nehmen, erneuert.« Heinrich Parler hatte sich vor Anna aufgebaut. An seiner Schläfe pulsierte eine Ader, und seine Wangen waren rot vor unterdrücktem Zorn. Er war nicht laut geworden, hatte nicht getobt und sie nicht geschlagen, als sie am Nachmittag in ihrem Elternhaus angekommen waren. Es lag in der Nähe des Doms in der Straße »An der hohen Schmiede«. Hier, an der alten römischen Steinstraße, hatten sich viele Handwerker niedergelassen. Gold- und Silberschmiede, Tuchmacher und Taschenmacher. Sie alle lebten und arbeiteten in den Vierteln und kleinen Seitenstraßen, die hier im Laufe der letzten Jahrzehnte entstanden waren. Auch Hannes hatte, wie Annas Eltern, ein Steinhaus ganz in der Nähe.

Durch die geöffneten Läden der Fenster drang der Lärm der Dombaustelle zu ihnen herein.

»Er sieht über dein Verhalten hinweg und macht dich zu einer ehrbaren Ehefrau.«

Anna saß reglos vor ihm auf einem Stuhl und suchte den Blick ihrer Mutter, die im Hintergrund an einer Stickarbeit saß. Aber der Kopf der Mutter blieb über den Leinenstoff gesenkt. Von ihr hatte sie keine Hilfe zu erwarten. Sie würde abwarten und sich so lange gedulden müssen, bis sie mit Eliah gesprochen und ihm all ihre Fragen gestellt hatte.

»Wir werden alles für die Hochzeit übermorgen vorbereiten. Danach wirst du in sein Haus ziehen.«

So schnell schon. Ihr Vater vertrödelte keine Zeit. Sie musste Eliah finden und mit ihm reden.

»Es freut mich, dass du einverstanden bist«, deutete ihr Vater Annas Schweigen und schlug versöhnlichere Töne an: »Hannes ist ein guter Mann. Er ist ein guter Handwerker, und er wird dir ein guter Ehemann sein.«

Anna lächelte. »Ja, ich hoffe, dass ich einen guten Ehemann bekommen werde, Vater.« Sie stand auf. Mit keinem Wort hatte ihr Vater Eliah erwähnt. Wusste er, wer er war? Hatte er keine Bedenken, dass sie ihn liebte und sich wieder mit ihm treffen könnte?

Es widerstrebte ihr, den Vater zu hintergehen, aber sie benötigte einen Vorwand, das Haus verlassen zu dürfen.

»Gibst du mir die Erlaubnis, auf dem Markt nach einer kleinen Morgengabe für Hannes zu suchen?«, fragte sie und war erstaunt, als keine Einwände kamen.

»Dein Bruder soll dich begleiten. Er ist in der Werkstatt.« Das war alles, was ihr Vater sagte, bevor er den Raum verließ und wieder an seine Arbeit ging.

Anna hörte das Hämmern durch die geschlossene Tür. Die gleichmäßigen Schläge, der Klang von Metall auf Stein. Peter arbeitete. Es kam nicht oft vor, dass ihr Vater oder der Bruder außerhalb der Domhütte ihrem Handwerk nachgingen. Zu mühsam war der Transport der schweren Rohlinge vom Dom bis zu ihrem Haus. Peters Arbeit an der Statuette für das Petersportal bildete eine Ausnahme. Der Vater hatte ihm erlaubt, einen grob vorgehauenen Stein auszusuchen und in der eigenen kleinen Werkstatt weiter zu bearbeiten, nachdem Peter ihm glaubhaft erklärt hatte, nur hier, in ihrem gemeinsamen Zuhause, könne er sich Annas Gesicht so lebhaft vor Augen führen, wie er es für die Ausarbeitung brauchte. Die heilige Barbara, Schutzpatronin der Glöckner und Glockengießer, der Maurer, Zimmerleute und der Steinmetze war es, der er das Antlitz seiner Schwester geben würde. Die vornehme Jungfrau, geschützt von ihrem dreifenstrigen Turm der Standhaftigkeit, in den Händen die Insignien ihrer heiligen Macht. Peter hatte ihr berichtet, wie schwer ihm die Entscheidung zwischen Hostie und Kelch oder Märtyrerpalme und Schwert fiel.

Anna lachte bitter auf. Vielleicht hatte sie ihm diese Entscheidung durch den Rauswurf aus dem Konvent erleichtert. Nach ihrer Hochzeit wäre sie keine Jungfrau mehr. Und dass sie kein leuchtendes Vorbild im standhaften Glauben war, hatte ihr Verhalten Eliah gegenüber eindeutig gezeigt.

Sie legte ihre Hand auf das trockene Holz der Werkstatttür und zögerte. Was wollte sie von Peter? Wie viel von dem, was sie wirklich bewegte, konnte sie ihm anvertrauen? Sie hatte sich mit einem Mann getroffen, das wusste er. Aber nicht, mit welchem Mann. Weder Walburga noch ihr Vater hatten darüber zu ihr gesprochen, Eliah mit keinem Wort erwähnt. Warum sollte also ausgerechnet Peter von ihm wissen? Von einem Fremden! Was für eine Ungeheuerlichkeit. Es hätte ihren Eltern bereits zur Schande gereicht, wenn sie sich heimlich mit einem ihrer Brautbewerber getroffen hätte. Aber Eliah, den sie kaum kannte! Nein. Sie wollte ihren Bruder nicht damit belasten. Sie würde ihm nichts von Eliah erzählen.

Anna drückte gegen die Tür, schob sie auf und schaute sich in der Werkstatt um. Als kleines Mädchen hatte sie die Steinreste aufgesammelt und Häuser für ihre Puppen daraus errichtet, in dem festen Glauben, selbst irgendwann einmal eine große Baumeisterin sein zu können. Der Moment, in dem sie begriffen hatte, dass ihr dieser Weg versperrt war, nur weil sie ein Mädchen war, hatte sich mit heißem Zorn in ihr Gedächtnis gebrannt.

Peter stand, über sein Werkstück gebeugt, vor ihr und bemerkte sie nicht. In der rechten Hand den Hammer, in der Linken den Meißel, formte er mit schnellen Schlägen Konturen aus dem Stein. Die Statue war beinahe vollendet. Feine Muster rankten sich um die Fensterbögen des Turms, die Haare der Heiligen fielen in weichen Wellen über ihre Schulter. Anna stockte der Atem. Ihr Gesicht. Die heilige Barbara trug ihr Gesicht. Die Nase, die Wangenform, der hohe Sitz der Augenbrauen, alles stimmte. Und doch kam es ihr vor, als ob dieses Abbild von ihr eine Schönheit besaß, die sie nie erreichen würde.

»Gefällt sie dir?« Peter hatte aufgehört zu meißeln, legte sein Werkzeug auf dem Tisch neben sich ab und kam auf Anna zu.

Anna riss sich von dem Anblick los. »Sie ist wunderschön, Peter.«

»Ich hatte ja auch ein wunderschönes Vorbild, Schwester!«

Anna senkte den Kopf und seufzte. »Aber kein gutes.«

Peter legte den Arm um ihre Schultern, führte sie zu einem Holzschemel in der Nähe der verloschenen Feuerstellen und drückte sie darauf. Dann lehnt er sich rücklings an den Tisch und verschränkte die Arme vor der Brust.

»Was bedrückt dich?« Er lächelte. »Du müsstest doch glücklich sein. Übermorgen bekommt du deinen Hannes.«

»Was?« Anna fuhr auf.

Peter lachte. »Wenn du dich schon mit meinem Meister vor deinem Konvent herumtreibst, muss die Liebe doch groß sein!«

»Wie kommst du darauf, dass es Hannes war?«

»War er es nicht?« Das Lachen verschwand aus seinen Zügen.

Anna schwieg und setzte sich wieder. Sie beugte sich vor und schlug die Hände vor ihr Gesicht. »Er war es nicht.«

Peter stieß sich vom Tisch ab und kam zu ihr. Im Schneidersitz ließ er sich neben Anna nieder. »Wer war es dann? Kenne ich ihn?«

Anna schüttelte stumm den Kopf. Als sie ihre Hände vom Gesicht herunternahm, merkte sie, dass sie nass von Tränen waren.

»Ich bin wahrhaftig kein gutes Vorbild für deine Heiligenfigur«, murmelte sie und sah zu ihrem Bruder. »Du wirst ihr ein neues Gesicht verpassen müssen.« Sie lächelte schief.

»Dazu ist es zu spät. Eine Veränderung würde die Figur zerstören und den Zeitplan für die Fertigstellung des Portals durcheinanderbringen.« Peter schaute auf seine Fingerspitzen. »Sie würden mich hart bestrafen.«

»Wegen einer Figur?« Anna hatte ihre Fassung wiedergewonnen.

»Nein, wegen …« Er zögerte und fuhr dann fort: »Ich habe einen Eid geschworen.«

»Was für einen Eid?«

Peter setzte sich auf seine Knie und rückte näher an Anna. »Ich habe versprochen, es keinem Außenstehenden zu verraten.«

Anna nahm seine Hände in ihre. Peter und sie hatten immer zusammengehalten. Schon als Kinder keine Geheimnisse voreinander gehabt. Sie wollte, dass das so blieb, auch wenn sie jetzt erwachsen waren. Oder gerade deshalb. Würde es Peter wirklich belasten, wenn sie ihm von ihrem Geheimnis erzählte? Oder hätte er nicht vielmehr Verständnis für sie und ihre Lage? Könnte er ihr vielleicht sogar helfen, Eliah zu finden und den Vater zur Hochzeit mit ihm zu überreden? Sie schluckte.

»Er heißt Eliah.«

»Wer?«

»Der Mann, mit dem ich vor dem Konvent gesprochen habe.« Anna sah Peter direkt ins Gesicht. »Wir haben uns geküsst, und es war wundervoll.«

Peter öffnete den Mund und starrte sie an. Dann bewegte er den Unterkiefer, als ob er ihre Worte erst einmal durchkauen und schlucken müsste, bevor er sie verdauen konnte.

»Ich liebe ihn, Peter. Er ist derjenige, den ich heiraten will. Nicht Hannes.«

»Aber …« Peter fand langsam zur Sprache zurück. »Vater wird niemals zustimmen.«

»Ich weiß.« Anna straffte den Rücken. »Deswegen brauche ich deine Unterstützung. Du musst mir helfen, ihn zu finden.«

»Du weißt noch nicht einmal, wo er ist?«

»Nein.«

Peter schnaubte und stand auf. »Dann wird unsere Suche schwierig werden.«

»Du hilfst mir also?«

»Ja, ich helfe dir. Versprochen.«

»Ich habe Vater gesagt, ich wolle auf dem Markt nach einer passenden Morgengabe für Hannes suchen, und er meinte, du sollst mich begleiten.« Anna stand ebenfalls auf, umarmte ihn und sah ihn erwartungsvoll an. Würde er ihr verraten, welchen Eid er geschworen hatte? Aber Peter ging nur zur Tür, trat auf den Hof und blickte zu ihr in die Werkstatt hinein.

»Komm, Schwester. Lass uns auf den Markt gehen. Wir werden schon etwas Passendes für dich finden«, sagte er mit einem Lächeln um die Lippen und ernsten Augen.

»Ich finde nichts.« Anna schlenderte über den Markt, blickte lustlos von einem Stand zum anderen und blieb schließlich stehen. »Was denkst du? Ich muss etwas mitbringen, um Vater zu beruhigen«, sagte sie zu Peter und hielt eine Messerscheide aus weichem Leder hoch, deren Rand mit kleinen Edelsteinen besetzt war. Ihr Bruder schüttelte den Kopf.

»Messer zerschneiden die Freundschaft, wenn man sie verschenkt. Vielleicht gilt das auch für Ehen.« Er zuckte mit den Schultern, blieb am Stand des Stoffhändlers stehen und griff nach einem Ballen Wollstoff. »Du kannst ihm ja ein neues Wams nähen.«

»Das würde ich nicht schaffen. Vater hat die Hochzeit doch auf übermorgen angesetzt.« Anna ging weiter.

Peter blieb stehen und neigte den Kopf zur Seite. »Was machst du, wenn du deinen Eliah bis dahin nicht gefunden hast?

»Ich weiß es nicht.« Sie wandte sich um.

»Wirst du dann Hannes' Frau?«

Anna presste die Lippen aufeinander und schüttelte den Kopf.

»Will Vater dir ein Fest zu dieser Hochzeit ausrichten?«, wechselte Peter das Thema, behielt sie jedoch scharf im Auge.

»Ja. Er hat die Oberen der Dombauhütte und ihre Frauen eingeladen. Außerdem unsere und Hannes' Nachbarn, ganz wie es sich gehört.«

»Sie werden denken, es sei eine unehrenhafte Hochzeit.« Peter zog eine Augenbraue hoch. »Ist das Vater egal? Und Hannes?«

»Ich weiß es nicht.« Anna ließ die kleine Statuette fallen, die sie am Stand eines Fernhändlers gefunden und in die Hand genommen hatte. »Mir wäre es gleichgültig. Aber ich will Hannes nicht heiraten, Peter!« Sie verstummte und senkte den Kopf.

Peter trat zu ihr. »Komm, Schwesterlein, gräme dich nicht.« Er strich sich die Haare aus dem Gesicht und lachte sie an. »Ich habe versprochen, dir zu helfen. Mir wird etwas einfallen.«

Anna zögerte.

»Also?«

»Ich …«, begann Anna und verstummte wieder. Am anderen Ende des Marktes stand Eliah vor einem der Bauernstände. Sie hatte ihn gefunden, bevor sie wirklich begonnen hatte, ihn zu suchen. Er hatte einen Korb unter dem Arm, randvoll mit Obst und Gemüse. In der Hand hielt er einen Apfel, biss hinein und kaute hingebungsvoll. Selbst über diese Entfernung hinweg erkannte Anna sein genüssliches Erstaunen.

Peter folgte ihrem Blick und drehte sich wieder zu ihr.

»Ist das Eliah?«

Statt einer Antwort rannte Anna los, ohne auf die Umstehenden zu achten. Peter ging langsam hinterher.

Atemlos blieb sie einige Meter vor Eliah stehen und beobachtete ihn. Er isst diesen Apfel, als ob es sein allererster wäre, dachte sie und trat einen weiteren Schritt auf ihn zu. Als er sie nicht bemerkte, sprach sie ihn an.

»Eliah?«

Er wandte den Kopf, ließ die Hand mit dem Apfel sinken und stellte den Korb auf die Erde. Sein Lächeln wurde noch strahlender.

»Anna!«

Sie standen voreinander. Stumm. Anna musste den Drang unterdrücken, sich einfach in seine Arme zu werfen und ihn wieder zu küssen, und in seinen Augen sah sie, dass es ihm genauso erging.

»Stellst du mich nicht vor, Schwesterlein?« Peters Stimme dicht neben ihnen.

Anna schreckte zusammen. »Oh, natürlich.« Sie wies mit der Hand auf ihren Bruder. »Eliah, das ist mein Bruder Peter. Er arbeitet an der Dombauhütte und wird zum Steinmetz ausgebildet. Er ist sehr gut, und bald wird er fertig sein. Schon jetzt darf er an den Figuren für das Petersportal mitwirken.« Sie wandte sich an Peter. »Das ist Eliah. Er ist …« Sie verstummte und sah Eliah fragend an.

Die beiden Männer verneigten sich kurz voreinander. Auch Peter wartete auf eine Antwort. Er musterte Eliah eindringlich. Eliahs Haare fielen ihm vor sein Gesicht. Mit einer Hand strich er sie zurück. Plötzlich weiteten sich Peters Augen, und er wich einen Schritt zurück.

»Ich weiß, was du bist«, flüsterte er heiser, griff nach Annas Arm und zog sie zu sich.

»Peter, was …« Anna schüttelte seine Hand ab und stellte sich wieder neben Eliah.

»Hat er dir jemals etwas über seine Arbeit erzählt?«, fragte Peter sie. Ohne den Blick von Eliah zu wenden, schüttelte Anna stumm den Kopf. »Oder dir etwas über seine Familie berichtet?«

»Nein.«

Eliah verfolgte stumm den Wortwechsel zwischen ihnen. Er stand reglos da. Anna schien es, als ob ein Strahlen aus ihm heraus sie alle drei mit einem feinen, hellen Licht umgab.

Als Peter wieder sprach, klang seine Stimme hohl.

»In meiner Ausbildung erfahre ich nicht nur, wie ich den Stein zu Gottes Ehren zu behauen habe. Ich lerne auch etwas über die Seele des Steins und die Geheimnisse, die er später bewahren wird.«

Eliah nickte.

»Du bist Teil des Geheimnisses.« Es war keine Frage. Es war eine Feststellung.

»Ich war ein Teil dessen, was der Ehre Gottes dient.«

»Warst?«

»Ja. Ich habe mich losgesagt.«

Anna begriff nicht, worüber die beiden sprachen. War Eliah ein abtrünniger Mönch? Oder, schlimmer noch, ein Priester, der den rechten Weg verlassen und den Versuchungen des Weltlichen erlegen war? Hatte sie ihn verführt? Sie schloss die Augen. Was für ein Frevel!

»Mein Eid. Ich habe den Eid geschworen.« Peter packte sie grob am Ellbogen und versuchte, sie von Eliah wegzuziehen. »Komm, Anna. Du darfst ihn nicht wiedersehen. Wenn er es ist, und du …«

»Was für ein Eid, Peter?« Sie schlug nach seiner Hand, befreite sich und blieb stehen.

»Der Dom. Ich habe versprochen ihn zu schützen und zu bewahren.«

»Was hat das mit Eliah zu tun? Und mit mir?«

Peter blickte von Eliah zu Anna und zurück. »In den dunklen Büchern steht, dass es geschieht, aber ich habe noch nie von seinesgleichen gehört, die den Schritt tatsächlich vollzogen haben.« Peter trat näher an Eliah. Er hob seine Hand und strich ihm die Haare aus der Stirn. Anna erkannte ein Muttermal in Form eines Sterns knapp unter dem Haaransatz. »Er trägt das Zeichen.«

»Wovon redest du?«, fragte Anna. Peter sah sie an.

»Du weißt nicht, was er ist, oder?«

Anna schüttelte den Kopf.

»Sag es ihr, Eliah!«

»Ich darf es nicht.«

»Er ist ein Engel, Anna. Ein Engel, der auf Erden wandelt, um ein Mensch zu werden.« War da Angst in seiner Stimme? Verwunderung? Respekt?

Stille.

Marktbesucher drängten um sie herum, stießen und schoben sie. Der Korb mit Obst fiel um, und die Früchte rollten über den Boden. Anna bemerkte es nicht. Hatte sie die letzten Worte ihres Bruders richtig verstanden? Sie spürte, wie ein Lachen aus der Mitte ihres Leibes emporstieg, sich den Weg durch ihre Kehle bahnte und dann aus ihr herausbrach. Aber es war kein fröhliches Lachen.

Die beiden Männer sahen sie an. Ihre Gesichter waren ernst.

Unvorstellbar.

»Warum willst du ein Mensch werden?«, fragte sie zögernd und begriff im selben Moment, dass sie die Ungeheuerlichkeit ohne Widerstand in ihr Denken gelassen, dem Unaussprechlichen Raum und Wahrheit gegeben hatte, weil sie sie schon lange kannte.

»Um bei dir zu sein.«

»Aber du bist doch bei mir.« Anna streckte ihre Finger aus und berührte seine Hand.

»Etwas fehlt noch.«

»Was?«

»Ich weiß es nicht.« Eliah nahm ihre Hand. »Ich kann sehen, hören, riechen, schmecken und fühlen. Wie ein Mensch. Ich bin glücklich, wenn ich dich sehe, und empfinde Trauer, wenn du nicht bei mir bist. Ich denke und handele bereits wie ein Mensch, aber ich weiß, etwas fehlt noch. Ich suche den letzten Schritt.«

»Ich habe geschworen zu bewahren.« Peter trat nah an Anna heran, hob seine Hand und strich ihr über die Wange. »Aber du bist meine Schwester.« Er weinte und biss sich auf die Lippen. Dann drehte er sich um und rannte über den Markt davon, ohne sich noch einmal umzusehen.

Anna schloss die Augen. Alles geschah so schnell. Vor einer

Woche noch hatte sie in ihrer Arbeit als Begine Erfüllung gefunden und im Konvent ihren Platz und ihr Glück für die Zukunft gesehen. Jetzt, heute und hier, hatte sie all das verloren. Ihre Freiheit und die Möglichkeit, selbst über ihr Leben zu bestimmen. Das taten nun andere für sie. Ihr Vater und ab übermorgen Hannes, ihr zukünftiger Ehemann.

Sie atmete tief ein, öffnete die Augen und sah Eliah an. Heute Morgen war sie entschlossen gewesen, ihn an Hannes' statt zum Mann zu nehmen. Weil sie dachte, ihn zu kennen. Hatte sich das nun geändert? Wovor fürchtete sie sich? Eliah war beides. Ein Teil Mensch, ein Teil Engel. Diese Seite an ihm war neu für sie, fremd, beängstigend. Doch sie kannte die Seite an ihm, die Mensch war. Anna schloss erneut die Augen. Erinnerte sich. An das Gefühl, jemand stünde neben ihr, als sie an Johannas Sterbebett wachte. An den Trost, den sie wie eine Umarmung empfunden hatte, als sie am Brunnen im Hof des Konvents gelehnt und sich klein und hilflos gefühlt hatte. War es Eliah gewesen? Sie öffnete die Augen. Ihre Blicke trafen sich. Ja. Sie kannte ihn. Eliah war keine Einheit, kein Ganzes. Der Mann und der Engel. Zwei Seiten. Die sie beide liebte und auf die sie sich einlassen wollte.

»Komm«, sagte sie, umfasste seine Hand fester und zog ihn durch die Menschenmenge hinter sich her.

Dreizehn

Vor der Westseite des Doms wehte ein angenehmer Wind, als Nia über den Roncalliplatz ging und das Petersportal ansteuerte. Es hatte sie ziemliche Überredungskunst gekostet, Dr. Leisenfels davon zu überzeugen, dass sie wieder fit und bereit für einen weiteren »Spaziergang« war. Er hatte mit Lars Altdorf telefoniert und für Nia einen Termin am Abend vereinbart. Bis dahin hatte er ihr Ausgangserlaubnis erteilt, jedoch nicht, ohne vorher ihre sämtlichen Vitalfunktionen vom Blutdruck bis zum Kniereflex zu überprüfen, ihrer Hand einen neuen Verband zu verpassen und Nia das Versprechen abzunehmen, pünktlich wieder zurück zu sein.

Exakt gegenüber den drei Portalen hatten sich »lebende Statuen« aufgebaut: ein Charlie Chaplin, der immer mal wieder in seinen typisch watschelnden Gang verfiel, ein furchterregender Jack Sparrow, der zum Schrecken und zur Erheiterung japanischer Touristen laut brüllend auf ahnungslose Passanten zusprang, und eine Engelsfigur, deren liebliches Lächeln die Menschen dazu animierte, sich mit ihr fotografieren zu lassen, und deren Geldkörbchen den größten Anteil an Münzen aufwies.

Lebensnahe Statuen, dachte Nia, und ein halbherziges Lächeln schlich sich in ihr Gesicht. Sie spürte, wie ihr Herz klopfte, und schaute sich instinktiv nach Männern in hellen Anzügen um, die ihr gefährlich werden könnten. Aber da war niemand. Nia legte den Kopf in den Nacken und suchte die Steinfigur. In der ersten Reihe, als vierter von unten, saß der Glocken schwingende Engel auf seinem Thron. Selbst auf die Entfernung konnte sie sehen, dass seiner Nase die Spitze fehlte und die zweite Glocke, die er vermutlich einmal in seiner linken Hand gehalten hatte, ganz fehlte. Eine Steinskulptur, zerfressen von den Spuren der Zeit und der Luftverschmutzung. War das überhaupt noch die Originalfigur, oder war es eine Replik, und das Original schlummerte in den Depots der Dombauhütte?

Und wenn es eine Replik war, wirkte dann der Fluch in ihr

weiter? War der Fluch mitrestauriert worden? Nia biss sich auf die Lippen, um nicht laut herauszuplatzen. Was tat sie hier eigentlich?

»Hörst du ihn auch manchmal?«, fragte eine Kinderstimme dicht neben ihr.

Nia fuhr herum und starrte in das Gesicht eines Mädchens. Sie mochte sieben oder acht Jahre alt sein, trug ihr braunes Haar in dicken Zöpfen und eine Strickjacke über einem dünnen Sommerkleidchen.

»Was hast du gerade gesagt?«, fragte Nia sie und beugte sich zu ihr hinunter.

»Ich höre seine Glocke, und manchmal schaut er mich auch an.« Sie lächelte ein Kinderlächeln über breiten Zahnlücken. »Als ich mit meiner Klasse hier war, hat er mich angesehen und geweint.«

Nia ging in die Hocke und strich dem Mädchen behutsam über den Arm. Sie schaute über die Schulter zu der Figur hoch und nickte.

»Ich habe ihn auch gehört.«

»Hat er bei dir auch geweint?«

»Nein.«

»Was denn?«

»Er hat mir geholfen.«

»Das ist gut.« Das Mädchen schwieg und sah wieder zu dem Engel hoch. »Wie heißt du?«, fragte sie.

»Nia.«

»Ich heiße Sofie.« Wieder dieses Lächeln. »Meine Lehrerin hat mir nicht geglaubt.«

»Vielleicht sieht ihn nicht jeder?«

»Vielleicht nur die, die er mag?« Sofie grinste jetzt, dass ihre Mundwinkel von einem Ohr zum anderen reichten. »Meine Lehrerin hat er ganz böse angesehen.«

»Hörst du ihn jetzt gerade eigentlich auch?«, fragte Nia und stand auf. Wenn sie noch länger in der Hocke sitzen blieb, würden ihre Beine vollends einschlafen. Ihre Kniekehlen kribbelten, und kleine Stromstöße schossen von ihren Zehen bis zur Hüfte.

»Nein.« Sofie schüttelte den Kopf und wandte sich zum Gehen. Nach einigen Schritten blieb sie stehen, drehte sich noch einmal um und runzelte die Stirn. »Er schläft vielleicht gerade. Auch Engel sind manchmal müde.«

»Sicher sind sie das.« Nia hob die Hand und winkte Sofie nach, die die Stufen hinunterhüpfte und das Fast-Food-Restaurant auf der anderen Seite der Trankgasse ansteuerte. Sie war also nicht die Einzige, die den Engel gesehen hatte. Selbst wenn mit dem Mädel einfach nur die Phantasie durchging, erklärte das nicht, wieso sie denselben Engel wie sie gesehen hatte.

Es wurde Zeit für handfeste Informationen. Sie nickte der Figur einen Abschiedsgruß zu und ging hinüber zum Domforum. Hier würde man ihr mit Sicherheit Auskunft geben können. Hinter drei großen Glasfenstern lag die Eingangshalle des ehemaligen Bankhauses aus den fünfziger Jahren. Heute beheimatete das Gebäude das Besucherzentrum des Kölner Doms samt Kinosaal und großem Veranstaltungsraum. Hinter der Zwischentür empfingen Nia kühle Luft und eine angenehme Stimme. Der Raum wirkte hell und einladend. An der lang gestreckten weißen Theke warteten Mitarbeiter auf Besucher und Arbeit. Nia trat näher und lächelte erwartungsfroh.

»Was kann ich für Sie tun?« Die junge Frau schaffte es, die Standardfloskel so auszusprechen, dass Nia das Gefühl bekam, sie hätte den ganzen Tag darauf gewartet, nur für sie da zu sein.

»Können Sie mir nähere Auskunft über die Steinfiguren am Petersportal geben?«, fragte Nia und stellte ihre Tasche auf die Besuchertheke.

»Kommt drauf an, was Sie wissen wollen. Ein wenig weiß ich Bescheid, aber detaillierte Auskunft ...« Sie verstummte, drehte sich um, ging zu einer älteren Kollegin und fragte diese um Rat. Nia verstand nicht, was die beiden miteinander sprachen, aber das kräftige Kopfnicken der Kollegin nach einem Seitenblick auf Nia und die erleichterte Miene der jungen Frau ließen sie auf Antwort hoffen.

»Also«, begann die Frau, als sie wieder vor Nia stand. »Zum einen gibt es Dombauführer, die sich auf dieses Thema spezialisiert haben. Sie können auch die Dombauverwaltung anrufen.

Warten Sie.« Sie zog einen Zettel unter der Theke hervor, notierte eine Telefonnummer und schob sie Nia zu. »Es gibt auch noch das Architekturhistorische Institut im Weyertal und die KVG Köln.« Jetzt redete sie sich richtig in Fahrt, und Nia bekam den Eindruck, es mit einer Kunst- oder Geschichtsstudentin zu tun zu haben, die sich freute, endlich die gesamte Quelle ihres Wissens vor jemandem ausbreiten zu können. Ihre Wangen glühten und sie sprach schnell und präzise. »An der Uni gibt es das Kunsthistorische Institut, die haben ein Bilderprogramm, das heißt Prometheus, aber«, sie blickte nach oben, wo sich in der Decke der Halle eine kreisrunde Öffnung befand, als ob die Menschen, die dort in der zweiten Etage flanierten, noch weitere Informationen für sie bereithielten, »ich weiß nicht, ob man da auch als Nichtstudent … Also, Sie können es ja einmal versuchen, und wenn es da nicht klappt, dann gibt es noch Dehio und …«

»Danke!«, unterbrach Nia ihren Redeschwall. »Vielen Dank. Ich denke, ich werde mich zuerst an die Dombauverwaltung wenden und dann weitersehen.« Sie lächelte die junge Frau an, nahm ihre Tasche und ging auf den Ausgang der Halle zu, als ihr einfiel, dass sie vergessen hatte, nach der Dombauhütte selbst zu fragen. Sie machte kehrt, aber die junge Frau war nicht mehr zu sehen. Stattdessen stand dort die Kollegin, die Nia eben noch so hilfsbereit erschienen war, presste einen Telefonhörer ans Ohr und ließ sie nicht aus den Augen. Als ihre Blicke sich begegneten, zuckte sie zusammen und wandte sich ab.

Nia fröstelte und machte kehrt. Sie wurde noch paranoid, sah überall Gefahren auf sie lauern, wo mit Sicherheit keine waren. Die Türen des Domforums schlossen sich geräuschlos hinter ihr.

Nia beschleunigte ihre Schritte und lief die Treppen hinunter, als sie das Quietschen von Bremsen hörte, dann ein Klirren und einen Schrei. Die Stille, die danach eintrat, dauerte nur Bruchteile von Sekunden. Dann brach ein Inferno aus Huptönen, Hilferufen und entsetzten Schreien los.

Automatisch rannte Nia in die Richtung, aus der die Hilferufe kamen. Auf der Mitte der Kreuzung stand ein großer dunkler Wagen quer. Die Fahrertür stand offen, und Nia konnte einen Mann sehen, der über seinem Lenkrad zusammengesunken war. Aber niemand kümmerte sich um ihn. Eine Traube von Menschen stand drei Meter entfernt vor seiner Motorhaube. Einige hatten vor Entsetzen die Hände vor das Gesicht geschlagen, andere telefonierten wild gestikulierend mit ihren Handys. Nia vergaß, dass sie außer Dienst war und schob die Menschen zur Seite.

»Lassen Sie mich durch, ich bin Polizistin!«, rief sie und die Menge teilte sich für sie.

Ein Mann kniete auf dem Boden, arbeitete fieberhaft an dem Körper, der auf der Straße lag. Nia erkannte ein dünnes Blutrinnsal, das die Straße hinunterfloss, helle Kinderschuhe und das Muster eines Sommerkleids. Ihr stockte der Atem.

»Sofie!«, schrie sie und kniete auf der anderen Seite des Mädchens nieder. Einer der dicken Zöpfe lag schwer und dunkel vom Blut über Sofies Hals. Ihre Augen waren geöffnet, und als sie Nia sah, zuckte die Ahnung eines Lächelns über ihre Lippen.

»Jetzt ist er hier«, flüsterte sie. Nia ergriff ihre Hand. »Er weint wieder, aber er hat versprochen, mir zu helfen.« Ihre Stimme wurde immer leiser. Nia beugte sich vor und hielt ihr Gesicht ganz nah an Sofies. Der Atem kam stoßweise. Die kleine Brust hob und senkte sich wie unter einer schweren Last.

»Sie braucht sofort notärztliche Versorgung«, sagte der Mann, der jetzt den Puls des Mädchens fühlte. »Ich bin zwar Arzt, aber hier«, er zeigte mit dem Kinn auf Sofies Kopfwunde, aus der unaufhörlich Blut quoll, »kann ich nichts machen.«

Nia folgte seinem Blick. Ihr wurde schlecht, als sie Knochen und eine gräuliche Masse unter dem Haar erkannte.

Sofie starrte nun auf einen Punkt oberhalb von Nias Kopf.

»Hallo«, flüsterte sie, und unwillkürlich drehte Nia sich um.

»Hallo, Sofie«, erwiderte Eliah. Er sah das Kind mit einem ernsten Ausdruck in den Augen an.

»Hast du wegen mir geweint?«

Eliah nickte und legte Nia eine Hand auf die Schulter. Sie spürte die Wärme seiner Haut durch den Stoff ihres T-Shirts und schluckte. Eliah. Der Glocken schwingende Engel. Sie träumte nicht. Er stand hier, neben ihr und dem sterbenden Mädchen.

»Du brauchst keine Angst zu haben«, hörte sie sich sagen. »Eliah wird dir helfen. Alles wird gut. Alles wird gut.« Ein Zittern erfasste sie. Die Bilder verschoben sich. Die Straße verschwand. Sie kniete auf einem Lehmboden. Vor sich ein Mädchen mit den gleichen dunklen Zöpfen, reglos, leblos. Sie spürte Schmerz und Trauer um das Kind sich wie ein Messer in ihre Seele bohren. Nia rang nach Atem. Nicht schon wieder. Nicht wieder diese Halluzinationen. Hatte ihr wieder jemand Drogen ...«

»Ich will bei meiner Oma sein«, flüsterte Sofie.

»Alles wird gut, Nia.« Seine Stimme an ihrem Ohr. »Alles wird gut.« Sie öffnete die Augen. Eliah. Sofie. Das Dröhnen der Motoren. Von Weitem schnitt der grelle Ton eines Martinshorns durch die Geräusche der Stadt. Der Notarzt.

Sie sah Eliah an und nickte ihm zu. Er wandte sich um und schritt mit Sofie an der Hand die Treppen zum Dom hinauf.

»Hast du gesehen, wie der Unfall passierte?« Ein Kollege in Uniform stand vor ihr. Zeugenvernehmung. Routine. Strukturen. Regeln. Ordnung.

»Nein.« Nia bemühte sich um eine feste Stimme. »Ich kam erst dazu, als das Kind schon auf dem Boden lag. Der Herr dort«, sie zeigte auf den Arzt, »hat Erste Hilfe geleistet.«

Der Polizist schrieb eifrig mit.

»Er hat ausgesagt, dass du das Mädchen zu kennen scheinst. Könntest du uns bei der Identifikation behilflich sein?« Nia blickte ihn irritiert an. Sie kannte ihn nicht, und trotzdem duzte er sie, seit sie sich als Polizistin zu erkennen gegeben hatte. Auch das ein Ritual.

»Ich habe vor einer Stunde etwa oben vor dem Petersportal mit ihr über die Steinengel gesprochen. Sie heißt Sofie. Mehr weiß ich nicht.«

»Wir müssen ihre Eltern informieren, da hilft uns jeder Hinweis.«

Nia stand wie paralysiert. Der Notarzt hatte nichts mehr tun können. Sofie war tot. Sie stellte sich vor, wie ein Kollege oder eine Kollegin an der Haustür der Eltern klingeln und die furchtbare Nachricht überbringen würde. Sie hatte ein einziges Mal eine solche Aufgabe übernommen. Danach waren die Bilder wiedergekommen: Die Gesichter der Erwachsenen, als sie ihr sagten, was sie schon wusste, aber nicht zu sich hatte durchdringen lassen. Nia hatte sie fasziniert beobachtet und vergessen, warum sie gekommen waren. Ihre Eltern waren tot. Umgebracht. Kein Wie für die Tochter. Kein Warum. Sie waren einfach weg. Alles hatte sich daraufhin geändert.

»Sie kann nicht allzu weit entfernt wohnen«, murmelte sie und erwiderte den fragenden Blick des Kollegen. »Sie war allein auf der Domplatte.«

Er nickte. »Wenn dir noch was einfällt, melde dich bitte bei uns.« Er klappte seinen Block zu und ging zu dem Arzt hinüber. Nia war entlassen.

Sie ließ sich an den Rand der Menge treiben, die noch immer ihrer Gier nach dem Unglück anderer folgte und den Bestrebungen der Polizisten widerstand, sie zu vertreiben. Unter dem Vordach des Hotels Excelsior blieb sie stehen. Die Menschenmassen flossen um sie herum und an ihr vorbei, bis sie sich umdrehte, an den Geschäften vorbei in Richtung Bahnhof ging und in die Unterführung neben dem Bahnhof eintauchte. Hierhin verirrten sich selten Fußgänger. An den Wänden klebten Plakate zu Konzerten, die längst gesungen waren oder erst in vielen Monaten stattfinden würden. Fünf in einer Reihe, immer das gleiche Bild, um Zentimeter nur in der Höhe verschoben, als ob sie durch ihre gleichförmige Unterschiedlichkeit die Aufmerksamkeit der Vorbeifahrenden fesseln wollten. Nias Schritte hallten, bis das Dach aus Straße und Bahnhofsgelände sie wieder freigab und die Sonne sie aus dem Untergrund hervorzog. Gehen. Stehen. Ampeln. Autos rauschten an ihr vorbei. Stehen. Einen Schritt vor den anderen. Ihr Denken war ausgefüllt davon, bis sie an den Rhein kam, einen Platz an der Mauer fand und auf den Fluss sehen konnte. Ein Containerschiff glitt an ihr vorbei, tief im Wasser, schwer unter seiner Last. Sein Weg war vorbestimmt, hatte einen Anfang und ein Ziel.

Sie schloss die Augen. Als sie sie wieder öffnete, waren die Mauer und das surrende Geräusch der Straße verschwunden. Rufe gellten durch geschäftiges Treiben. Ein Schiff lag am Flussufer, die Segel gerefft, von seinem Deck reichten Bretter bis an das Ufer, über die Männer in Stoffe gewickelte Ballen trugen. Nia schlug die Hand vor das Gesicht, als der scharfe Geruch von Unrat und Schweinemist in ihre Nase stieg. Niemand beachtete sie. Sie war nicht Teil des Geschehens, war Beobachterin, Zuschauerin außerhalb der Zeit. Sie wusste, wessen Hand sich um ihre schloss, als sie die Berührung spürte, und drehte sich nicht um.

»Ich bin nicht verrückt«, sagte sie und lehnte sich gegen Eliah.

Statt einer Antwort schlang er seine Arme von hinten um sie.

»Das alles hier ist verrückt. Aber ich bin es nicht.«

»Auch wenn es schwer zu verstehen ist.« Seine Stimme klang vertraut.

Nia lächelte und legte ihre Hände auf Eliahs. »Langsam beginne ich, es zu begreifen.«

»Du siehst mich, auch wenn du mich nicht sehen solltest.«

»Ich habe das Gefühl, dich seit ewigen Zeiten zu kennen.«

»Du weißt, was ich bin?«

»Ich will es nicht glauben, obwohl ich es weiß.« Nia löste sich aus Eliahs Umarmung, trat einen Schritt nach vorn und drehte sich um. Sie sah ihm in die Augen. »Engel haben keine Frauen.« Sie versuchte ein Grinsen. Es misslang, und als sie weitersprach, kratzten die Worte in ihrem Hals. »In Engel kann man sich nicht verlieben.«

»In Engel darf man sich nicht verlieben, Nia.« Er schluckte.

Nia rührte sich nicht. Um sie herum zerfloss die Zeit, und plötzlich standen sie wieder an der Mauer, eingeklemmt zwischen Rheinuferstraße und Fluss.

»Die Sage stimmt also.« Mit dem Boden ihrer eigenen Welt unter den Füßen fühlte sie sich wieder sicherer.

»Nicht ganz.« Eliah lächelte.

»Wie ...«, fragte sie, aber Eliah unterbrach sie.

»Ich war ein Engel, aber wollte ein Mensch sein. Mit ihr leben. Als Mensch. Als ihr Mann.« Er verschränkte die Arme. »Dass es nicht sein durfte, haben wir erst begriffen, als es zu spät war.« Er schüttelte den Kopf, und Nia schluckte die Frage, die ihr auf den Lippen lag, hinunter. »Es gab Mächte außerhalb dessen, was wir uns vorstellen konnten. Unsere Liebe hätte das Gleichgewicht der Kräfte durcheinandergebracht. Die Fundamente des Doms erschüttert.«

»Willst du damit sagen, wenn du sie geliebt hättest, wäre der Dom eingestürzt?«

»Ich weiß es nicht. Aber die, die es dachten, haben alles daran gesetzt, es zu verhindern.«

»Wer waren ›die‹? Und warum dachten sie es?«

»Sie nannten sich ›die Bewahrer‹.« Wieder zögerte er. Als er weitersprach, hatte Nia das Gefühl, er verberge etwas vor ihr. »Warum sie es dachten? Ich weiß es nicht. Es war ein alter Kult.«

»Es war also nicht der Teufel, der die Seele des Parlermädchens haben wollte?«

»Anna.« Eliah stockte. »Sie hieß Anna.«

»Was ist mit ihr geschehen?«

»Man wollte sie hinrichten. Um das zu verhindern, habe ich den Fluch auf mich genommen. Sie ist gestorben im Moment meiner Bannung, doch die Zeit sprang zurück, und sie bekam ein neues Leben. Sie hat vergessen. Ich nicht.«

»Deine Strafe«, flüsterte Nia.

»Meine Strafe.«

»Gibt es Erlösung für dich?«

Eliah zuckte mit den Schultern. »Wenn es sie gibt, dann wird der Preis hoch sein.«

»Du meinst den Dom?«

»Oder mehr.«

»Als es damals geschehen ist, waren andere Zeiten. Der Dom war nicht vollendet.«

»Aber ein Menschenleben ist immer noch ein Menschenleben.«

»Was ist mit deinem Leben?«

Wieder lachte Eliah, doch diesmal klang es bitter.

»Ich habe kein Leben. Ich bin an den Stein gebunden und werde selbst zu Stein, wenn es Zeit ist. Ich gebe den Menschen die Kraft dazu, das zu tun, was sie wirklich wollen. Leben oder Sterben. Sie entscheiden. Nicht ich. Ich bin nur der Bote. Und trotzdem ist so viel von meinem kurzen Menschsein in mir geblieben, dass ich mit ihnen leide. Dass ich trauere. Dass ich verzweifle über ihre Entscheidungen.«

Die Worte quollen aus ihm heraus. »Aber ich darf mich nicht einmischen, keine Meinung haben, keine Entscheidung treffen. Ich bin kein Ich. Ich bin nur die Erinnerung an eine kurze Zeit des Ichseins.« Er stieß den Atem aus und ballte die Hand zur Faust.

»Und du wartest auf deine Erlösung.«

»Nein!« Wie ein Schrei. »Nein, ich warte nicht. Ich hoffe nicht und ich warte nicht. Meine Erlösung bedeutet Gefahr für den, der es versucht. Und das Ende von etwas Größerem.«

»Oder den Beginn von etwas Größerem.« Nia nahm seine Hand. »Du bist ein Mensch gewesen?«

Eliah nickte. »Für kurze Zeit. Jetzt bin ich nichts mehr. Kein Engel. Kein Mensch.«

»Wie …« Nia schluckte. »Wie bist du zum Menschen geworden?«

»Indem wir den letzten Schritt gegangen sind.«

vierzehn

Sie hatte nicht darüber nachgedacht. Es sich nicht vorgestellt. Hatte nur gewusst, dass es so und nicht anders sein musste. Jetzt spürte sie jeden einzelnen ihrer Herzschläge. Stille. Holz knarrte. Irgendwo im Haus unter ihnen fiel eine Tür ins Schloss. Niemand hatte sie bemerkt, als sie über die Stiegen nach oben huschten. Wie zwei Diebe. Leise. Behutsam. Der Lärm von der Straße, Stimmen, Rufe, Hundegebell und das Grunzen streitender Schweine drangen nur dumpf durch die geschlossenen Fensterläden. Kleine Ritzen im Holz ließen dünne Lichtstrahlen in den Raum, auf dessen Bahnen Staubkörner tanzten und langsam zu Boden sanken. Der Sommer schickte seine Wärme ins Zimmer.

Sie standen sich einander gegenüber, ohne eine einzige Bewegung. Zeit versickerte.

Anna hob den Kopf und sah Eliah an. In seinen klaren Augen spiegelte sich das Dämmerlicht des Zimmers. Wortlos strich sie ihm mit dem Finger über die Mitte seiner Stirn, folgte dem schmalen Lauf des Nasenrückens und verharrte auf seinen Lippen.

»Zwei Teile«, murmelte sie leise, stellte sich auf die Zehenspitzen und küsste ihn. Eliah beugte sich zu ihr, zögernd erst, dann umfasste er ihre Schultern und zog sie an sich. Anna schmeckte seine Lippen, seine Haut, atmete seinen Atem. Sie hatte Angst. Vor dem, was kommen würde, und davor, dass es danach kein Zurück mehr geben würde. Weder für Eliah noch für sie. Verbunden.

Ihre Hand zitterte, als sie die Bänder ihres Kleides löste und spürte, wie der Stoff an ihrem Körper zu Boden glitt.

Eliah öffnete ihren Zopf, wühlte seine Finger in ihre Haare und küsste sie wieder. Ihre Wangen, ihren Hals, ihre Schultern. Suchend. Tastend. Hitze, tief in ihrem Inneren. Sie drängte sich an ihn, ihre Hände fuhren unter den Stoff seines Gewandes. Ihre Fingerspitzen glitten über seine Haut. Wärme. Muskeln.

Fleisch und Blut. Sie spürte, wie sein Herz schlug. Das Herz eines Menschen, eines Mannes. Anna löste sich von ihm, trat einen Schritt zurück und ergriff seine Hand.

Das Stroh unter der Decke knisterte, als sie sich darauflegten, und ein widerspenstiger Halm bohrte sich durch den dünnen Leinenstoff in Annas Haut. Sie zuckte zusammen, schlug nach dem Halm wie nach einem lästigen Insekt und musste lachen. Eliah fing ihre Hand und küsste sie auf das Handgelenk. Er lachte mit ihr. Die Anspannung, die sie beide gespürt hatten, fiel von ihnen ab. Eliah streifte sich den Kittel ab und löste die Nesteln seiner Beinkleider. Anna sah ihm zu, legte ihre Hand um seinen Nacken und zog ihn zu sich. Es war so einfach. So klar. Nur sie beide. Jeder für sich. Einzigartig. Eliah und Anna. Zwei Teile. Verbunden. Ein Ganzes.

***

»Ein Riss im Fundament sagst du?« Der Kapitular runzelte die Stirn.

»Unter der Kapelle des Schreins, Herr.«

»Kannst du es aufhalten?«

»Ich habe meine Hände, die Steine und mein Werkzeug. Was ich damit ausrichten kann, werde ich versuchen.« Hannes trat von einem Bein auf das andere und starrte vor sich auf den Boden des Chors. Seine nächsten Worte kamen nur stockend. »Es steht mehr in Eurer als in meiner Macht, die neuen Götter zu bannen.« Er zog den Kopf zwischen die Schultern, als würde er einen Schlag erwarten.

Der Kapitular faltete die Hände über seinem schwarzen Gewand und hob sie unter sein Kinn.

»Wir wussten, dass es geschehen könnte. Es steht in den Büchern deiner Zunft, und auch wir wissen seit Jahrhunderten um das Geheimnis.

»Ich dachte …« Hannes riss die Augen auf.

»Nein.« Der Kapitular ging einige Schritte zur Seite, klappte einen der Eichensitze des Chorgestühls herunter und setzte sich darauf. Er legte seinen Arm über das Holz des Nebensitzes und ließ seine Finger über die feine Schnitzerei der Misericordie gleiten. Zwei Mischwesen schienen aus einem gemeinsamen Ursprung zu erwachsen. Anstelle der Füße trugen sie Löwenpranken, die von den weiten Falten ihrer Gewänder bedeckt wurden. Ihre Köpfe waren die eines Bischofs und einer Nonne. Sie strebten auseinander, jeder in seinem eigenen Tun. Ein Horn berührte die Lippen des Bischofs. Trank er oder blies er zur Jagd?

Mit einem Fingernagel kratzte er abwesend an der Schnitzerei und blieb in einer Vertiefung hängen. Er kniff die Augen zusammen, zischte leise und befreite sich mit einem Ruck.

»Auch wir kennen das Geheimnis über die Wurzeln dieser Kirche, über das, was sie zusammenhält, wovon sie getragen wird. Wenn ein Pfeiler reißt, ist es ein untrügliches Zeichen: Etwas hat sich verändert, ist ins Ungleichgewicht gekommen.« Er stand auf und wandte sich wieder Hannes zu. Seine Augen wurden schmal. »Ihr Steinmetze habt das Geheimnis lange gehütet, aber wir«, er legte die flache Hand auf seine Brust und neigte den Kopf, »haben es uns zu eigen gemacht.«

Hannes ballte seine Hand hinter dem Rücken zur Faust. Die alte Macht ließ sich von niemandem zu eigen machen. Schon in der Nacht vor der Weihe des alten Doms, der sich an genau derselben Stelle erhoben hatte, an der nun die neue Kathedrale emporwuchs, hatten die Geister des Domhügels einen Sturm beschworen. Als der alte Dom schließlich dem neuen weichen sollte, hatten sie mit demselben starken Atem ein Feuer entfacht und alle geweihten Gemäuer niedergebrannt. Er beobachtete den Kapitular. Wusste er wirklich um die alte Macht? Konnte er sie beherrschen? Oder beschränkten sich seine Kenntnis und seine Kunst darauf, einige kleinere Dämonen zu bannen und den neuen Gott zu preisen? Solche wie die, die der Kapitular eben noch mit dem Fingernagel bearbeitet hatte? Sein Blick fiel auf die Misericordien des Chorgestühls. Da waren sie, die Blattgeister, Dämonen und Mysterienwesen, von den Priestern angenommen als Teil des Volksglaubens. Er schluckte und mahlte die Kiefer aneinander. Er war klein im Angesicht des Gottes, hatte zu gehorchen, nicht zu entscheiden.

»Wie steht es um die andere Aufgabe, die wir dir aufgetragen haben, Hannes? Hast du das Einverständnis deiner Braut zu eurer Hochzeit?

»Was hat Anna mit all dem zu tun?«

»Das braucht dich nicht zu kümmern. Tu nur, was wir dir befehlen.«

Hannes nickte. Die Priester hatten ihn in der Hand. Sie entschieden, wer am großen Bauwerk teilhaben durfte und wer nicht. Er wollte nicht riskieren, fortgeschickt zu werden. »Morgen ist die Hochzeit.«

»Wo ist sie jetzt?«

»Unter der Aufsicht ihrer Mutter. Im Haus ihres Vaters.«

»Das ist gut«, murmelte der Kapitular. Dann straffte er den Rücken und reckte das Kinn. »Bist du sicher?«

»Warum sollte ich nicht ...«, setzte er an, aber der Kapitular unterbrach ihn mit hoher Stimme.

»Schau nun, was du mit deinen Händen, den Steinen und dem Werkzeug ausrichten kannst, Hannes.« Er wandte sich ab und blickte in die hohen Gewölbe des Chors. »Ich werde das meinige tun.«

***

Eliah erwachte. Er tauchte aus einer Dämmerung auf, die neu für ihn war. Langsam ordnete er seine Gedanken. Er *war*. Er hatte geschlafen. Hatte geträumt. Seine Lippen fühlten sich trocken an, und über seinen Rücken zog sich ein dünner Schweißfilm. Er horchte. Ein Vogel sang. Weit entfernt schrie ein Kind. Das Haus, die Kammer, das Bett, auf dem er lag. Alles hatte seine eigenen Laute. Er drehte sich zur Seite, stützte seinen Kopf auf die Hand und lächelte Anna an. Ihr Atem ging ruhig und ihre Züge waren entspannt. Eliah strich ihr mit der freien Hand eine Strähne ihres dichten Haares aus der Stirn. Sie regte sich und suchte im Halbschlaf seine Umarmung. Ihr Körper schmiegte sich an seinen, und er küsste sie auf die Schläfe. Anna. Sie hatte ihn so angenommen, wie er war, hatte ihm durch ihre Liebe seine Einzigartigkeit gezeigt und ihm damit seine Seele geschenkt. Er war ein Mensch.

Anna murmelte etwas im Schlaf, was er nicht verstand. Ihre Atemzüge wurden gleichmäßiger, und sie glitt wieder tiefer in den Schlaf hinein. Behutsam löste er sich von ihr, stand auf und ging zum Fenster. Hinter den Läden kroch das erste Licht des Morgens über die Dächer. Die Dunkelheit wich zögernd aus den engen Straßen. Zwielicht. Die Stunde der Engel. Mit einer Hand stieß er die Läden zur Seite und sog die Luft ein. Noch überwog die saubere klare Luft der Nacht, aber schon bald würde die Hitze dem Gestank nach Unrat, Schweinekot und anderen Ausdünstungen den Weg bereiten. Er wollte diesen ersten Morgen auskosten. Hinausgehen. Sich erfahren, seine Sinne genießen, sein neues Dasein begrüßen, bevor er es mit Anna teilen würde.

Eliah drehte sich um, trat vom Fenster zurück und blickte auf die schlafende Anna. Den Mann, der draußen eilig über Pfützen sprang und sich in Richtung der Dombaustelle entfernte, bemerkte er nicht.

Leise öffnete er die Kammertür und lauschte ins Haus. Nichts rührte sich. Der Schlaf der Bewohner würde erst mit dem ersten Hahnenschrei weichen. Mit angehaltenem Atem ging er über die Stiege, durch die untere Etage, vorbei an der Stube und der Küche. Er trat auf die Straße und wandte sich in Richtung des Flusses. Für einen Moment vergaß er, dass er kein Engel mehr war, und dachte sich an die Stelle, an die er gelangen wollte. Als nichts geschah, lachte er auf, glücklich über das, was er verloren hatte, und machte sich auf den Weg.

Über dem Wasser lag ein dünner Schleier wie eine Decke. Träge schaukelten die vertäuten Schiffe auf den Wellen. Am anderen Ufer erkannte er die Mauern der alten Römerfestung. Er ging nach Süden, dem strömenden Wasser entgegen. Vorbei an dicht gedrängten Häusern und Obstgärten, bis er an die Stadtmauern stieß. Mächtig erhob sich der Bayenturm vor ihm. Grenze und Schutz zugleich. Ein Bogen spannte sich von der Befestigung mit ihren Wehrgängen und Wachgebäuden bis in den Rhein. Eliah blieb stehen. In wenigen Stunden würden hier die ersten Treidelpferde mit ihrer Arbeit beginnen und helfen, die schweren Kähne gegen den Strom anzuziehen. Er spürte seine

Füße. Durch das dünne Leder seiner Sohlen bohrten sich Steine und Geröll des Rheinuferwegs. Er ging zum Ufer und setzte sich. Was hatte ihn hierhergetrieben? Ziellos war er gewandert, ohne Gedanken und ohne zu wissen, wie er seinen Weg fortsetzen sollte.

So wird es von nun an immer sein. Der Engel erschien neben ihm. Nicht in menschlicher Gestalt, sondern in der, die Eliah verloren hatte.

Eliah blinzelte. Das Licht blendete ihn und schmerzte in seinen Augen.

Ab heute musst du dich immer und immer wieder für etwas entscheiden, in dem Wissen, dafür auf etwas anderes zu verzichten.

»Es ist meine eigene Entscheidung.«

Der Engel nickte. Seine Erscheinung war ebenso strahlend wie einfach. Sein Gesicht war sein eigenes Gesicht und gleichzeitig das aller anderen.

»Warum bist du noch einmal zurückgekehrt, Engel?«

Du hast mich zum Nachdenken gebracht, Eliah.

»Du zweifelst?«

Nein. Der Engel senkte den Blick. *Nicht mehr. Ich habe mich ebenfalls entschieden.*

»Du willst es so, wie es ist.«

Sie schwiegen. Eliah lauschte seinem Atem und seinem Herzschlag nach. »Werde ich alles, was war, vergessen?«, fragte er unvermittelt.

Das wäre zu einfach. Der Engel lachte leise. *Nein.*

Er ließ sich neben Eliah nieder, griff nach einem Stein und warf ihn ins Wasser. Der Stein tanzte auf der Oberfläche, sprang weiter und weiter. Jedes Mal, wenn er die Wasseroberfläche berührte, unterbrach er den Fluss der Wellen und erzeugte kleine, konzentrische Kreise, die wuchsen und sich an den äußeren Rändern berührten.

Ein Mensch muss mit den Folgen seines Handelns leben. Also überlege dir gut, was du tust. Er wandte den Kopf, und es schien, als suche er in Eliahs Augen eine Antwort. *Ein Wort von dir, Halei, und ich nehme dich mit mir.* Er streckte die Hand nach ihm aus.

Eliah zuckte zurück. Sie strahlte eine ungeheure Hitze aus.

»Es wird nicht so sein, wie du es dir erhoffst.«

»Ich erhoffe mir nicht viel«, sagte Eliah und stand auf. Vor seinem inneren Auge schlief Anna ihren traumlosen Schlaf, und er lächelte. »Nur Annas Liebe, die sie mir bereits geschenkt hat. Die kann mir niemand nehmen.«

Der Engel schwebte jetzt über dem Wasser, die Hand noch immer in Eliahs Richtung ausgestreckt.

Hochmut ist eine sehr menschliche Eigenschaft, mein Freund, erwiderte er und verneigte sich.

Eliah schüttelte den Kopf, schloss die Augen und sog die Luft ein. Als er sie wieder öffnete, war er allein. Nur ein Schwan suchte langsam seinen Weg am Ufer, putzte sein Gefieder in den Strahlen der aufgehenden Sonne. Irgendwo krähte ein Hahn.

Die Stadt erwachte zum Leben. Die Tore wurden geöffnet, und die Bauern des Umlandes brachten Früchte, Getreide und Vieh auf die Märkte. Eliah lenkte seine Schritte immer schneller durch die Straßen. Er wollte zu Anna. Jetzt.

Vor dem Haus der Parler wühlten sich die Schweine durch den Dreck, als er auf die Tür zuging und kräftig mit der Hand dagegenklopfte. Diesmal sollte ihn jeder hören. Er würde um Einlass bitten, bei Annas Vater vorsprechen und ihn bitten, sie ihm zur Frau zu geben.

Die Tür öffnete sich einen Spaltbreit.

»Was wollt ihr?«, fragte eine dumpfe Frauenstimme hinter dem Holz.

»Bitte lasst mich ein. Ich möchte mit Meister Parler sprechen.«

»Er hat jetzt keine Zeit für Euch.«

»Bitte sagt ihm, es geht um seine Tochter.«

Es kam keine Antwort. Das Holz knarrte, und der Spalt wurde größer. Die Frau, mit der er gesprochen hatte, schaute ihn an. Ihr Gesicht war verquollen und rot. Tränen rannen über ihre Wangen.

Eliah schrak zurück. Fast hätte er Annas Mutter nicht erkannt.

»Meister Parler hat keine Tochter mehr«, sagte sie und schluchzte. »Vor einer Stunde waren die Büttel hier, haben sie abgeholt und in die Hacht gebracht. Sie wird der Verletzung der

Standesrechte, der Zauberei und des Mordes an dem Mädchen Johanna angeklagt. Der Greve wird sie noch heute richten.« Sie stand wie versteinert im Hauseingang und sah ihn an. Lange und stumm.

In Eliahs Ohren war nichts als Rauschen. Er hatte Mühe, aufrecht zu stehen. Er erwiderte den Blick der Frau, versuchte in ihren Gedanken zu lesen, suchte die Lüge, die Unwahrheit in ihren Worten, aber er fand nur Verzweiflung.

»Wenn du sie wirklich liebst, dann hilf ihr!« Die Worte waren geflüstert. So leise, dass er sie kaum hören konnte. Annas Mutter trat einen Schritt zurück. »Du bist ein Engel«, murmelte sie, während sie die Türe zudrückte. »Du kannst es doch.«

Fünfzehn

Nia sah ihn an. Aus seinem Blick war die Sanftheit gewichen, mit der er ihr vorher begegnet war. Sie erkannte Wut, die keine sein durfte, Angst und das Wissen darum, selbst nichts tun zu können, um diesen Zustand zu ändern.

Eliah bewegte sich nicht. Er wich ihr nicht aus, erwiderte ihren Blick.

»Jetzt bist du nicht aus Stein. Jetzt bist du ein Mensch.« Nia legte eine Hand an seine Wange.

»Wir sollten hier nicht bleiben, Nia«, sagte er, fasste nach ihrer Hand und nahm sie herunter. »Sie werden uns suchen. Sie sehen dich als Gefahr an, und sie werden dich finden. Du bist nicht sicher, wenn du bei mir bist.«

»Den Eindruck hatte ich aber gestern nicht.«

»Sie werden genau wie damals vor nichts zurückschrecken.«

»Und was soll ich deiner Meinung nach dagegen tun? Wenn sie, wer immer ›sie‹ auch sein mögen, mich sowieso schon im Visier haben?«

»Geh zurück ins Krankenhaus und vergiss mich und das, was du gesehen hast.«

»Glaubst du, das ginge so einfach?«, schnaubte Nia. »Selbst wenn ich vergessen würde, dass du ein Engel bist, dürfte ich den Menschen Eliah Kahmen schon aus rein beruflichen Aspekten nicht vergessen.«

Eliah zog eine Augenbraue hoch.

»Immerhin stehst du unter Mordverdacht.«

»Was?« Die Anspannung in seinem Gesicht löste sich auf. Seine Augen strahlten, als er in ein Lachen ausbrach, das Nia mitriss wie ein erfrischender Windstoß. Mit einem Mal ging ihr auf, wie abstrus die gesamte Situation war. Die Wahrheit schien unwahrscheinlicher als ihr durch nichts auch nur annähernd bewiesener Verdacht.

»Lach nicht!«, sagte sie und tippte mit einen Finger auf seine Lippen, bevor sie fortfuhr: »Die Todesfälle im Krankenhaus.

Ich stecke in einer Zwickmühle, weil ich Dr. Leisenfels gesagt habe, dass ich dich bei dem jungen Mann gesehen habe, der gestern Nacht gestorben ist, kurz vor dessen Tod.«

»Ich war ja auch da.«

»Auf der anderen Seite ist der Doktor mittlerweile davon überzeugt, dass ich«, sie zog mit dem Finger Kreise neben ihrer Schläfe, »nicht ganz sauber ticke.«

»In seinen Augen bist du entweder verrückt, oder ich bin ein Mörder.«

Nia nickte.

»Es stimmt aber weder das eine noch das andere.«

»Ich weiß.«

»Dann geh zurück und sei das, was du bist. Eine Polizistin mit einem Auftrag. Such einen Mörder.« Die Tiefe seiner Stimme machte ihr die Ernsthaftigkeit seiner Worte klar.

»Ich weiß gerade nicht, was ich bin, Eliah.«

Er machte eine kurze Bewegung auf sie zu, stoppte und ließ die Arme sinken.

Nia sah ihn an. Lange. Sah zu, wie er atmete. Wie er reglos vor ihr stand. Sie sah in seine Augen und glaubte, ein kleines Stück von dem zu erkennen, was sich dahinter verbarg. Was er zurückhielt. Dann biss sie sich auf die Lippe und wandte sich ab. Ohne sich umzuschauen, ging sie am Rhein entlang in Richtung Altstadt. Die Gesichter, die ihr entgegenkamen verschmolzen zu einer dumpfen Masse. Sie kämpfte sich durch den Strom, blieb stehen, wich aus. Sie schlenderte, lief und zögerte, wenn es kein Weiterkommen gab.

Vor dem Schokoladenmuseum blieb sie an der Mauer stehen. Hinter dem Malakoffturm schob sich die Glasfront des Gebäudes wie ein Schiff in den Fluss. Vielleicht sollte sie einfach hineingehen, ihre Finger in den Schokoladenbrunnen tauchen und ablecken wie ein Kind. Und mit der klebrigen Süße Gedanken und Erinnerungen einfach hinunterschlucken und vergessen.

»Du bist in einer verdammt beschissenen Situation, Apollonia Hallmann«, sagte sie laut und ignorierte die erschrockenen Blicke einer Touristin. Sie hob einen Kieselstein auf und warf ihn in den Fluss. »Und alles, was du bisher unternommen hast, hat die Lage eher schlimmer als besser gemacht. Also reiß dich am Riemen, denk nach, und mach dir einen Plan. Keine Emotionen. Keine unvorhergesehenen Ereignisse.« Sie ballte die Fäuste, schlug damit auf die Mauer und versenkte ihre Hände anschließend in den Hosentaschen. Sie würde jetzt zurückgehen und Dr. Leisenfels erklären, dass sie sich geirrt hatte. Das es keinen Eliah gab. Dass er ihrer Phantasie entsprungen war. Sie würde ihm erklären, dass sie ohne offiziellen Polizeiauftrag und einen konkreten, ausgesprochenen Verdacht keine weiteren Ermittlungen mehr durchführen würde. Dann müsste sie eben die Konsequenzen tragen. Sie würde ihr Leben klären. Es ordnen. Und weitergehen. Sie stieß sich ab und prallte mit Schwung gegen einen Mann, der direkt hinter ihr gestanden hatte.

»Eliah! Was …« Nia verstummte. Dann küsste sie ihn.

***

»Der Riss geht quer durch das Fundament des Chors.«

»Warum ist er bisher nicht aufgefallen?«

»Wie es aussieht, wurde er meisterhaft verdeckt. Die Masse aus Stein und Mörtel hat die gleiche Farbe wie die Steine selbst.« Der Fremdenführer bückte sich und hob einen Brocken Gesteinsmasse auf. »Noch gestern hatten wir einen öffentlichen Rundgang durch die Gänge unter dem Chor. Da war nichts zu sehen.«

»Ich verstehe das nicht.« Der Ingenieur ging zur linken Wand, beugte sich vor und betrachtete das Mauerwerk. Er tastete vorsichtig mit den Fingerspitzen über die Steine, bevor er sich kopfschüttelnd wieder an den Fremdenführer wandte. »Die Spolien sitzen fest. Man könnte meinen, dass diese Mauern aus Restteilen des alten Doms noch am ehesten bröckeln, aber nein, es muss das Fundament des alten Altars sein.« Er ging zwei Schritte nach rechts und schlug mit der flachen Hand auf das Gemäuer. »Nicht genug, dass unser Stadtarchiv eingestürzt ist«, murmelte er leise, »jetzt hat auch noch der Dom Risse.« Laut fügte er hinzu: »Wissen Sie, ob noch mehr solche Überraschungen gefunden wurden?«

»Nein. Aber unter den Türmen ...« Ein gewaltiger Lärm übertönte die Antwort. Die beiden Männer zuckten zusammen und sahen sich an.

»Raus hier!«

***

»Fühlst du dich jetzt von deinem Fluch befreit?« Nia lag neben Eliah. Das gestärkte Weiß der Hotellaken knisterte, als sie sich zu ihm drehte und ihr Kinn auf seinen Brustkorb stützte.

»Wir hätten das nicht tun dürfen!« Eliah richtete sich auf und bückte sich nach seinen Kleidern. »Ich hätte das nicht tun dürfen!«

»Immerhin waren wir zu zweit«, sagte Nia und hatte Mühe ihre aufkeimende Wut zu unterdrücken. »Du wirst dich entscheiden müssen! Willst du dein Leben selbst bestimmen oder für die größere Sache zurückstecken?« Sie raffte die Decke um sich, stand auf und ging um das Bett herum. »Und ich hatte den starken Eindruck, dass ich die letzte Stunde nicht mit einem Engel verbracht habe, sondern eindeutig mit einem Mann.«

»Du verstehst das nicht, Nia.«

»Ich verstehe es nicht? Dann mach mich schlau. Lass mich nicht dumm sterben!«

Eliahs Gesicht wurde ernst.

»Ich will dich gar nicht sterben lassen, Nia.«

»Das war ein Scherz, Herrgott noch mal.«

»Darüber solltest du nicht scherzen.« Er stand auf und hob mit dem Finger unter ihrem Kinn ihr Gesicht an, sodass sie ihm in die Augen sehen musste. »Und fluch nicht immer so.«

Nia wollte etwas erwidern, schluckte die Worte und fragte stattdessen: »Haben wir den Bann gebrochen?«

»Ich weiß es nicht. Ich werde es merken, wenn ich vor der Figur stehe.«

Sie hörten die Sirenen, als sie am Rathaus vorbei auf den Roncalliplatz zugingen. Blaulicht flackerte, ein Krankenwagen nach dem anderen raste an ihnen vorbei.

»Was ist passiert?« Eliah fasste einen Passanten an der Jacke und hielt ihn fest.

»Die Kreuzblume!«, sagte der Mann und verschwand in der Menschenmenge.

Sie sahen sich an.

»Das kann nicht sein«, flüsterte Nia und lief los, die Treppen vor dem Römisch-Germanischen Museum hinauf. Auf dem Platz herrschte ein heilloses Durcheinander. Krankenwagen, Feuerwehrwagen, Notärzte. Polizisten waren dabei, das Gelände weiträumig abzusperren und Zuschauer, die sich trotz der Aufforderung, den Ort zu verlassen, nicht von der Stelle rührten, mit mehr oder weniger sanfter Gewalt hinter die Absperrung zu drängen.

Nias Blick schoss zur Spitze des Südturms hoch. Die Silhouette hatte sich verändert. Etwas fehlte. Die Kreuzblume hatte bei ihrem Sturz tiefe Krater in das Dach gerissen, Teile der Stützbögen zerstört und den neuen Domkiosk unter sich begraben.

»Sie können hier nicht durch. Bitte machen Sie den Platz frei!« Der Polizist in Uniform streckte seine Arme zu beiden Seiten aus und versperrte Nia den Weg. Sie überlegte kurz, ob sie ihm erklären sollte, dass sie eine Kollegin sei, und entschied sich dagegen.

»Wir versuchen es auf der anderen Seite«, rief sie Eliah über die Schulter hinweg zu und rannte in Richtung Heinzelmännchenbrunnen. »Vielleicht kommen wir über den Wallraffplatz näher ran!«

»Warte.« Mit wenigen Schritten hatte Eliah sie eingeholt. »Was willst du dort?« Er zog sie dicht zu sich heran. »Die Kreuzblume ist eingestürzt und hat große Zerstörung angerichtet in dem Moment, in dem wir beide …« Er verstummte. Nia sah, wie sein Adamsapfel sich bewegte, als er schluckte. »Brauchst du noch mehr Beweise? Es ist falsch, was wir tun.«

»Das ist kein Beweis, Eliah. Es kann ein Zufall sein.« Sie machte sich los. »Und wenn ein Zusammenhang besteht, dann vielleicht der, dass der Bann gebrochen ist.«

Eliah nickte, und Nia glaubte, seine Hoffnung zu hören, als er sagte: »Vielleicht.«

Sie drehte sich wortlos um, und beide gingen weiter, bis sie auf der anderen Seite, einige Meter hinter der Klagemauer, gestoppt wurden. Hier bot sich das gleiche Bild. Verletzte, Sanitäter, Gaffer. Dazwischen Domschweizer und Geistliche in dunklen Priesterroben im Gespräch mit Menschen, deren Gesichter den Schock, den sie erlitten hatten, in allen Facetten widerspiegelten.

Hinter ihr zog Eliah scharf die Luft ein.

»Was?«, fragte sie, aber statt einer Antwort zeigte er nur auf drei Männer in hellen Anzügen, die sich zwischen den Verletzten und Helfern bewegten, als suchten sie etwas. Mit ihren Headsets und ihren dunklen Sonnenbrillen wirkten sie wie Sicherheitsleute.

»Du musst verschwinden, Nia«, flüsterte Eliah und zerrte sie hinter sich. Nia packte seinen Arm, duckte sich und versuchte, ihn mit sich zu ziehen, aber Eliah bewegte sich nicht. Starr und steif stand er da, hoch aufgerichtet, und überragte die Menschen um sie herum.

Einer der Männer hatte Eliah entdeckt. Während er auf ihn zugelaufen kam, sprach er hektisch in sein Headset und winkte den anderen zu.

»Verdammt, komm schon!«, schrie Nia Eliah an. »Wir müssen weg.«

»Ich … kann …«, sagte Eliah stockend. Nia hörte, dass ihm das Sprechen schwerfiel. Sie hatte Mühe, ihn zu verstehen. »Ich kann nicht weg.« Er machte einen Schritt vorwärts, auf die Männer zu, die gleich bei ihnen sein würden. Sein Körper wirkte, als ob er von einem Punkt in seiner Mitte aus angetrieben wurde. Seine Haut wurde grau, die Kleidung verschwand. Das Gewand, das er nun trug, war mit einem schmalen Gürtel versehen. Der Bann war nicht gebrochen worden. Sie hatten es nicht geschafft. Nia schrie auf, als riesige Flügel durch seinen Rücken brachen, er die Arme ausbreitete und sich über die Köpfe der Menschen erhob, die ihn nicht wahrnahmen. Nur die Blicke der drei Männer folgten seinem Weg bis zum Portal, um sich dann, nach einer kurzen Pause, wie auf ein Kommando Nia zuzuwenden. Kurze Befehle über Mikrofone und Kopfhörer, und die

Männer verteilten sich über den Platz wie Wölfe, die ihr Opfer ausgemacht hatten und es nun für die Hetzjagd einkreisten.

»Sie werden genau wie damals vor nichts zurückschrecken«, hatte Eliah noch vor wenigen Stunden zu ihr gesagt. Nia begriff plötzlich, was er damit gemeint hatte. Es war in der Tat kein Scherz. Sie hatten ihr schon einmal Drogen in den Körper gepumpt und versucht, sie in ihre Gewalt zu bringen. Hinter den Sonnenbrillen, den gestriegelten Anzügen und den akkuraten Haarschnitten verbargen sich eiskalte Profis, die es auf sie abgesehen hatten. Aber sie war nicht wehrlos. Es würde ihr irgendwie gelingen, ihren Jägern zu entkommen.

Nia duckte sich und hängte sich an einige Japaner, die sich in diesem Moment durch die immer noch gaffende Menge schoben, um einen besseren Standort für ihre Fotos zu bekommen. Sie steuerten das Betonduplikat der Kreuzblume an, auf dem sich schon andere Sensationslüsterne versammelt hatten.

Die Wölfe rückten näher. Sie witterten, stellten sich auf die Zehenspitzen, sicherten das Gelände. Nia erkannte die Unruhe des einen Mannes, der seine Kumpane ratlos ansah. Das war ihre Chance. Sie hatten sie aus den Augen verloren, aber es war nur eine Frage der Zeit, bis sie sie wieder in der Menge entdeckten. Nia sah sich um. Zwischen ihr und dem Petersportal lag die abgesperrte Fläche. Sie würde es nicht bis zu Eliah schaffen, und wenn doch, wäre die Frage, ob er sich so schnell wieder aus dem Stein lösen und ihr helfen könnte. Das Risiko war zu hoch. Sie musste es allein schaffen. Musste *ihm* helfen.

Die Fassaden der edlen Geschäfte im Gebäude des Domhotels lagen unter einer dicken Schicht des vom Unglück aufgewirbelten Staubes. Aus der Hohe Straße strömten immer mehr Menschen, um das Schauspiel mit eigenen Augen zu sehen. Bald würde der Einsatzbefehl kommen, das ganze Domareal abzusperren. Aus Vorsicht vor weiteren Teilen, die herabstürzen könnten, und damit die Rettungsarbeiten einfacher vonstattengehen konnten. Nia spürte kaltes Metall im Rücken und schrak zusammen. Aber es war nur das Rastergitter des Domforums. Ein Gedanke durchzuckte sie. Hier würde sie sich verstecken. In der Höhle des Löwen. Sie wich zurück, jeden Augenblick damit rechnend, dass einer der drei aus der Menge auftauchte und sie entdeckte. Diesmal hatte sie Glück und erreichte den Eingangsbereich. Sie wartete, bis eine größere Gruppe Anstalten machte, das Foyer zu betreten, und schloss sich an.

Die junge Mitarbeiterin, die ihr vor wenigen Stunden so freundlich Auskunft gegeben hatte, war in eine heftige Diskussion mit einem Besucher verwickelt, der laut nach Schadensersatz und Schmerzensgeld schrie. Nia durchquerte den Raum schnell, aber ohne Hektik. Sie wollte nicht auffallen. Durch ein Fenster sah sie das helle Jackett eines der Männer aufblitzen. Er stand mit dem Rücken zur Scheibe und hielt Ausschau nach ihr. Nia hatte die Treppe zu den Toiletten erreicht und stolperte die Stufen der engen Wendung hinunter. Unten empfingen sie Ruhe und Kühle. »Kino«, »Raum der Stille« und »WC« sagten die Schilder. Ein schneller Blick in den Raum der Stille überzeugte sie davon, dass dieser wirklich nur die Leere bot, die man von einem Meditationsraum erwarten würde. Helles Stäbchenparkett, weiße Unterlagen und schwarze, kreisrunde Sitzkissen luden den Besucher zum Nachdenken ein. Blanke, ebene Flächen. Nichts, was ihr jetzt weiterhelfen würde. Die Toiletten würden die Männer sicher zuerst kontrollieren, wenn sie auf die Idee kämen, hier unten zu suchen.

Das Kino lag im Halbdunkel. Kein Film. Kein Zuschauer. Die Klappstühle rechts neben der Tür waren in Reihen angeordnet, die in Stufen nach unten verliefen. Trotz der geringen Entfernung von der überfüllten Eingangshalle herrschte in diesem Raum eine fühlbare Stille. Wie in einer Kirche, dachte Nia. Sie ging seitwärts durch die hinterste Reihe bis zur Wand und hockte sich auf die oberste Stufe. Das bot ein wenig Schutz, aber dennoch wäre sie ohne Schwierigkeiten von der Eingangstür aus zu erkennen.

Schritte auf der Treppe durchbrachen die Stille. Sie kamen langsam näher. Nia lauschte angestrengt. Hatten sie sie gefunden? Sie rückte näher an die Holzverkleidung der Stuhlreihe, presste sich mit ihrer Schulter dagegen. Die Schritte stoppten an der Eingangstür des Kinos. Nia hielt den Atem an. Der Strahl einer Taschenlampe wanderte über die Leinwand, suchte den

Boden und die Sitze davor ab. Nia wagte nicht, sich zu rühren. Sie zuckte zusammen, als es leise neben ihr knackte und sich die Verkleidung der Stuhlreihe an der Stirnseite lockerte. Obwohl ihre Finger zitterten, gelang es ihr, das Holz vorsichtig zu lösen, in den schmalen Hohlraum zu kriechen und die Öffnung wieder zu verschließen. Die Luft war trocken und warm. Es roch nach Staub. Nia hörte Stimmen. Durch die Ritzen zwischen den Stühlen schien Licht in den engen Gang, und sie konnte einige Leute sehen, die sich auf den Stühlen verteilten.

»Wir zeigen Ihnen jetzt den Mediavortrag zur Entstehung und Geschichte des Kölner Doms«, sagte eine Frauenstimme über Lautsprecher, in der sie die Fremdenführerin erkannte, der sie sich angeschlossen hatte, bevor die Männer in den hellen Anzügen sie unter Drogen gesetzt hatten. War das wirklich erst gestern gewesen? Sitze klapperten, Füße scharrten, das Licht wurde noch dunkler, und wuchtige Orgelmusik setzte ein. Nia versuchte, einen Blick auf die Leinwand zu werfen. Solange der Vortrag lief, war sie gezwungen, hier drin auszuharren. Helle Hosenbeine über glänzenden Schuhen schoben sich an ihrem Versteck vorbei. Sie rührte sich nicht, presste nur ihr Gesicht an die schmale Lücke und verfolgte aus den Augenwinkeln den Weg des Mannes. Er ging bis zum Ende der Reihe, ließ den Taschenlampenstrahl in die Ecken tanzen und blieb stehen. Er zuckte mit den Schultern und schüttelte den Kopf, während er in Richtung Tür schaute, wo vermutlich die beiden anderen warteten.

Auf der Leinwand ging es im Schrägflug über die Dächer des Doms. Standbilder. Südturm. Nordturm. Der Chor. Wasserspeier. Dämonenköpfe.

»Ich bedauere, dass wir Ihnen aufgrund der Umstände keine Führung innerhalb des Doms anbieten können, möchte Ihnen aber versichern, dass die Eintrittskarten ihre Gültigkeit behalten, bis ...« Sie verstummte, hustete, und Nia hörte ihr den noch nicht verdauten Schrecken an, als sie weitersprach: »... bis es möglich ist, den Dom wieder zu betreten. Leider kann ich Ihnen zu diesem Zeitpunkt noch nicht sagen, wann das sein wird.«

Ein Lichtstrahl bohrte sich durch die Ritze in ihre Augen, und Nia ließ sich auf den Boden fallen, während der Mann mit der Taschenlampe noch einmal die einzelnen Stühle ableuchtete. Als die kleinen Punkte vor ihren Augen zu tanzen aufgehört hatten und sie wieder etwas sehen konnte, war er verschwunden.

Nia horchte, aber außer der Lautsprecherstimme hörte sie nichts. Trotzdem. Besser blieb sie eine Weile hier.

»Als am 15. Oktober 1880, dem Geburtstag des Kaiserbruders Friedrich Wilhelm IV., der letzte Stein in die Kreuzblume des Südturms gezogen wird, ist die Kathedrale nach sechshundertzweiunddreißig Jahren Bauzeit vollendet«, tönte es knackend aus den Lautsprechern, und laute Orgelmusik dröhnte. Der Abspann.

Die Kreuzblume als Zeichen der Vollendung des Doms stürzte als Erstes ein. Zufall?

Die Zuschauer erhoben und streckten sich, sortierten ihre Jacken und Taschen. Nia löste die Seitenverkleidung, kroch aus ihrem Versteck und kontrollierte vorsichtig die Sitzreihen. Kein heller Anzug. Schnell stand sie auf und schloss sich den Zuschauern an, die Treppe hinauf, durch die zweite Tür hinaus.

Auf der Straße stand nun ein Polizeiwagen neben dem anderen. Die Zuschauergruppe wurde durch die mittlerweile gezogene Absperrung gewunken. Nia passte sich dem Tempo der Leute an und blieb in ihrer Mitte, bis sie sich verteilten und in unterschiedliche Richtungen davongingen. Da wurde ihr plötzlich klar, dass sie nicht wusste, wohin sie gehen sollte.

Ins Krankenhaus traute sie sich nicht. Vielleicht hatten ihre Verfolger Erkundigungen eingezogen und wussten, wo sie sie suchen mussten. Auch Yaris Wohnung und ihre eigene schieden aus. Lars Altdorf. Der Psychiater. Er hatte auf sie den Eindruck gemacht, als ob ihn so schnell nichts erschüttern konnte. Irgendwo musste er seine Praxis haben. Nia sah sich um und entdeckte am Ende der Straße ein Internetcafé. Hier könnte sie seine Adresse ausfindig machen und versuchen, ihn anzurufen.

Alle Plätze waren besetzt, als sie den Laden betrat.

»Wird gleich was frei«, murmelte der junge Mann hinter der

Theke, ohne von seinem Comic aufzusehen. Zwei dünne Kabel verschwanden unter seinen Rastalocken, und er wippte rhythmisch im Takt einer Musik, die Nia nicht hören konnte. »Was trinken?«

»Nein danke.« Nia behielt die Besucher im Blick. Zu lange konnte sie hier nicht bleiben. Immer noch hatte sie das Gefühl, dass schon im nächsten Moment die Tür aufgerissen werden könnte und ihre Verfolger im Raum standen. Wer waren diese Männer? So wie sie aussahen und auftraten, hätten sie zur Mafia oder einer anderen Organisation gehören können. Aber Mafiosi sprachen Italienisch, Russisch oder Chinesisch und nicht Latein. Eliah hatte von den ›Bewahrern‹ gesprochen, die vor über sechshundert Jahren die Liebe zwischen ihm und Anna mit brutalen Mitteln verhindert hatten. Waren sie deshalb hinter ihr her? Um ihre Liebe zu Eliah, über die sie sich noch nicht einmal selber genau im Klaren war, zu zerstören?

Eine junge Frau räumte ihren Platz am Computer, ging zur Theke und bezahlte. Mit einem Kopfnicken deutete der Junge auf den frei gewordenen Platz und vertiefte sich wieder in seinen Manga.

Nia setzte sich und legte die Finger auf die Tastatur. Sie würde später weiter über das Warum nachdenken. Jetzt gab es ein konkreteres Problem.

Ihre Suche nach Lars Altdorf listete zunächst jede Menge Einträge über einen Schauspieler gleichen Namens, dann einen Adresseintrag in Junkersdorf auf.

Hinter den Fenstern brannte Licht, aber niemand öffnete, als sie auf die Klingel neben der Tür drückte. Ein schmaler Streifen Glas ließ den Blick frei auf Flur und Treppenhaus. Sie schellte ein zweites Mal. Im Haus ging eine Tür, und jemand kam die Treppe hinunter. Eine ältere Frau lugte durch den Glasspalt und legte eine Sicherheitskette an, bevor sie öffnete.

»Ja, bitte?«, fragte sie und musterte Nia.

Nia trat einen Schritt zurück und stellte sich auf die untere Stufe der Eingangstreppe.

»Mein Name ist Hallmann. Ich suche Dr. Altdorf.«

»In welcher Angelegenheit?«

»Privat.«

Wieder dieser Blick. Nia fühlte sich unwohl. Ihr war klar, welchen Eindruck sie in ihren verstaubten Klamotten machen musste. Ihre Haare hatten den Anschein einer Frisur sicher auch schon länger verloren.

Die Frau runzelte die Stirn und legte den Kopf schief. »Hallmann, sagten Sie?«

»Ja. Nia Hallmann.«

Die Kette wurde gelöst, und die Tür öffnete sich ein Stück weiter.

»Gertruds Nichte?«

»Wenn Sie mit ›Gertrud‹ Tante Yari meinen, dann ja.« Nia musterte die Frau nun auch und erkannte sie. »Sie sind Irmgard, richtig?«

»Komm rein, Kind«, sagte Irmgard Altdorf jetzt und lächelte sie herzlich an. »Was willst du von meinem Sohn?«

»Ist er da?«

»Nein, seine Frau hat ihn ins Krankenhaus gefahren. Er hatte einen kleinen Unfall mit dem Fahrrad.«

»Oh, dann …« Nia blieb unschlüssig stehen.

»Nein, nein. Es wird nicht lange dauern. Er muss sich nur die Lippe nähen lassen.« Sie führte Nia ins Wohnzimmer, in dem jede Menge Kinderspielzeug herumlag. »Ich passe so lange auf die Kinder auf.« Sie ging zum Treppenabsatz und lauschte. »Ich hoffe, sie schlafen jetzt.«

Nia schaute auf die Uhr an ihrem Handgelenk. Fast acht. War es wirklich schon so spät? Sie hatte völlig das Zeitgefühl verloren. Spätestens jetzt würde Dr. Leisenfels merken, dass sie nicht zurückgekommen war, und ihre Tante informieren.

»Hast du etwas dagegen, wenn ich die Nachrichten anmache, während wir auf Lars warten?«, fragte Irmgard Altdorf, ging ins Wohnzimmer und ließ sich auf dem Sofa nieder. »Ich muss wissen, was da heute auf der Domplatte geschehen ist.«

»Nein.« Nia setzte sich auf die Lehne eines Sessels.

Die Bilder flackerten über den Bildschirm und tauchten das Zimmer in blaues Licht. Alte Schwarz-Weiß-Aufnahmen der

Kreuzblume und bunte, grelle Bilder vom Geschehen des heutigen Tages.

»Ich kann nicht verstehen, wie das passieren konnte. Es gab keinen Sturm, kein Erdbeben oder Ähnliches. Sie ist einfach abgeknickt und ...« Irmgard Altdorf verstummte, als auf dem Fernseher eine Aufnahme zu sehen war, die ein zufälliger Zeuge mit dem Handy aufgenommen hatte. In körnigen Bildern erkannte man, wie sich zuerst ein einzelner Stein löste, im hohen Bogen wie ein Vogel davonflog und auf das Dach stürzte. Dann neigte sich die Kreuzblume zur Seite, als ob sie jemand mit der Hand umbiegen und zu Boden drücken würde. Das Ganze geschah langsam, wie in Zeitlupe. Nur die aufgeregten Warnschreie der Umstehenden waren zu hören. Die ganze Zeit lief am unteren Rand die Uhrzeit mit. Dann verwackelte das Bild und verlosch.

»Es muss geschehen sein, kurz bevor ich auf den Roncalliplatz kam«, murmelte Nia.

»Du bist dort gewesen?« Irmgard Altdorf sah sie entsetzt an.

Nia zögerte und überlegte kurz, wie sie möglichst nah bei der Wahrheit bleiben konnte.

»Ich habe dort Ermittlungen durchgeführt.«

»Aber ich dachte, du seiest krank?«

»Ja.« Sie rutschte unbehaglich auf der Sessellehne hin und her. »Nein. Also eigentlich ...« Ein kleines Stückchen Wahrheit in der Lüge machte die Sache glaubhafter. »Ich bin mit so etwas wie verdeckten Ermittlungen beauftragt.«

»Aber Gertrud ...«, setzte Irmgard Altdorf an.

»Meine Tante weiß nichts davon, und ich möchte Sie auch bitten, ihr nichts davon zu sagen.«

Irmgard Altdorf spitzte die Lippen. Dann stand sie auf, strich sich mit beiden Händen den Rock glatt und ging wieder am Treppenabsatz nach den Kindern lauschen.

»Vielleicht liegt es ja an den Ausgrabungsarbeiten?«, wechselte sie abrupt das Thema, als sie zurückkam, den Fernseher ausschaltete und sich erneut auf dem Sofa niederließ.

»Bitte?« Nia brauchte einen Moment, bis sie von Yari und ihren Ermittlungen zu dem Unglück am Dom zurückgefunden hatte.

»Sie haben wieder angefangen zu graben. Unter dem Dom. Seit 1998 war kein Geld da. Jetzt, auf einmal, geht es weiter.«

»Wissen Sie warum?«

»Man hat bei den Testmessungen in der Philharmonie wegen der Lärmbelästigung durch die neue U-Bahn wohl Ergebnisse bekommen, die den Verdacht nahelegen, dass sich unter den bisherigen Ausgrabungen unter dem Chor noch weitere Hohlräume befinden.«

»Woher wissen Sie das?«

»Aus der Zeitung, mein Kind. Aus der Zeitung.« Nia bemerkte den unausgesprochenen Vorwurf, der einen wunden Punkt bei ihr traf. So oft schon hatte sie sich vorgenommen, die Rundschau oder den Stadtanzeiger zu abonnieren und vor dem Frühstück zu lesen. Aber außer einem gelegentlichen Gang zum Kiosk am Samstagmorgen und einem Zeitungsfrühstück war bisher noch nichts daraus geworden. Dabei war es wichtig für sie, immer auf dem Laufenden zu sein.

»Hat die Stadt keine Angst, dass den Dom das gleiche Schicksal ereilen könnte wie das Stadtarchiv?«

»Sie sagen, sie hätten ausreichende Vorsichtsmaßnahmen getroffen.«

»Klar.«

»Dabei vermute ich, dass in dem Hohlraum eine kleine Sensation auf die Archäologen warten könnte.«

Nia erinnerte sich, dass Yari einmal erzählt hatte, Irmgard Altdorf habe früher als Stadtführerin gearbeitet und tue das auch heute noch manchmal. Sie stand auf, ging um den Sessel herum und setzte sich erneut. Diesmal so, als wäre sie nicht auf dem Sprung. Hier hatte sie die Chance, außer einer möglichen Zuflucht auch noch Informationen zu bekommen, die ihr weiterhelfen konnten.

»Wieso denken Sie das?«

»Es gibt diese Theorie über einen alten Kult. Mithras. Sagt dir das was?«

Nia schüttelte stumm den Kopf.

»Manche sagen, er sei die Vorläuferreligion des Christentums gewesen. Es gibt viele Parallelen. Der Mithraskult ist ebenfalls eine Religion, die an einen einzigen Gott glaubt. Viele Riten sind gleich.« Irmgard Altdorf richtete sich auf und faltete die Hände in ihrem Schoß. Ihre Miene veränderte sich, bekam etwas Offizielles. Sie sprach nun lauter. »Einige gehen sogar so weit zu behaupten, nur der Zufall hätte dem Christentum die besseren Chancen eingeräumt.«

Sie sah Nia an und lächelte. »Die Kirche hört es natürlich nicht besonders gerne, aber so wie es aussieht, wurden viele Dinge des Mithrasglaubens einfach ins Christentum übernommen.« Sie suchte nach Beispielen. »Weihnachten! Der 25. Dezember war der Sage nach der Geburtstag des Mithras. Er wurde in einer Höhle aus dem Fels geboren. Und«, jetzt hob sie den Finger und beugte sich zu Nia vor, als ob sie ihr ein großes Geheimnis verraten würde, »es gibt eine Legende über drei persische Könige, die sich auf eine Reise begaben, um den neugeborenen Propheten, also Mithras, zu preisen.«

»Die Heiligen Drei Könige.«

Irmgard Altdorf nickte. »Aber es gibt einen Unterschied zu der Legende, wie wir sie heute auf dem christlichen Hintergrund kennen.«

»Und der wäre?«, fragte Nia, ein wenig enttäuscht, dass sie bisher noch nichts erfahren hatte, was ihr bei der Auflösung von Eliahs Bann hätte helfen könnte.

»Sie bringen dem Kind nicht nur Gold, Weihrauch und Myrrhe, sondern sie bekommen auch ihrerseits ein Geschenk mit auf den Weg. Ein kleines Kästchen.«

»Was ist darin?«

»Ein Stein. Nichts als ein Stein. Die drei Könige sind deswegen wütend. Sie haben kostbare Geschenke gebracht und halten nun nur einen wertlosen Stein in der Hand.« Irmgard Altdorf öffnete ihre Hand, und Nia glaubte, einen kleinen grauen Stein dort liegen zu sehen, als sie beide wie gebannt darauf starrten.

Irmgard Altdorf ballte langsam die Hand zur Faust und machte eine wegwerfende Bewegung, während sie fortfuhr: »Die Könige warfen den Stein in einen Brunnen. Gott zürnte ihnen und ließ ein gewaltiges Feuer in den Brunnen fahren. Da erkannten sie die Symbolkraft des Steins. Der in ihnen wachsende Glaube an den neuen Propheten sollte so stark sein wie ein Fels. Dieses Motiv kehrt ebenfalls im Christentum wieder. Petrus als der Fels, auf dem Jesus seine Kirche bauen will. ›Petra‹ heißt im Lateinischen ›Stein‹.«

»Wo ist nun der Zusammenhang mit den Ausgrabungen?«

»Der Mithraskult wurde von römischen Soldaten hierhergebracht. Natürlich bauten sie Mithräen, ihre Tempel. Man hat einige davon hier auf dem Stadtgebiet gefunden.«

»Nur unter dem Dom noch nicht.«

»Richtig. Und das, obwohl der Domhügel der ideale Platz gewesen wäre. Dem Licht nahe. Das war wichtig.«

»Aber unter dem Dom gibt es doch keine Brunnen? So wie Sie es sagen, gehört doch auch ein Brunnen zu einem Mithräum.«

»Doch, die gibt es, zwei sogar. Und einer davon liegt ganz in der Nähe des Ortes, wo man nun den neuen Hohlraum vermutet.« Sie machte eine Pause. »Und«, wieder lächelte sie, »in der Nähe des goldenen Dreikönigsschreins.«

Nia lehnte sich zurück und zog die Knie an. Sie stützte ihr Kinn ab und wippte langsam im Sessel hin und her, während sie nachdachte.

»Ist das nur eine wilde Theorie? Oder gibt es Beweise dafür?«, fragte sie.

»Alles kann ein Beweis sein und nichts. Solange man keine konkreten Belege findet, ist alles wilde Theorie.« Irmgard Altdorf strich sich mit der flachen Hand eine Strähne aus dem Gesicht, die sich aus ihrem Haarknoten gelöst hatte. »Religionen verschwinden nicht einfach. Sie gehen auf in ihren Nachfolgern. Das ist beim Dom nicht anders. Er ist gebaut auf den Wurzeln seiner Vorgänger. Was haben sonst die vielen Dämonen, Zauberwesen, Vampire, Drachen und sonstiges mystisches Getier in einer christlichen Kirche zu suchen?«

Irmgard Altdorfs Wangen glühten, und für einen Moment war Nia versucht, ihr von Eliah zu erzählen. Sie würde ihr zuhören. Aus einer Offenheit dem gegenüber, was möglich sein könnte, was denkbar war, wenn man es zuließ und sich nicht von vorgegebenen Denkweisen einschränken ließ. Aber ob sie ihr auch glauben würde?

»Außerdem gibt es ein Gerücht, das auch unter den Fremdenführern sehr beliebt ist: Angeblich gibt es immer noch Anhänger des Gottes Mithras, die es sich zur Aufgabe gemacht haben, die alten Geheimnisse zu bewahren.«

»Haben diese Anhänger etwas mit den Steinmetzen zu tun?« Nia dachte an die Sage, die Yari ihr erzählt hatte.

Irmgard lachte. »Nein, früher vielleicht, heute bestimmt nicht mehr. Genauso wenig wie mit den Priestern. Das sind alles ehrbare Handwerker und gute Christenmenschen.«

Hinter ihnen klapperte ein Schlüssel im Schloss, und ein kühler Wind zog durch den Raum, als Lars Altdorf mit seiner Frau das Haus betrat. Sie standen auf. Irmgard Altdorf begrüßte ihren Sohn und ihre Schwiegertochter und zeigte auf Nia.

»Du hast Besuch, Lars. Nia wartet schon seit einer Weile hier auf dich. Aber wir haben uns gut unterhalten.«

Lars Altdorf kam auf sie zu und reichte ihr die Hand. Sein Lächeln wirkte mühsam, und Nia wusste nicht, ob es an der frischen Naht lag, die sich quer über seine Lippen zog, oder an der Tatsache, dass sie, die er ja nur als Patientin kannte, hier mitten in seinem Wohnzimmer stand.

»Bitte entschuldigen Sie«, sagte Nia und erwiderte seinen Händedruck. »Ich wollte Sie nicht belästigen.«

»Dr. Leisenfels hat mich heute angerufen und mich gefragt, ob ich bereit sei, Sie zu behandeln. Ich habe zugesagt und ihm versprochen, in die Klinik zu kommen.« Sein Ton ließ keinen Zweifel daran, dass er Privates und Berufliches streng trennte.

»Gut.« Nia ging zur Tür und legte die Hand auf die Klinke. Sie wandte sich noch einmal um und sah Lars Altdorf an. Nein. Es wäre doch keine gute Idee, ihn einzuweihen und um Hilfe zu bitten. Er würde ihr nicht glauben. Niemand würde ihr glauben. Sie war völlig auf sich gestellt.

sechzehn

Die Finger des Büttels bohrten sich in ihren Oberarm, als er sie in den Kerker stieß. Anna stolperte und stürzte zu Boden. Bewegungslos blieb sie liegen, hob nicht einmal den Kopf, als er ihr einen Krug mit Wasser und einen Kanten Brot neben die Tür stellte.

»Zur Mittagsstunde wirst du dem Greven und seinen Schöffen vorgeführt. Sie werden richten über dein Tun und dich der gottgerechten Strafe zuführen.« Seine Stimme dröhnte durch den engen, dunklen Raum, während er die Holztüre zuzog.

Anna lag mit gestreckten Armen auf dem Boden. Der Geruch von Urin und anderen Hinterlassenschaften stieg ihr in die Nase. Ihre Finger krallten sich in das dreckige Stroh, umfassten und zermahlten es. Sie weinte nicht. War wie erstarrt. In ihrem Kopf war nur Leere. Keine Gedanken, keine Gefühle, keine Wut und keine Angst. In der hinteren Ecke des Raumes kroch eine Ratte aus ihrem Versteck. Ihr Körper streckte sich, das graue Fell glänzte. Schwarze, klare Augen fixierten Anna. Vorsichtig hob das Tier eine Pfote, schnupperte, witterte und machte dann einen Schritt auf sie zu. Sie rührte sich nicht. Erwiderte nur den Blick des Tieres, ließ es nicht aus den Augen. Die Ratte quiekte, fasste Mut und näherte sich Annas Hand. Sie spürte die feinen Schnurrbarthaare über ihre Haut zucken. Gleich würden sich scharfe, spitze Zähne in ihre Finger bohren. Anna schloss die Augen. Ergab sich dem, was kommen würde. Sie hatte nichts zu verlieren.

Seit sie am frühen Morgen durch die lauten Schläge der Büttel an die Tür ihres Elternhauses erwacht war, hatten sich die Ereignisse überschlagen. Grobe Hände hatten sie aus dem Haus gerissen, und sie war, noch im Nachtgewand, durch die Straßen getrieben und hierhergebracht worden. Sie hatten ihr nicht erlaubt, die Kleider zu wechseln. Hatten die Anklage vor dem fassungslosen Vater und der verzweifelten Mutter verlesen und sie mit sich genommen.

Die Anklageworte waren an ihr vorbeigeflossen. Sie hatte sie nicht gehört, sie waren nicht bis zu ihr durchgedrungen. In ihrem Kopf war nur Platz für den einen Gedanken, der seitdem immer und immer wiederkehrte. Wo war Eliah? Hatte sie die letzte Nacht nur geträumt? Hatte sie sich alles nur eingebildet? War das Gefühl seiner Lippen auf ihren, die Zärtlichkeit seiner Hände auf ihrer Haut, seine Freude und sein Erstaunen über das, was sie zusammenbrachte, alles nicht wahr? Doch, das war es. Sie erinnerte sich an jeden einzelnen Moment, an jede Berührung, an jedes Lachen. Es war geschehen, und es war vorbei. Eliah war fort. Hatte sich davongeschlichen wie ein Dieb. Nichts hinterlassen. Hatte das Geschenk, das sie ihm anbot, genommen. Seine Liebe? In Annas Brust krampfte der Schmerz. Er raubte ihr den Atem und presste sie noch dichter an den Lehmboden. Nyeß hatte es ihr prophezeit. Er würde sie verlassen, wenn sie ihm das gegeben hatte, was er verlangte. Sie öffnete den Mund zu einem stummen Schrei und ballte die Fäuste. Es konnte nicht so sein. Eliah war ein Engel, der Mensch geworden war. Sie hatte die Wahrheit erkannt in der letzten Nacht. Hatte keinen Zweifel mehr. Hatte das Unwahrscheinliche in ihr Leben gelassen. Nein. Er hatte sie nicht verlassen. Es musste einen Grund für sein Verschwinden geben. Er würde sie nicht im Stich lassen.

Anna öffnete die Augen. In ihre Armbeuge geschmiegt lag die Ratte, zusammengerollt und sich putzend wie eine Katze. Mit den Fingerspitzen ihrer freien Hand strich sie behutsam über das weiche Fell des Tieres. Ratten waren unrein. Erstaunt stellte sie fest, dass es ihr gleichgültig war. In den letzten Stunden hatte sie gelernt, hinter die Dinge zu sehen und dort die Wahrheiten zu erkennen, die ein Wesen wirklich ausmachten. Sie nahm das Tier, richtete sich auf und ging zum Fenster. Es hing hoch unter der Decke und ließ nur wenig Licht herein. Anna hob den Kopf. Bald würde es Mittag sein.

***

Er war kein Engel mehr. Hatte alle Macht verloren. War schwach und eigensüchtig. Er hatte Anna allein gelassen, war seinen Gedanken gefolgt, seinen Wünschen. Eliah wich von der geschlossenen Haustür zurück, drehte sich um und begann zu laufen. Ohne darauf zu achten, wohin er lief, rannte, stolperte und strauchelte er immer weiter, bis er im dichten Gedränge nicht mehr weiterkam. Der Dom. Die Baustelle. Er bahnte sich seinen Weg durch die Pilger, die auf den Stufen des Domhügels dem Petersportal entgegenströmten. Fünf fast mannshohe Steinapostel hatten bereits ihren Platz gefunden. Darüber schoben sich die Bögen mit leeren Nischen zusammen und warteten auf die Abbilder der Heiligen und Engel, die den Himmel den Gläubigen näher bringen sollten. Peter arbeitete an den Statuen. Das hatte Anna ihm erzählt. Vielleicht wusste er einen Rat, konnte helfen. Anna war seine Schwester.

Eliah hatte das Portal erreicht. Hier dröhnte der Lärm der Hämmer und Meißel wie Donnerschläge. Er sah sich um. Dutzende von Handwerkern. Kein Peter. Er hielt einen Vorbeieilenden am Ärmel fest.

»Habt Ihr den Sohn des Heinrich Parler gesehen?« Der Mann musterte ihn kurz, schüttelte den Kopf und machte sich los.

»Wisst Ihr, wo ich den Steinbildhauer Peter finden kann?«

»Nein.« Bedauerndes Schulterzucken.

»Die Parler, wo finde ich sie?« Er wandte sich an eine Gruppe junger Steinmetze.

»Suchst du Arbeit?«, fragte einer der jungen Männer höhnisch. »So, wie du aussiehst, wirst aber keinen Erfolg damit haben«, spottete er und wies auf Eliahs vor Dreck starrende Beinlinge. Auf seinem Weg hierher hatte er nicht auf die Pfützen aus Mist und nassem Lehm geachtet.

»Nein, ich suche keine Arbeit. Ich suche Peter Parler, den Steinbildhauer, Sohn des Heinrich Parler.« Er wischte sich mit dem Ärmel über das Gesicht und spürte, wie sich der Dreck nur noch mehr verteilte.

»Was willst du von ihm?« Ein Mann sprach ihn mit dunkler Stimme an. Eliah wandte sich um.

»Ich muss zu ihm, seine Schwester …«

»Was hast du mit Anna zu schaffen?« Der Mann trat dicht vor ihn. Seine Augen verengten sich zu Schlitzen, und er baute sich bedrohlich vor ihm auf. Obwohl Eliah den Mann um einen halben Kopf überragte, wich er vor ihm zurück. Er spürte die verhaltene Wut seines Gegenübers.

»Woher kennt Ihr sie?«, fragte Eliah und musterte den Mann. Dessen Haare begannen bereits an den Schläfen grau zu werden. Falten hatten sich um Augen und Nase in die Haut eingegraben.

»Ich wüsste zwar nicht, was es Euch angeht, aber sie ist meine Braut.«

»Eure Braut? Ihr …«

»Also los, was wollt Ihr von Peter?«, unterbrach ihn der Mann.

Eliah presste die Kiefer aufeinander. Er durfte nicht preisgeben, wer er war. Trotzdem war dieser Mann seine einzige Chance, Annas Bruder zu finden.

»Wisst Ihr, was geschehen ist?«, fragte er und zwang sich dazu, ruhig zu sprechen.

»Was meint Ihr?« Misstrauen flackerte im Blick des Mannes auf, und er musterte Eliah so genau, als würde er versuchen, durch den Schmutz und die Schlieren auf seiner Haut zu sehen.

»Anna wurde dem Greven überstellt.«

»Was wird ihr vorgeworfen?«

»Der Mord an einem Kind. Zauberei. Die Verletzung der Standesrechte.«

Der Mann wurde blass. Eliah sah, wie er schwankte, und griff nach seinem Arm, um ihn zu stützen.

»Aber es ist nicht wahr! Sie hat das Mädchen nicht umgebracht«, flüsterte er heiser.

»Wo ist sie?«

»In der Hacht. Im Gefängnis des Erzbischofs.«

»Was hat sie damit zu tun?«, fragte der Mann betroffen. »Was hat sie damit zu tun?« Die Worte kamen nur stockend aus seinem Mund. Er sprach sie wie aus einer Erinnerung heraus. Dann fuhr er auf, packte Eliah am Gewand und zog ihn dicht zu sich heran. »Und wer bist du, dass du das alles weißt und sie kennst und so sicher bist, dass sie das Mädchen nicht umgebracht hat?«, zischte er. Kleine Speicheltropfen sprühten aus seinem Mund.

Eliah roch seinen Atem und den Schweiß, den er verströmte. Der Mann hatte Angst.

»Eliah. Mein Name ist Eliah.« Er stemmte die Hände gegen die Brust des Mannes und befreite sich aus der Umklammerung. Für einen Moment begegneten sich ihre Blicke. Dann stieß der andere Eliah von sich, als ob er sich an ihm die Finger verbrannt hätte. Er zögerte und runzelte die Stirn.

»Du bist es, von dem die Prophezeiung spricht! Das ungleiche Paar. Du bist der Engel und Anna ...« Er verstummte und sah zu Boden. Als er wieder aufschaute, hatte er Tränen in den Augenwinkeln. »Anna ist ...« Er schluckte und sein Adamsapfel bewegte sich auf und ab.

Er richtete sich zu seiner vollen Größe auf, spuckte vor Eliah auf den Boden und stemmte die Fäuste in die Hüften. »Mach, dass du fortkommst. Du hast hier nichts zu suchen. Was mit Anna geschieht, hat dich nicht mehr zu kümmern. Du hast schon genug Unheil angerichtet!« Er drehte Eliah den Rücken zu und ging auf die Tür des Portals zu. »Verschwinde!«, rief er ihm über die Schulter zu.

Eliah machte einen Schritt nach vorn. Sofort schoben sich die jungen Männer, die den Disput verfolgt hatten, zu einem Halbkreis zusammen. Mit verschränkten Armen und in den Nacken gelegten Köpfen bildeten sie eine unüberwindbare Mauer.

»Du hast gehört, was Hannes gesagt hat. Verschwinde und lass dich hier nicht wieder blicken.«

***

»Wir haben die Mutter des Kindes Johanna in unserer Obhut. Sie hat vor den Schöffen ausgesagt, das Kind sei erst gestorben, nachdem Ihr Euch an ihm zu schaffen gemacht habt.« Der Greve saß an einem Tisch. Daneben standen vier weitere Tische, zu einem Kreis aufgestellt. Die Gesichter der Schöffen dahinter waren ernst. Sie blickten auf Anna, die außerhalb des Kreises auf das Urteil wartete.

»Ich habe versucht, ihr zu helfen. Ich wollte sie retten, nicht töten.« Ihre Stimme zitterte. Aber es war keine Angst, die aus ihr sprach. Es war die Überzeugung, das Richtige getan und keine Schuld auf sich geladen zu haben.

»Die Mutter, Ursula, hat ausgesagt, das Kind sei an dem betreffenden Morgen, als Ihr mit Kräutern, Tinkturen und Sprüchen Euer Unwesen begonnen habt, frei von Schmerzen gewesen.«

»Es ist bei dieser Krankheit so, dass die Schmerzen weggehen. Aber das sagt nichts.« Anna blickte den Greven an. »Sie war nicht geheilt.«

»Woher wisst Ihr, was das Wesen dieser Krankheit ist? Ihr seid kein Bader und kein Arzt.«

»Als Begine pflege ich Kranke. Ich sehe ihre Leiden. Die Seitenkrankheit habe ich schon oft gesehen.«

»Dann wisst Ihr also, dass es bei dieser Krankheit kein Entrinnen gibt?«

Anna nickte.

»Und trotzdem habt Ihr nicht einen Gedanken daran verschwendet, einen Priester zu holen, um dem Mädchen den Weg in den Himmel zu bereiten.«

»Ich ...« Anna verstummte. Sie saß in der Falle. Wenn sie jetzt zugeben würde, nur an Johannas Heilung gedacht zu haben und nicht an ihr Seelenheil, wäre das Urteil des Greven schnell gefällt. Hochmut. Anmaßung.

»Ja.« Der Greve beugte sich vor, umfasste die Tischkante mit seinen Händen und zog sich nach vorne. Er neigte den Kopf zur Seite, hob seine rechte Hand und legte sie an sein Ohr. »Ich kann Euch nicht verstehen, Weib.«

»Ich habe gebetet und gehofft, sie zu retten.« Das war die Wahrheit.

»Mit welchen Mitteln wolltet Ihr sie retten? Mir wurde berichtet von Tränken, die Ihr dem Kind verabreicht habt.«

»Es sind Kräuter, von denen ich weiß ...«, versuchte sie zu erklären, aber der Greve unterbrach sie.

»Ihr scheint Euch sehr auf das zu verlassen, was Ihr selber wisst. Aber Ihr seid jung. Ihr solltet den Rat der Älteren suchen und annehmen.« Er winkte dem Büttel zu, der an der Tür gewartet hatte. »Hol den Bader. Er hat uns Weiteres zu sagen.«

Anna drehte sich um. Der Büttel führte einen Mann ins Zimmer. Sie erkannte in ihm den Bader, den sie am Neuen Markt getroffen hatte, als sie gemeinsam mit Eliah dem verletzten Bauern geholfen hatte. Sie erinnerte sich an die Wut in seinem Gesicht. An seinen Ärger darüber, dass sie, ohne auf ihn zu warten, das Bein eingerenkt und ihn damit um seinen Lohn gebracht hatten. Jetzt traf sie sein verächtlicher Blick.

»Ist Euch etwas seltsam erschienen?«, fragte der Greve ihn.

»Sie hatte eine große Kraft, wie man sie bei einem Weib sonst nicht findet. Sie hat das Bein des Bauern mit einer einzigen Bewegung wieder an seinen Platz gerückt. Dazu sind sonst mindestens drei Männer notwendig.«

»Aber ich habe es nicht allein getan«, fuhr Anna auf. »Ich hatte Hilfe. Eliah hat mir geholfen.«

»Sie lügt. Außer der anderen Begine, der Bäuerin, den Knechten, die mich geholt haben, mir und dem Bauern war niemand auf dem Hof. Nur sie hat ihn berührt.«

Anna schüttelte den Kopf und starrte ihn an. Eliah war bei ihr gewesen. Sie hatte ihn gesehen. Nyeß hatte ihn gesehen.

»Habt Ihr gehört, dass sie mit jemandem gesprochen hat, der für Eure Augen nicht sichtbar war?«

»Sie hat Beschwörungen gemurmelt, während sie mit dem Bauern zugange war.«

»Es stimmt nicht, was Ihr sagt. Ihr habt doch selbst mit Eliah gesprochen«, widersprach Anna dem Bader.

»Wenn Ihr behauptet, dass unrichtig ist, was der Mann uns hier berichtet, stimmt es denn, dass die Mutter des Mädchens Johanna in den Wahnsinn verfiel, nach dem Ihr sie verlassen habt?«, fiel der Greve ihr ins Wort.

»Sie war außer sich vor Trauer.«

»Ihr habt sie also nicht verflucht, damit sie Euch nicht verraten kann?«

»Nein!«

»Die Nachbarn berichten mir etwas anderes.«

Anna schwieg. Das konnte nicht sein.

»Ich deute Euer Schweigen als Eingeständnis Eurer Schuld.« Der Greve sah der Reihe nach die Schöffen an und erhob sich.

Er griff nach der Glocke, die vor ihm auf dem Tisch stand, und ging auf den ersten Schöffen zu.

»Schuldig.«

Anna rang nach Luft. Was geschah hier?

Der Greve trat vor den zweiten Schöffen.

»Schuldig.«

Sie hatten ihr nicht zugehört. Die Dinge verdreht. Nichts von dem, worüber hier gesprochen wurde, war so passiert.

Die Hand des Greven umklammerte den Griff der Glocke, als er vor dem dritten Tisch stehen blieb.

»Schuldig.«

Anna spürte, wie ihre Knie nachgaben.

»Schuldig.« Die Worte des letzten Schöffen standen im Raum.

Der Greve ging wieder zu seinem Tisch, setzte sich und nickte dem Büttel zu. Anna hörte seine Schritte näher kommen, spürte den festen Griff an ihrem Arm und wurde in die Mitte des Tischkreises gezogen.

Der Greve sah sie an. »Anna Parler, Tochter des Heinrich Parler, du wirst schuldig gesprochen, das Mädchen Johanna, Tochter der Magd Ursula, getötet zu haben. Zudem wurde dir der Umgang mit Geistern und Dämonen von Zeugen nachgewiesen.«

Anna schloss die Augen. Um sie herum drehte sich alles. Es stimmte nicht. Nichts von dem, was ihr vorgeworfen wurde, entsprach der Wahrheit. Sie öffnete den Mund und wollte etwas sagen, sich verteidigen.

»Diese Sünden vor Gott wirst du mit deinem Leben büßen.«

Die fünf Männer erhoben sich von ihren Stühlen und traten hinter den Tischen hervor.

»Die Flammen sollen deine Seele reinigen. Du wirst zur Richtstätte nach Melaten hinausgeführt und dort vom Leben zum Tode gebracht werden.« Der Greve hob die Glocke. »Das verkünde ich euch allen mit der Bannglocke.«

Der metallische Ton dröhnte in Annas Ohren.

»Es ist unrecht, was Ihr mir antut!«, schrie sie in die starren Gesichter. »Ich habe Johanna nicht getötet. Ich bin keine Zaubersche.« Ihre Stimme überschlug sich. Sie hatte Angst.

Der Schöffenmeister ging von einem zum anderen, beugte sich vor und flüsterte den Schöffen etwas ins Ohr. Die Männer nickten und bestätigten ihre Verschwiegenheit, wie es die Tradition des Gerichtes erforderte.

»Komm«, sagte der Büttel und fasste wieder nach Annas Arm. Er führte sie aus dem dunklen Raum und durch die Gänge bis auf den Hof hinaus. Hier, unter den Augen des Erzbischofs, stand die Säule mit dem eingelassenen blauen Stein. Er funkelte im Licht der Sonne, die immer noch hoch am Himmel stand. Er schob sie zu der Säule.

Der Greve und seine Schöffen waren ihnen gefolgt.

»Hast du noch mehr Böses getan, von dem hier noch nicht die Rede war? Wenn ein anderer für deine Sünden unter Verdacht gerät oder bestraft wird, belastest du deine Seele noch mehr«, ermahnte der Büttel sie und stieß sie zum ersten Mal gegen die Säule.

»Ich habe nichts Böses getan.« Annas Stimme kratzte in ihrer Kehle.

»Gibt es Mitwisser zu deinen Taten? Wenn du den nennst, der dir geholfen hat, dann wird dir das Urteil erleichtert.« Der zweite Stoß war so heftig, dass sie aufschrie. Ein brennender Schmerz zog durch ihre Schulter.

»Ich habe nichts getan. Es gibt keinen Helfer.« Es war so unwirklich. Anna hatte für einen Moment das Gefühl, nicht sie selbst zu sein. Sie sah von oben auf die junge Frau im Kreis der sechs Männer, die über ihr Schicksal entschieden hatten. Ihre Hilflosigkeit erfasste sie wie eine Welle, trug sie fort und riss sie mit sich. Ihr Körper war taub. Kein Gefühl. Wie durch einen Schleier nahm sie die beiden Reiter wahr, die den Hof verließen und zur Richtstätte hinausritten.

Der Greve trat neben sie, legte ihr eine Hand auf die Schulter und sagte laut über den Hof: »Ich stüssen dich an dä blaue Stein, du küss din Vader un Moder nit mih heim.« Dann stieß er sie ein weiteres Mal gegen die steinerne Säule. »Das Urteil ist nun rechtskräftig.«

Der Büttel verbeugte sich vor den Greven und den beiden Schöffen, die noch im Hof standen, brachte Anna zu einem einfachen Holzkarren und bedeutete ihr, aufzusteigen. Sie sah sich um. Die drei Männer hatten sich bereits abgewandt, waren auf dem Weg zurück ins Haus. An einem der oberen Fenster bemerkte sie eine Bewegung. Ein Geistlicher im roten Gewand eines hohen Würdenträgers stand dicht hinter dem Fensterkreuz und schaute zu ihr herunter. Ihre Blicke begegneten sich und bohrten sich ineinander. Kälte, Hass und Verachtung schlugen ihr entgegen. Aber da war noch etwas. Furcht. Das erkannte sie jetzt. In den Augen des Priesters am Fenster erkannte sie die Furcht vor dem, was sie war, und vor dem, was sie hätte tun können.

***

Eliah ging den Domhügel hinunter. Er sah zum Himmel. Es blieb nicht viel Zeit. Mehr als zwei Stunden suchte er nun schon bei den Domwerkstätten und den Schiffen am Hafen nach Peter – ohne Erfolg.

Die Sonne schob sich unaufhörlich immer weiter über den Horizont. Die Mittagsstunde war vorbei. Hatten sie das Urteil über Anna bereits gesprochen?

Er schlug einen großen Bogen um die Kathedrale und näherte sich der Baustelle von der Flussseite aus. Hier waren die Häuser dicht an dicht gedrängt und gaben den Blick auf die hohen Mauern des Doms erst frei, als er nur noch wenige Meter von ihnen entfernt aus einer schmalen Gasse kam. Die Pfeiler der Kurkapelle ruhten auf einem Sockel, stießen starr in die Höhe, unterbrochen von Fenstern, deren Farben er von hier draußen nur ahnen konnte. Ein Holzgerüst lehnte zwischen den beiden äußeren Pfeilern der mittleren Chorkapelle. Oben, hinter einer Balustrade verborgen, saßen einige Steinmetze. Eliah hörte ihre kräftigen Hammerschläge und Gelächter. Er ging ein paar Schritte zurück und versuchte, ihre Gesichter zu erkennen, sah aber nur den dunklen Stoff ihrer Kappen und Kittel.

Peter war sicher nicht unter ihnen. Vielleicht suchte er ihn am völlig falschen Ort. Die Nachricht von der Anklage gegen seine Schwester musste ihn bereits erreicht haben. Sicher hatte Peter, sobald er davon gehört hatte, alles unternommen, um seine Schwester zu retten.

Eliah wandte sich nach links. Hier, an der Rückseite des Domchores waren kaum noch Handwerker beschäftigt. Ein Haufen Steine lag auf dem Boden. Sie machten den Eindruck, als wären sie hastig weggeräumt worden, um einen Weg freizumachen. Grauer Steinstaub schwebte über dem Geröll wie Nebelschwaden. Tritte von unzähligen Füßen hatten die wenigen Grashalme, die vor den Mauern gewachsen waren, niedergedrückt. Eine große Holzplatte lehnte gegen die Steine. Davor war der Boden grau, und kleine Granitsplitter zeigten, dass der Steinhaufen vor Kurzem noch hier gelegen hatte. Ein dumpfer Ton lag in der Luft. Stimmen im flirrenden Singsang. Durchdringend. Anhaltend. Eliah lauschte, lehnte sich vor und griff nach der Holzplatte. Der Ton wurde lauter und intensiver. Es erinnerte ihn an die Gesänge der Engel. Aber das Geräusch kam eindeutig aus der Mauer, die hinter dem Holz verborgen lag. Würde er die Engel dort finden, auch wenn er selbst keiner mehr war? Würden sie ihm helfen können? Er breitete die Arme aus, packte die Platte mit beiden Händen und schob sie zur Seite. Eine niedrige Tür kam zum Vorschein.

»Du gibst nicht auf, Engel.«

Eliah fuhr herum.

»Hannes«, sagte er und erfasste erst im nächsten Augenblick die Situation. Peter. Sein ernstes Gesicht. Die Männer, die hinter Annas Bruder standen und die Stricke, mit denen Peters Hände gebunden waren.

»Damit ersparst du uns die Suche nach dir, Engel.« Hannes legte eine Hand auf die obere Ecke der Tür und drückte dagegen, sodass sie nach innen aufsprang. »Packt ihn!«

Hände griffen nach Eliah und hielten ihn fest.

Ein junger Steinmetz reichte Hannes eine Fackel. Der bückte sich und leuchtete in den Gang. Eliah erkannte dichte Spinnweben, die an der Decke hingen und mit Staub überzogen waren. Schon lange war diesen Weg niemand mehr gegangen. Die flirrenden Stimmen erklangen erneut. Diesmal hoch über ihren

Köpfen. Keine Engel. Knaben nur, die zur Ehre Gottes im Kirchenraum über ihnen ihre Stimmen erhoben.

»Los!« Eliah spürte einen harten Stoß und stolperte über den festgetretenen Lehmboden des Tunnels vorwärts. Nach wenigen Schritten führten Stufen in die Tiefe.

»Nichts da, du bleibst hier«, zischte Hannes, und Eliah hörte Peter dicht hinter sich aufstöhnen. Er drehte sich um. Aus Peters Nase quoll Blut. Es lief über seine Lippen, das Kinn und tropfte auf seine Brust. »Weiter!«, dröhnte Hannes Stimme.

Eliah stützte sich mit beiden Händen an den Seiten des Ganges ab. Der Stein unter seinen Fingern fühlte sich trocken und kühl an. Aus der dunklen Tiefe kam ihm ein Luftzug entgegen, nicht abgestanden, sondern mit einem Duft nach Weihrauch. Es musste also einen weiteren Eingang geben, der direkt in die Kirche führte.

Der Gang erweiterte sich zu einem Raum, an dessen Ende eine weitere Tür auf sie wartete. Die Decke war nun so hoch, dass die Männer stehen konnten.

»Lasst mich durch.« Hannes drängte Peter und Eliah zur Seite. Er zog einen flachen Gegenstand aus seiner Tasche, ging zu der Tür und presste ihn in eine Vertiefung. Eliah erkannte ein kleines Rad aus Bronze. Drei Speichen durchzogen es und teilten die Fläche in sechs Stücke. Im rechten oberen Stück war eine Mondsichel angebracht. Die Spitzen ihrer kreisrunden Ausbuchtung gingen in die senkrechte Speiche über und bildeten mit ihr zusammen den Buchstaben »P« hinter einem Kreuz, das griechische Chi-Ro. »Christus«, der Name des neuen Gottes – hervorgegangen aus dem Sonnenrad, dem alten Symbol der Gottheiten und Geister.

Die Vertiefung sprang vor, und Hannes drehte sie nach links, bis die Mondsichel die entgegengesetzte Stellung eingenommen hatte. Aus dem zunehmenden war ein abnehmender Mond geworden. Die Tür öffnete sich. Zwei Männer packten Eliah und Peter und schoben sie in den Raum. Ein matter Lichtschein überzog Wände und Boden mit einem silbrigen Schimmer, ohne dass Eliah erkennen konnte, wo sich die Quelle des Lichtes befand. An den Wänden hingen Eisenhalter, aus denen die Männer nun alte Fackeln herausrissen und durch neue ersetzten. Schatten wuchsen aus den Steinvorsprüngen, brachten Bewegung in die reglosen Gesichter. Der Raum glich einem langen Rechteck, dessen Decke sich in einem Halbbogen von rechts nach links wölbte. Eliah blinzelte, als das Licht der Fackeln auf unzählige kleine Edelsteine fiel. Umrisse in Sternenform umgaben sie und ließen die Decke wie einen offenen Himmel wirken. Der uralte Raum war ein Spiegelbild des Hochchors über ihren Köpfen. Links und rechts flankierten Steinpodien den breiten Mittelgang, der sich vom Eingang bis zum hinteren Ende zog. Dort erkannte Eliah eine Treppe und über der siebten Stufe einen Steinquader.

»Los!« Wieder stieß ihn eine harte Hand nach vorne, fing ihn aber auf, als er stolperte, und drängte ihn auf den Steinquader zu, der Eliah an einen Altar erinnerte. Dahinter hing ein Relief, gehauen aus dem Grau der Mauer. Eliah schauderte, als er das Bild sah: Ein junger Mann kniete auf einem Stier, hatte den Kopf des Tieres weit nach hinten gezogen und trieb ihm mit der rechten Hand ein Schwert in die Schulter.

»Spürst du die alte Macht, Engel?«

Eliah schüttelte den Kopf. Er wollte antworten, fragen, verstehen, aber seine Stimme versagte.

»*Aus der Wurzel wird Stein stark und mächtig in den Himmel wachsen*«, deklamierte Hannes. Er hob die Hände und drehte sich um seine eigene Achse. »*Die Hüter des Alten werden zu Bewahrern der Ewigkeit.*« Mit einer Geste umfasste er den Raum, legte die Hand auf seine Brust und neigte den Kopf. Als er wieder aufblickte und Eliah fixierte, war sein Blick kalt. »Wir müssen den Gott besänftigen. Er zürnt über den Verrat, den einer unter uns begangen hat. Der Verräter muss bestraft werden.«

Hannes ging zu Peter, berührte ihn an der Schulter und führte ihn nach links neben den Steinaltar. Er griff eine Fackel und drückte sie ihm mit der Flamme nach unten in die Hand.

»Cautopates, Zwillingsbruder«, sagte er und senkte die Fackel in Peters Hand. Dann kam er zu Eliah, neigte dessen Kopf und führte ihn an die rechte Altarseite. Er fasste Eliahs Ellenbogen und gab ihm ebenfalls eine Fackel, deren Flammen bis fast an die Decken züngelte. »Cautes, Diener Gottes.«

Hannes stellte sich zwischen Eliah und Peter vor den Altar. »Mithras ist der Kämpfer für das Licht!« Die Haut des Steinmetzen war gerötet, auf seiner Stirn standen Schweißtropfen. Seine Worte klangen so, als ob er sie lange nicht gesprochen, aber nie vergessen hätte. »Der Kämpfer gegen den Drachen der Hölle.« Er schluckte. »Älter als Chi-Ro, der Gott der Christen. Er ist die Wurzel, aus der der Stamm erwächst und die Blätter treiben.«

Er wandte den Kopf und sah Eliah an. »Du bist ein Teil dessen. Hast deinen fest bestimmten Platz im Weltengefüge. Vom Anbeginn der Zeiten an. Erinnere dich!«

Eliah kniff die Augen zusammen. Pech tropfte von dem Stoffbündel am Ende der Fackel und lief über seine Haut. Er wartete auf den Schmerz, der kommen musste, beobachtete, wie das Feuer über seine Finger kroch, glühte und eine tiefe Wunde hinterließ. Kein Schmerz. Nur der Geruch nach verbranntem Fleisch füllte den Raum.

Hannes starrte auf die Flammen an Eliahs Hand.

»Das Gleichgewicht der Kräfte ist verschoben. Du hast den dir zugewiesenen Platz verlassen.« Er sprach nun sehr leise, und trotzdem hatte Eliah das Gefühl, seine Stimme dringe bis in die hintersten Ecken des Raumes. »Die Mächte zürnen. Der Grund, auf dem wir alles bauen, reißt, die Fundamente verlieren den Halt.«

Hannes trat einen Schritt nach vorn, bis er mit der Hüfte den Altar berührte, und hob die Arme. »Aus der Gilde der Steinmetze stammen seit alters her die Hüter und Bewahrer der alten Geheimnisse.« Er sah einen der auf den Podien sitzenden Männer nach dem anderen an. »Wir sorgen dafür, dass die alten Geister und Dämonen ihren Platz finden. Sie dürfen nicht vergessen werden.« Zustimmendes Gemurmel schwappte von den Rängen zurück wie eine Welle.

Er wandte sich an Peter. »*Das Gleichgewicht der Kräfte wird walten, bis die Liebe des ungleichen Paares die Fundamente erschüttert*«, flüsterte er heiser. »Du wusstest von der Prophezeiung und hast es dennoch zugelassen.« Damit hast du uns, den alten und den neuen Gott verraten.«

»Sie ist meine Schwester, Hannes! Was sollte ich denn tun? Du liebst sie doch auch ...«

»Schweig!«, donnerte Hannes und schlug ihm mit der flachen Hand ins Gesicht.

Peter rührte sich nicht. Er biss sich auf die Lippen, und diese Geste erinnerte Eliah so sehr an Anna, dass seine Sorge und seine Angst ihm beinahe die Luft zum Atmen nahmen.

Eine Glocke erklang, leise erst, dann dröhnend. Sie füllte den Raum und Eliahs Kopf. Schrill. Einschneidend.

»Die Bannglocke des Greven!«, rief einer der Steinmetze und sprang auf.

»Das Urteil über Anna ist gefällt«, sagte Hannes leise. Er senkte den Kopf. Seine Schultern zuckten. Als er das Gesicht wieder hob, war aller Zorn aus seinen Zügen gewichen. »Auf diese Weise wollen sie das Gleichgewicht wiederherstellen«, murmelte er mit starrem Blick.

»Was geschieht mit ihr?« Peter wischte sich das Blut unter der Nase fort. Niemand antwortete. »Was geschieht mit ihr?« Diesmal schrie er, und seine Stimme hallte von den Wänden wider.

»Die Domherren haben recht.« Hannes schluckte. »Das Gleichgewicht muss wieder hergestellt werden.« Er stockte. »Annas Tod für das Gleichgewicht der Kräfte. Tag und Nacht. Licht und Dunkelheit. Oben und unten.«

Eliah schüttelte den Kopf, ließ die Fackel fallen und schlug mit der verbrannten Hand auf den Steinaltar.

»Nein!«, schrie er, und seine Worte hallten wie ein Echo von den Wänden der Felsenhalle wider. Mit einem Satz war er bei Hannes, griff dessen Gewand mit beiden Händen und zog ihn zu sich heran. Die Männer sprangen von ihren Sitzen auf und machten Anstalten, nach vorne zu eilen und ihrem Hohepriester zu helfen. Aber Hannes hob stumm die Hand und bedeutete ihnen, sich wieder zu setzen.

Eliah starrte Hannes in die Augen, doch statt der Kälte und Härte, die er erwartet hatte, entdeckte er darin Wärme, Verzweiflung und Liebe. Liebe zu Anna. Er löste seine Finger von dem Stoff, blieb aber dicht vor Hannes stehen.

»Ich wusste nicht, was die Domherren planten«, sagte der Steinmetz heiser. Als er weitersprach, hörte Eliah hinter den Worten den Mann, der Anna genau wie er liebte und der bereit sein würde, alles zu tun, um ihr Leben zu retten. »Du hast sie mir genommen, Engel. Und dafür hasse ich dich. Aber du kannst sie mir auch wiedergeben. Kannst Anna das Leben retten. Und darum bitte ich dich.«

»Was muss ich tun?«

»Du musst alles aufgeben.«

Eliah nickte.

»Ihre Liebe zu dir wird vergessen sein. Niemand wird sich an das Geschehene erinnern. Nur du und wir, die wir das Geheimnis hüten, werden die verlorene Zeit in unseren Herzen und in unseren Gedanken bewahren.«

Hannes drehte sich um und kniete vor dem Steinrelief nieder. Er beugte sich vor und küsste es. »Auch du wirst für deinen Verrat büßen, Peter. Deine Hand wird ihm das Vergessen bringen«, sagte er über die Schulter gewandt.

»Aber Anna wird leben?« Eliah stützte sich auf die raue Oberfläche des Altars.

»Sie wird wieder meine Braut sein. Meine Frau und die Mutter meiner Kinder. An dich«, Eliah glaubte, den Triumph in Hannes Augen zu sehen, »wird sie nie wieder denken. Kannst du das ertragen, Engel?«

Eliah schwieg.

»Deine Strafe ist die Erinnerung. An deine Liebe, dein Menschsein und an das, was du dir selbst versagt hast. Du wirst ein Zwischenwesen sein. Verloren in den Welten.«

Eliah zitterte. Er zog die abgestandene Luft des Felsenraumes durch die Lippen in seine Lungen. Der Duft nach Weihrauch war verschwunden. Stattdessen lagen schwere Feuchtigkeit, uralter Staub und der Geschmack nach Moder auf seiner Zunge. Er schloss die Augen und erinnerte sich an die Berührungen ihrer Finger auf seiner Haut. An den Klang ihrer Worte, die sie in der Nacht geflüstert hatte, als es schien, alles wäre ewig.

Die Frische des Apfels. Den sauren Wein. Das kühle Wasser auf seinem Gesicht, den trockenen Lehm unter seinen Füßen. Sein Glück zu leben. Ihre Liebe. Er würde es weggeben, ohne einen weiteren Gedanken an das Wenn oder das Vielleicht oder an ein Morgen, dass es nie geben würde. Für Anna.

»Ist deine Macht größer als die der Priester?«, fragte er Hannes, ohne ihn anzusehen.

»Nicht meine, aber die Macht Mithras'.«

Als Eliah seine Augen wieder öffnete, klang seine Stimme fest.

»Fangt an.«

siebzehn

Die Linie 1 von Junkersdorf in Richtung Innenstadt war um diese Zeit immer noch voll. Nia suchte sich einen freien Platz am Ende des Waggons und starrte aus dem Fenster, vor dem sich das Stadion, Konzernhochhäuser und hinter dem Melatenfriedhof Teile der Uni aneinanderreihten. Der Aachener Weiher auf der rechten Seite dümpelte in der Hitze vor sich hin, die Oberfläche glatt wie ein Spiegel. Moltkestraße, Rudolfplatz. Dahinter käme schon der Neumarkt. Sie musste sich entscheiden. Sie stand auf und ging zur Tür. Es nutzte nichts, wenn sie sich weiter verstecken würde.

Sie stieg aus, wartete, bis die Bahn weitergefahren war, überquerte den Platz und bog in die Schildergasse ab. Hier waren um diese Zeit noch die meisten Leute unterwegs. Auch wenn sie wusste, dass sie auf sich allein gestellt war, vermittelte es ihr eine Art von Sicherheit. Auch hier gab es Männer in hellen Anzügen, aber keiner von ihnen trug ein Headset oder benahm sich auffällig. Trotzdem wurde sie das Gefühl nicht los, jemand würde sie beobachten.

Die Hohe Straße bot ein ähnliches Bild, und Nia beeilte sich, vorwärtszukommen und ihrer Paranoia keine Zeit zu lassen, sich zu entfalten.

»Frau Hallmann?«

Nia blieb stehen und schaute sich um. Von der Ecke zum Wallraffplatz kam ihr Edgar Wackwitz entgegen. Er sah abgespannt und müde aus.

»Was machen Sie hier?«, fragte er und kramte in seiner Jackentasche. »Dr. Leisenfels hat Sie bei mir als vermisst gemeldet.« Er zog sein Handy heraus, öffnete es und drückte ein paar Tasten. Er hielt sich den Hörer ans Ohr. »Alles klar. Ich habe sie gefunden. Sie brauchen sich keine Sorgen mehr zu machen. Ich bringe sie, sobald es möglich ist. *Brevi.*«

Wackwitz klappte das Gerät zu und steckte es ein. »So. Das

hätten wir.« Er wischte sich mit dem Ärmel über die Stirn. Eine graue Schicht Staub verschmierte auf seiner Haut.

»Sind Sie im Einsatz?«

Wackwitz lachte bitter. »Das kann man so sagen. Hier ist alles außer Kontrolle, seit die andere Kreuzblume sich ebenfalls gelöst hat.«

»Oh mein Gott«, stammelte Nia. »Ist jemand verletzt worden?«

»Nein. Noch ist sie oben. Aber sie wackelt ganz gehörig und wirft einzelne Steine ab. Die gesamte Belegschaft der Dombauhütte ist im Einsatz. Der Statiker, die Dombaumeisterin, die Ingenieure, einfach alle.«

»Das Portal. Das Petersportal. Ist es beschädigt worden?«, fragte Nia. Panik erfasste sie. Was würde mit Eliah geschehen, wenn die Steinfigur zerstört würde?

»Nein. Bisher nicht. Es sind nur die oberen Teile der Türme beschädigt. Warum fragen Sie?«

»Ich ...« Nia sah Wackwitz an. Er sah aus, als sei er seit Stunden im Einsatz, tiefe Furchen zogen sich durch sein Gesicht, und die Ringe unter seinen Augen erschienen noch tiefer als sonst. Die Krawatte hing lose um seinen Hals wie ein Strick. Sie musste es ihm sagen. Egal, was er von ihr dachte. Vielleicht schaffte sie es ja, ihn dazu zu bewegen, ihr zuzuhören, bis sie alle Fakten erklärt hatte. »Ich bin mir nicht sicher.«

Nia lachte mit schrillem Unterton. »Nein, ich bin mir ganz und gar nicht sicher, ob das, was ich Ihnen jetzt erzähle, Sie überhaupt interessiert, und ob Sie mich nicht für vollkommen verrückt halten, wenn Sie hören, was ich Ihnen zu sagen habe.« Sie stieß den Rest Luft, der nach dem Redeschwall in ihren Lungen geblieben war, in einem Stoß aus. »Ich glaube nämlich zu wissen, warum die Türme einstürzen.«

Wackwitz verschränkte die Arme vor der Brust, warf den Kopf in den Nacken und seufzte.

»Dann mal los«, sagte er, aber Nia schüttelte den Kopf.

»Können wir bitte irgendwo anders hingehen? Ich glaube nicht, dass das hier«, sie machte eine kurze Geste, »der richtige Ort für das Gespräch ist.«

Wackwitz nickte, fasste sie am Ärmel und schob sie in Richtung Brauhaus. Sie traten durch die Holztür in den Schankraum, und sofort hob ein Köbes einen Kranz mit Kölschgläsern fragend in die Höhe. Nia schüttelte den Kopf und ging weiter in das Brauhaus hinein. In einem der hinteren Räume fanden sie einen freien Tisch, setzten sich, und Nia legte ihre Hände auf die blank polierte Holzplatte.

»Ich kann wirklich eine Pause vertragen«, sagte Wackwitz und zeigte einem der Köbesse zwei Finger. Sofort standen die Biergläser vor ihnen, aber Nia schob ihres fort.

»Ich habe Ihnen doch von Eliah Kahmen berichtet.«

Wackwitz nickte, trank einen großen Schluck und stellte das halb leere Glas ab.

»Nun. Es gibt ihn wirklich.« Sie streckte die Arme, umfasste mit den Fingern den unteren Rand ihres Glases und trommelte darauf. Ihre Fingerspitzen wurden kalt, und kleine Wassertropfen liefen über ihre Haut. »Aber er ist nicht der Mörder, den wir suchen.« Sie machte eine Pause und sah Wackwitz an. »Wenn es überhaupt einen Mörder gibt.«

Wackwitz trank einen weiteren Schluck, stellte das leere Glas ab und zog sich dann Nias Glas heran. Er hob schweigend eine Augenbraue und bedeutete ihr mit einem Nicken, fortzufahren.

»Ich habe herausgefunden, was und wer er ist.«

»Gut.«

»Aber es hat etwas gedauert, bis ich es verstanden habe.«

»Okay.«

»Es ist nicht so einfach.«

Wackwitz schloss die Augen. Als er sie wieder öffnete und sie ansah, hatte sie das Gefühl durchbohrt zu werden.

»Nichts ist einfach im Leben, Frau Hallmann. Und nichts ist so, wie es scheint.« Er lächelte, und die Schärfe verschwand aus seinem Blick. »Das haben mich die Jahre gelehrt.« Er schob seine Hand über Nias und seufzte. »Wie so vieles andere auch. Aber einiges habe ich zu spät begriffen.«

Nia runzelte die Stirn und zog ihre Hand mit einer behutsamen Bewegung unter seiner hervor. »Seit ich herausgefunden habe, wer Eliah Kamen ist, werde ich verfolgt und bedroht.«

»Die Männer, von denen Sie gestern berichtet haben?« Wackwitz lehnte sich zurück. Sein Ton war wieder sachlich.

»Ja, sie …«

»Die Ergebnisse des Drogenscreenings waren eindeutig«, unterbrach er sie. »Sie hatten Natrium-Thiopental im Blut.«

»Wahrheitsserum?«

»Und nicht wenig. Kein Wunder, dass Sie den Engel gesehen haben.«

Nia setzte sich gerade hin und drückte ihr Kreuz durch.

»Sie müssen mir glauben, dass ich nicht verrückt bin, wenn ich Ihnen jetzt sage, dass Eliah Kahmen der Engel ist.« Sie verstummte und biss sich auf die Lippen. Wackwitz würde gleich aufspringen, sie anschreien, dass sie seine Zeit nicht mit solchen Kindereien verschwenden solle, und sie dann umgehend zu Dr. Leisenfels bringen lassen. Sie ließ die Schultern hängen. Es war doch ein Fehler gewesen zu denken, sie könnte ihm alles erzählen.

Aber das Donnerwetter blieb aus. Stattdessen verschwand die Hälfte ihres Biers in Wackwitz' Kehle. Während er das Glas abstellte und sich den Schaum aus den Mundwinkeln wischte, fragte er ruhig: »Und wenn dem wirklich so wäre. Wenn Eliah Kahmen ein Engel wäre, was hat das mit dem Einsturz der Türme zu tun?«

»Er wollte ein Mensch werden, weil er sich in eine Frau verliebt hatte. Aber das wollten sie nicht gestatten.«

»Wer wollte das nicht gestatten?« Wackwitz stützte seine Unterarme auf die Tischplatte und beugte sich zu Nia hinüber.

»Die Bewahrer. Sie sind davon überzeugt, dass das Gleichgewicht der Kräfte verloren geht, wenn Eliah zum Menschen wird.«

»Hat er Ihnen das erzählt?«

»Ja.«

»Worüber haben Sie noch gesprochen?«

»Er hat sich für die Frau geopfert. Hat den Fluch auf sich genommen, um ihr Leben zu retten.«

»Das erklärt mir immer noch nicht, wer die Bewahrer sind.« Er richtete sich auf. »Wenn ich Sie richtig verstehe, Nia, sind es doch eben diese Bewahrer, die Sie verfolgen und bedrohen. Hier. Heute.«

»Es gibt einen Kult um den Gott Mithras, der vor dem Christentum an der Stelle des heutigen Doms verehrt wurde. Es gibt so viele Parallelen. Und es gibt angeblich noch Anhänger dieses Kultes. Damit muss es etwas zu tun haben.«

Wackwitz nickte, drehte sein Bier in der Hand und wischte das Kondenswasser von der Glasoberfläche. »Warum kümmert das Ihren Eliah überhaupt?«

»Er ist davon überzeugt, dass der Dom gefährdet ist und einstürzt, wenn er erlöst würde.«

Wackwitz stand auf, warf einen Fünfeuroschein auf die Tischplatte und wandte sich zum Gehen. »Ich wusste, dass Sie eine gute Kommissarin sind und es herausfinden würden. Ich hatte nur gehofft, dass Sie nicht diejenige sind, die …« Er unterbrach sich, rückte seine Krawatte gerade und zog den Knoten fester. »Möchten Sie ihn erlösen?«

»Ja.«

Sein Mundwinkel zuckte. »Kommen Sie, Nia.«

Achtzehn

Der schwarze Karren rumpelte über die Löcher auf der Straße, versank mit einem Rad im feuchten Lehm, und der Gehilfe des Henkers hatte Mühe, ihn wieder freizubekommen. Anna stand, die Hände auf dem Rücken zusammengebunden, in der Mitte des Wagens und wurde hin und her geschleudert. Die Menschen am Straßenrand machten dem Zug Platz in einer Weise, die zugleich Furcht vor dem, was geschehen würde, und Sensationslust offenbarte. Einige beschimpften Anna, bewarfen sie mit Unrat und bespuckten sie. Vor ihr ritt der Greve mit den beiden Schöffen und dem Henker. Die bunte Kleidung der beiden Büttel, die dem Schinderkarren im Laufschritt folgten, schillerte in allen Farben.

Anna brachen die Knie weg, und sie stürzte auf den schwankenden Boden des Wagens. Ihr Gesicht schleifte über das grobe Holz. Ein Splitter trieb sich in ihre Wange. Ihre Fesseln lockerten und lösten sich. Mit einer Hand klammerte sie sich am Seitenteil fest. Das Holz war glatt. So als ob Finger und Hände und der Schweiß unzähliger Verurteilter die raue Oberfläche eingeebnet hätten, wie der Tod alles Leben glättet. Sie wusste, was sie erwartete. Von Flammen hatte der Greve gesprochen, und von der Reinigung ihrer Seele. Am Ende dieses Weges wartete der Tod.

Als sie sich aus dem Schatten des Doms lösten, hörte Anna die Glocke. Arme-Sünder-Glocke. Plötzlich hatte sie das Gefühl, als ob Eliah ganz in ihrer Nähe wäre. Sie hob den Kopf, strich sich die Haare aus dem Gesicht und suchte ihn in der Menge. Die Menschen am Rand wandten sich ab, bekreuzigten sich oder gingen unbeeindruckt von ihrem Schicksal ihrem Tagwerk nach. Ein junges Mädchen blieb stehen, erwiderte Annas Blick. Ein Lächeln stahl sich in ihre Züge, Mitleid und Trost. Aber Eliah war nicht unter ihnen. Anna stöhnte. Hoffnungslosigkeit ergriff von ihr Besitz. Sie ergab sich. Nahm hin und erduldete. Die, von denen sie gedacht hatte, sie würden sie genauso lieben wie sie sie, hatten sie verlassen. Peter. Ihre Eltern. Eliah. Wieder rutschte der Karren mit einem Rad in eine tiefe Pfütze. Die Schweine stoben grunzend auseinander, Anna wurde zur anderen Seite geschleudert und stieß mit dem Kopf an. Vor ihren Augen flimmerte alles, und sie spürte, wie ihr schlecht wurde. Sie gab das Wenige, das sie vor einigen Stunden gegessen hatte, von sich. Sofort stürzten sich die Schweine darauf und fraßen es.

»Anna!«

Sie hob den Kopf. Zwischen den geifernden Gesichtern der Schaulustigen stand Nyeß, blass und mit geröteten Augen. Anna streckte eine Hand nach ihr aus, und Nyeß versuchte, sie zu erreichen, aber der Karren rollte unaufhörlich weiter, und die dicht gedrängten Leiber hielten sie an ihrem Platz. Nyeß hob die rechte Hand, zeichnete einen Segen in die Luft und erwiderte Annas Blick, bis sie sich aus den Augen verloren.

Vor ihr erstreckte sich die Breite Straße, mündete in die schmalere Ehrenstraße, an deren Ende das Ehrentor wartete. Hinter der Stadtmauer kamen Äcker und Felder, kleine Straßen, der Melatener Weg. Er führte zur Richtstätte.

***

»Raben, tretet vor.« Drei junge Männer erhoben sich von dem Podium, auf dem sie saßen, und schritten langsam durch die Mitte des Raumes auf den Steinaltar zu. Sie legten die Hände aneinander. Verbeugten sich.

»Geht und holt eines von Peters begonnenen Werkstücken«, gab Hannes ihnen den Auftrag. Sie nickten, stiegen die Stufen des Altars herauf und verschwanden im Dunkel dahinter.

»Gerufen bist du, Nymphus«, intonierte Hannes und zeigte mit dem ausgestreckten Finger nacheinander auf drei andere Männer, die sich erhoben und sich wie ihre Vorgänger dem Steinaltar näherten.

***

Sie traten aus dem Brauhaus auf die Straße und wandten sich nach rechts. Wackwitz zückte seinen Ausweis, und sie passierten ohne Schwierigkeiten die Absperrungen. Dicht an dem weißen Zaun der Terrassenabsperrung des Dom Hotels entlang bewegten sie sich auf die Unglücksstelle zu. Die Kreuzblume war mit ihrem gesamten Gewicht auf den Domkiosk gestürzt und hatte das Gebäude vollkommen zerstört. Aus dem Gemisch des beigen Sandsteins des Kiosks und des grauen Basalts der Kreuzblume ragten an einigen Stellen die Reste der vergoldeten Türrahmen und Geländer ins grelle Licht der Scheinwerfer.

Der Fahrstuhlschacht zur Tiefgarage und die Treppe daneben, die zum Eingangsbereich der Turmbesteigung führte, waren nahezu unbeschädigt.

Wieder hielt Wackwitz seinen Ausweis einem Uniformierten vor die Nase, und wieder durften sie unter den rot-weißen Absperrbändern hindurchtreten. Wackwitz schob Nia vor sich her, die Stufen hinunter. Die Glastür war zersplittert, und in die erste der Schauvitrinen im Eingangsbereich war ein großer Gesteinsbrocken eingeschlagen. Die Notbeleuchtung brannte. Nia konnte auf der linken Seite die Kassentheke und geradeaus die Tunnelbohrung durch das Fundament sehen, über die man zum Ausgrabungsbereich gelangte. Sie wandte den Kopf und sah ihn an. Wackwitz schwieg mit verschlossener Miene.

Sie versuchte stehen zu bleiben. Wohin brachte er sie? Was hatte er vor? Sein beharrliches Schweigen beunruhigte sie.

»Hören Sie, Herr Wackwitz, vielleicht ist es besser, wenn wir erst einmal ...« Aber Wackwitz fasste sie nur stumm am Arm und drückte sie weiter vorwärts. Am Gittertor, das den Bereich der Grabungen vom öffentlichen Gelände abtrennte, blieb er stehen und suchte etwas in seinen Hosentaschen.

Auf dem in die Wand eingelassenen Bildschirm neben Nia lief der Informationsfilm, der tagsüber die Touristen über die Geschichte des Dombaus informierte, in einer Endlosschleife.

Wackwitz hatte gefunden, was er suchte, und trat vor das Schloss. Das Eisen ächzte, als der Schlüssel sich drehte, und sprang schließlich auf.

»Bitte!« Seine Worte klangen mehr nach einem Befehl, als

nach einer freundlichen Aufforderung. Nia zögerte, sah noch einmal in den Gang, der zur Treppe führte, und dann Wackwitz an. Konnte sie ihm trauen? Sie hatte kein gutes Gefühl bei der Sache. Warum schwieg er? Ein Wortfetzen drängte sich in ihre Gedanken. Hatte er eben, am Ende des Telefonats wirklich »*brevi*« gesagt? Mit wem sprach er Latein? Zu wem wollte er sie »bald« bringen? Nia schnappte nach Luft. Sie hatte ihn gerade mit einer sehr unwahrscheinlichen Geschichte konfrontiert, und er reagierte so, als sei alles völlig normal. Als ob sie ihm nichts Neues erzählt hätte. Als ob er all das schon gewusst hätte.

Sie senkte den Blick. Er sollte nicht merken, was sie dachte. Sie machte einen Schritt in seine Richtung. Sie musste fliehen. Nur weg hier.

Nia machte eine Vierteldrehung nach rechts und sprintete los. Durch den kurzen Gang, an der Theke vorbei, die ersten Stufen der Treppe hinauf. Direkt in die Arme eines hochgewachsenen Mannes, dessen weißer Hemdkragen steif über dem Revers seines dunklen Anzugs lag. Der Mann hustete leicht und sagte dann mit tiefer Stimme, die Nia einen Schauer über den Rücken jagte: »Ah, die Polizistin! Sie wollten uns doch nicht etwa verlassen, oder?«

Ohne ihre Antwort abzuwarten, hob er eine Hand, hielt sie Nia flach entgegen und murmelte einige Worte, die sie nicht verstand. Sie wollte an ihm vorbei die Stufen hinauflaufen, aber etwas hinderte sie daran. Obwohl der Mann sie nicht berührte, fühlte es sich an, als ob er seine Finger in ihr Fleisch bohren und sie abführen würde. Zurück in die Eingangshalle, zurück durch den Tunnel und den Vorraum und durch das geöffnete Gittertor, das hinter ihr mit einem leisen Knirschen zufiel.

»Bruder Pantlen«, begrüßte Wackwitz den hochgewachsenen Mann und neigte den Kopf.

Pantlen lächelte mit schmalen Lippen.

»Danke, Bruder Wackwitz, dass du sie uns gebracht hast.«

***

Anna musste das Bewusstsein verloren haben. Als sie die Augen wieder aufschlug, hatte die Prozession ihr Ziel fast erreicht. Die Leprosenstadt an Melaten und dahinter die Richtstätte. Ein schwerer, süßlicher Geruch lag in der Luft, überlagert vom brandigen Rauch der erloschenen Richtfeuer. Wieder rebellierte ihr Magen, aber es war nichts mehr darin. Sie würgte trocken.

Der Karren hielt an. Grobe Arme rissen sie hoch und vom Wagen herunter. Der Stoff ihres Nachtgewandes riss und ließ eine Schulter frei. Mit einer Hand versuchte sie, den Riss zusammenzuhalten, aber die Büttel zerrten sie weiter. Anna schrie auf.

***

Ein Luftzug wehte durch die Felsenhalle unter dem Dom. Für einen kurzen Augenblick drangen die Bittgesänge der Pilger zu ihnen durch, wehten wie Schleier aus Tönen durch den Raum und verklangen wieder. Eliah hörte Schritte. Er blickte zu Peter hinüber. Annas Bruder hatte sich an der Wand zusammengekauert, die Knie angezogen, die Arme um die Beine geschlungen. Tränen liefen über seine Wangen, während er unaufhörlich die Lippen bewegte, Worte murmelte, die niemand hören konnte. Trotzdem verstand Eliah ihn. Seine Reue, die Schuld zu tragen am Unglück seiner Schwester, seine Furcht vor den alten Mächten, gegen die er sich gestellt und deren Kräfte er angezweifelt hatte. Seine Angst vor dem, was er nun würde tun müssen. Er würde der Henker sein. Er würde den Bann legen. Mit seinen Händen, seiner Kunst.

Ein lautes Knirschen folgte, als die drei Rabenjünglinge die schwere Steinstatuette auf den Altar hievten. Sie zeigte einen Engel, thronend, die linke Hand erhoben, die Finger ausgestreckt. Die Rechte schien nach etwas zu greifen. Kurze Locken flossen über einen hochgestellten Kragen. Die Gesichtszüge waren bereits angedeutet, in Proportionen aufgeteilt. Mund, Nase, Augen. Über der hohen Stirn erkannte Eliah ein Band, gekrönt mit einem Kreuz. Aus dem Rücken des Engels wuchsen Flügel, stützten und beschwerten die Figur gleichermaßen. Luftwesen.

Hannes nickte einem der anderen Steinmetze zu. Er stand auf und stellte sich in die Mitte des Raumes. An seinem Gürtel hing eine Tasche mit Werkzeugen wie ein Schwert an der Seite eines Soldaten. Grauer Staub bedeckte seine Hände, sein Gesicht und seine Kleidung.

»Die Weisheit muss ich vertreten, vor euch und aller Welt. Ich bin der Kämpfer für den Kämpfer.« Während er sprach, drehte er sich um seine eigene Achse und schloss die Augen. »Im Stein ist die Macht. Im Stein ist die Kraft. Stein ist Wurzel und Himmel.«

»Im Stein ist die Macht. Im Stein ist die Kraft«, fielen die anderen ein. »Stein ist Wurzel und Himmel.« Viele Stimmen fügten sich zusammen, klangen wie ein Mann. »Im Stein ist die Macht. Im Stein ist die Kraft.«

Der Steinmetz ging auf Peter zu, beugte sich zu ihm hinunter und löste die starre Umklammerung seiner Hände.

»Stein ist Wurzel und Himmel.« Er zog Peter hoch und stellte ihn auf die Beine.

***

»Und?«, fragte Pantlen mit hochgezogener Augenbraue.

»Sie will ihn erlösen.«

Ein helles Lachen entrang sich der Kehle des Mannes und erinnerte Nia an das Geräusch kreischender Kreide auf einer Tafel.

»Sehr mutig, die junge Dame.« Er räusperte sich. »Und sehr romantisch.« Er neigte den Kopf, lächelte Nia an und seufzte leise. »Ich mag Romantiker, aber«, seine Stimme verlor alles Säuselnde, wurde kalt und hart, »hier ist sie fehl am Platz.«

Pantlen strich sich mit der flachen Hand über sein streng zurückgegeltes Haar und wies dann den mit Kopfstein gepflasterten Weg hinunter.

»Nach Ihnen.«

***

Annas Haare fielen wirr über ihr Gesicht und ihren Hals, stachen in ihre Augen und verdeckten gnädig den Anblick der kleinen Holzhütte.

Um sie herum hatte sich ein Kreis aus Menschen gebildet, die der Prozession durch die Stadt gefolgt waren und die nun auf das grausige Schauspiel einer Hinrichtung warteten.

»Willst du deine Sünden gestehen, Weib? Zur Warnung und zur Andacht aller?« Der Greve war vor sie getreten. »Willst du bitten darum, dass für dich eine Messe gelesen werden soll, zu deinem Seelenheil?«

Anna starrte ihn an. Sein feistes Gesicht glänzte in der Sonne. Er wischte sich mit einem Leinentuch den Schweiß von der Stirn und ließ seine Blicke über ihren Körper wandern. Ihr Nachtgewand bestand nur noch aus dreckigen Fetzen, die mehr freigaben, als sie verhüllten. Sein Atem ging schneller, und eine Ader an seiner Schläfe schwoll an. Anna ballte ihre Fäuste, hob sie und sprang ihn an.

»Ich habe Johanna nicht getötet! Ich bin keine Mörderin!«

Sofort eilten die beiden Schöffen hinzu, rissen sie von dem Greven fort und warfen sie zu Boden. Der Greve hob ungerührt den Stab auf, der ihm bei Annas Angriff aus den Händen geglitten war.

»Ist es Richtzeit?«, fragte er den ersten Schöffen und trat einen Schritt zurück.

»Ja.« Der Mann schob den Unterkiefer vor und presste die Zähne zusammen, als ob er weitere Worte sagen wollte, von denen er wusste, dass sie hier kein Gehör finden würden.

»Ist es Richtzeit?«, fragte der Greve erneut. Im Vorbeigehen, wie dahingeworfen. Ein Ritus.

»Ja.« Der jüngere Schöffe straffte die Schultern und reckte das Kinn. Er war stolz auf seine Aufgabe, trug die Verantwortung mit Ernsthaftigkeit.

Annas Herz rannte, stolperte, raste. Immer noch hoffte sie verzweifelt auf Rettung. Eliah, Peter, ihr Vater. Sie war unschuldig. Keine Mörderin.

Der Greve fasste den Stab mit beiden Händen. Er sah zum Henker und seinen Gesellen.

»So soll sie nun von dem Leben zum Tode gerichtet werden«, sagte er ruhig und hob den Stab hoch über seinen Kopf.

***

»Ich bin die Seele des Stammes.« Ein weiterer Steinmetz hatte sich von seinem Platz erhoben und war auf Eliah zugegangen. Er nahm ihm die Fackel aus den Händen und legte sie auf den Boden. »Ich bin die Seele der Gilde.« Er führte Eliah um den Altar herum, die sieben Stufen hinunter in die Mitte des Raumes. »Ich bin der Löwe, der vierte Grad der Einweihung.« Er trat einen Schritt zurück. Seine Miene war ernst. »Bist du bereit?«

Eliah nickte.

»Du wirst gebunden werden an den Stein. Nicht Mensch. Nicht Engel. Du wirst wandeln und schauen. Du wirst denen zur Seite stehen, die ihr Menschsein im Tod vollenden, und du wirst denen, die zweifeln, helfen, ihren Weg zu finden.« Er sah Eliah in die Augen. »Bist du bereit?«

Wieder nickte Eliah. Er spürte, wie er zitterte.

»Es sei.« Der Steinmetz zog einen Meißel aus seiner Tasche und hob ihn hoch.

***

Nia umklammerte das Metallgeländer, das entlang der Ausgrabungen den Besucherweg kennzeichnete. Rau und kühl glitt es unter ihren Fingern hindurch. Hier war sie noch nie gewesen. Sie hatte keine Ahnung, wohin die beiden sie bringen würden, und versuchte, sich möglichst viel einzuprägen. Sanftes Licht warf Schatten in den Raum, ließ Teile der Ausgrabungen hervortreten und die profane Betondecke im Hintergrund verschwinden. Nia folgte Pantlen durch einen kleinen Türdurchbruch, hinter dem sich das Aussehen ihrer Umgebung schlagartig veränderte. Statt musealer Anordnung und kleinen Schauvitrinen herrschte hier die Atmosphäre einer Baustelle. Kaltes Licht aus Kunststoffleuchten erinnerte an einen Operationssaal. Ein schmaler Steg aus Holzspanplatten und Gitterrosten, von dem an einigen Stellen kleine Gänge abzweigten, die zwischen den Fundamenten der Dompfeiler verschwanden, führte in der Mitte des Raumes weiter in die Tiefe. Sie gingen über eine Treppe aus Gitterrosten, unter der sich ein Loch mit Ausgrabungsspuren befand. Links und rechts neben dem Weg, der mit Maschendrahtzäunen vor den habgierigen Händen der Besucher geschützt war, erhoben sich auf halber Höhe Plateaus. Darüber hingen in regelmäßigen Abständen Blechquadrate an kleinen Haken an der Betondecke.

Nia hörte Schritte über sich, das Geräusch harter Herrenabsätze auf Steinfußboden. Sie mussten sich genau unterhalb des Doms befinden. Sie versuchte, sich zu orientieren, während sie immer weiter in die Gänge getrieben wurde. Ihre Vermutung, sich ungefähr in der Mitte des Gebäudes zu befinden, bestätigte sich, als sie durch einen schmalen Gang auf eine Art Kreuzung traten. Helle Wände, weiter vorne ein Vorhang. Dahinter warmes Kerzenlicht. Die Krypta. Vorraum zur Begräbnisstätte der Bischöfe, die in einem Raum darunter in ihren Sarkophagen auf die Ewigkeit warteten, und von oben, vom Kirchenschiff aus, zugänglich. Nia drehte sich um. Wackwitz ging einige Schritte hinter ihr. Sein Blick war starr, doch sie entdeckte in seiner Miene etwas, was sie noch nie an ihm bemerkt hatte. Zweifel und Angst. Aber als sie stehen blieb, sich umdrehte und einen Schritt auf ihn zuging, verschwand die Regung.

»Gehen Sie weiter, Nia«, sagte er, rührte sich aber nicht.

»Warum tun Sie das?«

»Die Bruderschaft schützt das Geheimnis des Doms seit Jahrhunderten.«

»Sie sind ein Polizist.« Nia stellte sich dicht vor ihn und legte ihre Hand auf seinen Unterarm. Vielleicht konnte sie so zu ihm durchdringen, ihn bewegen, ihr zuzuhören. Sie freizulassen.

»Ich bin Teil der Dombruderschaft. Nur das zählt.«

»Warum bin ich hier?«

»Du bist es. Ich wusste es, als ich dich zum ersten Mal gesehen habe.« Er legte seine Hand an Nias Wange. Sein Blick wanderte über ihre Züge. »Und doch habe ich bis zuletzt gehofft, dass es nicht so ist.«

»Ich bin was?«, flüsterte sie heiser.

Wackwitz schloss die Augen. Seine Lider flatterten. *»Aus der Wurzel wird Stein stark und mächtig in den Himmel wachsen. Die Hüter des Alten werden zu Bewahrern der Ewigkeit. Das Gleichgewicht der Kräfte wird walten, bis die Liebe des ungleichen Paares die Fundamente erschüttert.«* Er öffnete die Augen wieder und ließ die Hand sinken. »Du hast den Engel gesehen. Danach war ich mir sicher.«

»Sicher womit?« Nia ballte die Hände zu Fäusten.

Seine Kiefer mahlten, während er sie wortlos anstarrte und sie dann wieder hinter Pantlen herzwang.

An der Kreuzung folgten sie dem Weg nach rechts. Die Beleuchtung wurde schlechter. Trotzdem erkannte Nia an der linken Seite alte Treppenstufen, die aus der Decke zu kommen schienen und auf halber Höhe des Raumes einfach aufhörten. Das mussten die Eingangsstufen zum Chor sein, aus der Zeit, als dieser mit einer Mauer verschlossen eine eigenständige Kirche gebildet hatte. Nias Vater hatte ihr erzählt, dass der Boden der Stadt wie ein Sandwich aus unzähligen Schichten bestand, die die Jahrhunderte aufgetürmt hatten. Dort, wo die Treppen heute im Nichts endeten, war demzufolge damals die Straße gewesen. Am Ende des schmalen Ganges gabelte sich der Weg erneut, und sie folgten ihm nach links bis sie an ein weiteres Gittertor kamen. Der enge Gang dahinter lag in tiefer Dunkelheit. Pantlen legte seine Hand auf das Schloss, und die Tür sprang auf.

Er hat es nicht berührt, dachte Nia, kein Schlüssel. Er gibt sich keine Mühe, es vor mir zu verbergen. »Sie werden vor nichts zurückschrecken.« Eliahs Worte. Sie. Jetzt wusste sie, wer sie waren. Die Dombruderschaft. Hüter des Domgeheimnisses. Bewahrer der Ewigkeit. Edgar Wackwitz, ihr Vorgesetzter, war einer von ihnen. Ihre Verfolger in den hellen Anzügen vermutlich Handlanger, Pantlen hingegen jemand, der Befehle erteilen konnte. Sie hatten alles beobachtet. Hatten sie verfolgt, jeden ihrer Schritte überwacht, seit sie und Eliah sich zum ersten Mal begegnet waren. Oder schon vorher?

Nia fuhr herum und zischte Wackwitz ihre Fragen ins Gesicht. »Der Auftrag für mich. Im Krankenhaus. Die Mördersuche. War das alles, um … um was?«

Er blieb stehen.

»Es gibt keinen Mörder.« Er schluckte. »Ich wollte es nicht wahrhaben, Nia. Ich wollte nicht recht haben, weil ich …« Wackwitz verstummte und zog sie in seine Arme. Nia versteifte sich, doch Wackwitz hielt sie fest. »Deswegen habe ich dich auf Eliah angesetzt. Ich wollte den Beweis dafür, dass ich mich irre, dass du nicht diejenige bist. Aber dann …« Wieder verstummte er, und seine Pupillen weiteten sich. Der Wackwitz, den Nia kannte, verschwand hinter einer Fassade aus Kälte und Hartherzigkeit. »Los!«, sagte er und stieß sie in den Gang.

Nia hatte Mühe, etwas zu erkennen, stolperte über einen Gesteinsbrocken auf dem Boden und fiel hin. Scharfe Kanten zerfetzten die Verbände an ihrer Hand und rissen neue Wunden in die Innenseite ihrer Handflächen. Sie schrie und sprang auf. Die Verletzungen brannten wie Feuer, als sie versuchte, die Steinchen und Tonscherben daraus zu entfernen, während Wackwitz sie weiterschob. Nia spürte Blut an ihren Fingern entlanglaufen. Unvermittelt blieb Pantlen vor ihr stehen.

»Wir sind da«, sagte er und streckte seine Hand an Nia vorbei in Richtung Wackwitz aus. »Hast du es?«

»Es war nicht leicht, es zu bekommen.«

»Du hast es«, unterbrach Pantlen ihn und nahm den flachen Gegenstand entgegen. »Das genügt.«

Er legte ihn in eine kreisrunde Vertiefung in der Wand und drehte ihn nach links. Eine Tür schälte sich aus dem Mauerwerk und sprang auf. Trockene Luft zog ihnen entgegen. Nia schüttelte sich.

»Alles ist vorbereitet«, sagte Pantlen und ging mit schnellen Schritten in den Raum, der sich vor ihnen eröffnete. Hier war es heller als in den Gängen, aber das diffuse Licht verbarg mehr, als es zeigte. Nia blinzelte und versuchte, Einzelheiten zu erkennen. Der Raum erinnerte sie an einen Tempel. Steinerne Sitzreihen streckten sich an den Wänden entlang, und am Ende führten Stufen zu einem Altar. Der Boden war bedeckt mit kleinen Abbrüchen aus der Decke, vor den Bänken lagen herausgebrochene Teile. Dieser Raum war alt. Sehr alt. Nia zog der Geruch verbrannter Kräuter in die Nase. In diesem Raum war noch vor Kurzem jemand gewesen. Hatte die Kräuter verbrannt. Ein Ritus? Eine Zeremonie?

Das Mithräum! Sie waren in dem Hohlraum unterhalb der Ausgrabungen, von dem Irmgard Altdorf vermutet hatte, dass es ihn geben musste.

»Was haben Sie vor?«, fragte sie, aber statt einer Antwort trat Pantlen zur Seite und gab ihr den Blick auf den Altar frei.

»Komm her!«

Nia erstarrte. Hinter dem Steinblock hing ein Relief, auf dem ein junger Mann einen Stier tötete. Aber nicht die grausame Darstellung schreckte sie, sondern das, was sich auf dem Altar selbst befand.

Langsam ging sie näher heran, erklomm Stufe um Stufe, unfähig, sich von dem Anblick, der sich ihr bot, zu lösen. Ihr Herz raste.

Sie streckte die Hand aus und berührte die Figur des glockenschwingenden Engels vor ihr. Eine Welle erfasste sie, Energie und Hitze, Kälte und Ewigkeit zugleich. Ihre Gedanken öffneten sich über die Zeit hinaus.

Ein Mann mit roter Kapuze über nacktem Oberkörper bückte sich, griff eine Frau unter den Achseln und nahm sie wie ein kleines Kind auf den Arm. Er trug sie über die Schwelle einer Holzhütte und legte sie auf dem nackten Boden ab.

»Du hast nicht gereut und nicht um dein Seelenheil gebeten.« Nia hörte die Worte so deutlich, als ob er sie zu ihr gesagt hätte. Sie schwankte. Was geschah hier?

Der Henker neigte den Kopf, ließ die Hände an seiner Seite kraftlos hängen und sah die Frau auf dem Boden mitleidig an. Die Haare hingen ihr wild ins Gesicht, ihr Kleid aus dünnem Tuch war in Fetzen gerissen. Ein Strick entglitt seinen Fingern und fiel neben sie. »Ich darf dir nicht den Akt der Gnade gewähren.« Er schluckte und kniete vor ihr nieder. »Verzeih deinem Henker im Angesicht des Herrn.« Er beugte das Knie.

Die Frau richtete sich auf, stützte sich mit einer Hand ab und strich sich mit der anderen die Haare aus dem Gesicht. Dann legte sie sie dem Henker auf die Schulter.

Nia keuchte auf. Die Frau vor ihr trug ihr Gesicht.

»Unrecht geschieht mir, Meister Hans«, flüsterte die Frau heiser. Wie soll ich dir verzeihen?«

Er fuhr hoch und sprang auf die Beine.

»Verfluchst du mich?« Sie hörte Panik in seiner Stimme, bevor er sich wieder fasste und einen Streifen hellen Stoffs aus seinem Gewand zog. »Dein böser Blick wird mich nicht treffen!« Er kam auf sie zu und machte Anstalten ihr die Augen zu verbinden.

Die Frau hob abwehrend die Hand.

»Nein, ich verfluche dich nicht, Meister Hans.« Sie schluckte. »Ich bin weder eine Zaubersche noch eine Mörderin.«

Der Henker nickte, drehte sich um und verriegelte die Tür von außen. Die Frau blieb allein zurück.

Wieder verschwamm um Nia herum die Zeit. Gestalten wirbelten um sie herum. Wackwitz, Mauern, Lichter wie Fackeln. Derselbe Raum, doch anders beleuchtet, mit einer Reihe von Menschen darin.

»Raben, bringt die Statuette!« Einer der beiden Männer, die in der Mitte des Raumes vor dem Altar standen, rief diese Worte und winkte drei jüngeren Männern zu seiner Rechten zu. Er trug ein blaues Gewand, übersät mit Runenzeichen. Die Raben hoben den Steinengel vom Altar und ließen ihn zu Boden.

»Eliah!«, schrie Nia, als sie ihn zwischen den Männern entdeckte. Er reagierte nicht. Ihre Stimme kippte. Sie war da und war doch nicht da. Ein Gast, ein Besucher. Verdammt dazu, zu sehen, ohne handeln zu können. »Eliah«, flüsterte sie und streckte die Hand nach ihm aus.

»Dein Wille hat dich aus dem Gefüge gelöst. Dein Wille wird die Fundamente wieder heilen.« Der Mann stellte sich zwischen Eliah und den Steinengel, hob die Hände und machte einige

Schritte nach vorne. Dann drehte er sich um und kniete nieder.

Einer der Rabenjünglinge ließ eine Glocke erklingen. Hell schlug ihr Ton von den Wänden ab. Das Urteil war gefallen.

»Ich bin der Germane. Ich bin die Seele des Volkes, dessen Götter weiterleben und aufgehen in dem Neuen bis zum heutigen Tag.« Er kniete nieder. »Unter den Gebeinen der drei Heiligen, die diesen Gott einst ehrten, rufen wir die Macht.« Er legte sich mit dem Gesicht nach unten auf den Boden, die Arme hoch über seinem Kopf ausgestreckt. Mit den Fingern der linken Hand berührte er die Steinfigur, mit denen seiner rechten Eliahs Füße. »Werdet eins.« Er verstummte, und Nia spürte die Energie, die von seinen Fingern ausging, wie ein Strahlen.

Sie schloss die Augen und sah sich wieder neben Wackwitz vor dem Altar stehen. Die Szene wirkte wie ein Standbild. Festgefroren in der Zeit. Pantlen hatte die Hand erhoben, als wollte er eine Geste ausführen, deren Vollendung noch in der Zukunft lag.

Sie merken es nicht, dachte sie. Sie wissen nicht, dass ich sehe! Sie spürte die Wärme, die von der Steinfigur auf ihre Finger ausstrahlte – damals? Heute? – und folgte diesmal willig dem Strudel, der sie durch die Zeit trug.

Es war dunkel. Kein Fenster. Keine Ritze. Sie hörte ihren eigenen Atem. Ein und aus. Ein und aus. Das dumpfe Stimmengewirr draußen vor der Hütte verstummte. Einatmen. Ausatmen. Sie zog die Luft mit Macht in ihre Lungen. Ein Raunen ging durch die wartende Menge. Sie hörte Schritte und gleich darauf ein Knistern und Knacken. Gelber Schein glühte in einer Ecke auf, dann in einer zweiten. Hitze fraß sich in die Wände. Kam näher. Sie zog die Knie unter ihren Leib und richtete sich auf. Sie hustete. Einatmen und ausatmen. Feuer von allen Seiten. Kleine Flammen züngelten an der Oberfläche der Bretter entlang, verschlangen zuerst kleine Unebenheiten, wurden größer und größer und tauchten das Innere in goldgelbes Licht. Holz wölbte sich, barst, verkohlte vor ihren Augen.

Sie kam mühsam auf die Beine. Der Rauch wurde dichter und dichter. Sie hustete, keuchte und rang nach Luft.

Einatmen, ausatmen. Sterne tanzten vor ihren Augen. Die Lungen brannten. Ihr Herz stolperte, schlug, blieb still. Ein.

Aus.

Nia schrie. Vor Schmerz, vor Angst, vor Panik. Es war ihr Herz, das aufgehört hatte zu schlagen. Sie war Anna Parler.

Sie weinte. Stumm. Hilflos. Zeit verschob sich. Sie war Nia. Sie war Anna. Sie war ein Teil Eliahs – in allen Zeiten.

Peter hatte sein Werk begonnen, trieb den Meißel über das Antlitz des Engels. Augen, Nase, den Mund geöffnet. Hohe Wangenknochen. Sein Gesicht. Eliah rang nach Luft, versuchte zu atmen. Ein und aus. Ein und aus. Anna. Er sah sie vor sich. Heller Schein umgab sie und Hitze.

»Sie stirbt«, wollte er schreien und öffnete den Mund, aber die Kälte war schneller. Sie hatten ihn betrogen. Anna starb, obwohl er sein Menschenleben opferte.

»Im Stein ist die Macht! Im Stein ist die Kraft!« Die Umstehenden fielen wieder in den monotonen Singsang ein. Auch Peter bewegte seine Lippen im Rhythmus der Worte und seiner Schläge, die unaufhörlich den Stein formten.

Hannes trat zum Relief des Mithras. In seinen Händen hielt er einen Stein. Unscheinbar. Grau.

»Stein der drei Könige. Geschenk des Gottes an die Weisen als Symbol für ihren Glauben.« Er verbeugte sich vor dem Relief und ging in die Knie wie ein Priester vor dem Tabernakel. »Es sei vereint!«, rief er und drückte den Stein in eine Mulde am Schwertknauf der Mithrasfigur. Vor Eliahs Augen verschwamm das Bild, das Grau verschwand, und die Flanken des Tieres bewegten sich in hastigen Atemstößen. Sein dunkles Fell glänzte vor Schweiß. Der Stier brüllte, als das Schwert in seine Brust fuhr. Nia hörte durch Eliah den Schmerz und die Todesangst. Spürte an seinen Füßen eine glatte fließende Berührung. Eliah sah zu Boden. Eine Schlange kroch auf den sterbenden Stier zu, schlängelte sich über dessen Vorderbeine. Sie zischte und ließ ihre Zunge hervorschnellen, tauchte sie in das Blut der Wunde und trank. Eliah stöhnte. Um ihn herum drehte sich alles. Ein Hund bellte, und Eliah sah, dass auch er das Blut des Stiers aufleckte. Er rang nach Luft. Der Stier wurde wieder zu Stein. Festgehalten im Augenblick seines Todes.

Der Stern über dem Altar öffnete sich. Gleißendes Licht überflutete alles wie eine Welle.

»Stein ist Wurzel und Himmel.« Hannes Stimme dröhnte und füllte den Raum. Er nahm die Bannglocke, hielt sie an Eliahs linke Hand und schloss Eliahs Finger darum.

Eliah verschmolz mit dem Stein. Er wurde Stein.

Tränen stiegen in ihm auf, brannten in seinem Inneren, quollen hervor und liefen über die harte Oberfläche.

Sie stirbt!, dachte er und ließ sich in die Unendlichkeit fallen.

»Wo bist du?« Eliah tastete sich durch das graue Dunkel, durch die Hitze, die die Kälte in seinen Gliedern verdrängte.

»Eliah.« Sie stand vor ihm. Flammen schlugen an ihr empor, ohne sie zu verbrennen und badeten sie in gleißendem Licht. Sie lächelte und streckte die Hände nach ihm aus. »Ich wusste, dass du kommen würdest.«

Er nahm sie in die Arme und küsste sie.

»Wir sterben«, flüsterte sie.

»Wir vergessen.«

»Ich werde dich finden und mich erinnern«, flüsterte Nia und erwiderte seinen Kuss.

»Ja.«

Hannes umfasste den vollendeten Steinengel mit beiden Händen, trug ihn behutsam zum Altar und setzte ihn ab.

»Das Gleichgewicht der Kräfte wird wieder walten. Das ungleiche Paar ist getrennt.« Er hob die Hände. »Die Kathedrale ruht wieder sicher auf den Fundamenten der alten und neuen Mächte.« Er beugte sich vor und sah jedem Anwesenden nacheinander in die Augen. Die Hüter des Alten werden zu Bewahrern der Ewigkeit. Bis in die Zukunft hinein.« Er drehte die Figur so, dass alle das Gesicht des Engels betrachten konnten. »Sein Platz ist vorbestimmt. Gestern. Heute. Und morgen.« Er richtete sich auf. »Aus Heute wird Gestern. Das Morgen sei neu!« Er verbeugte sich vor dem Bildnis des Gottes und verließ den Altar.

»Bringt die Statue zum Portal des heiligen Petrus.«

Neunzehn

Ein Schlag riss Nias Hand vom Sockel des Steinengels.

»Wag es nicht, ihn zu berühren!« Pantlens tiefe Stimme dröhnte durch den Raum. Zu spät.

Sie hatte gesehen. Hatte verstanden. Sie war Teil der Prophezeiung. Teil des ungleichen Paares. Die Menschenfrau und der Engel. Eliah hatte sich für sie geopfert. Hatte sein Menschenleben für ihres gegeben.

Nia sog Luft in ihre Lungen, um die Qual aushalten zu können.

Sie trug die Schuld.

Krahwinkel. Tim. Eliah.

Ihre Schuld.

Der Ball aus Schmerz in Nias Seele zog sich zusammen und explodierte. Sie weinte.

Wie durch Watte spürte sie, dass sie hochgehoben und neben die Steinfigur auf den Altar gelegt wurde. Wortfetzen drangen bis zu ihr durch. Gemurmelte Beschwörungen. Gesten, ausgeführt mit schnellen Händen.

Alles verschwamm. Sie atmete. Ein. Aus.

Als sie erwachte, umgab sie tiefe Dunkelheit. Unter sich spürte sie harten, kalten Stein. Der Tempel. Sie lag im Tempel des Mithras tief unter dem Kölner Dom. Sie schloss die Augen und lauschte. Stille. Langsam näherte sich ein Rauschen, Rumpeln, schwoll an, dröhnte in ihren Ohren und entfernte sich wieder. Die U-Bahn. Ein Stein löste sich irgendwo in der Dunkelheit über ihr und schlug zu Boden. Sie öffnete die Augen. Roch trockenen Granit, Lehmboden und den Duft der Rituskräuter. Sie war allein, Wackwitz und Pantlen verschwunden. Panik kroch ihre Kehle hoch. Über ihr türmten sich Tonnen von Gestein, drückten auf die Decke, die nur wenige Zentimeter von ihrer Brust entfernt war. Ein Sarg aus Stein. Sie versuchte, sich zu bewegen. Wollte aufspringen und weglaufen. Doch unsichtbare

Kräfte hielten sie auf dem Altar fest. Sie stemmte sich mit aller Kraft dagegen. Vergeblich. Sie rief, schrie und kreischte bis sie heiser war. Dann hatte sie keine Kraft mehr.

Als sie zum zweiten Mal erwachte, sickerte silbernes Licht durch eine kleine Öffnung in der Decke. Nia hatte jegliches Gefühl für die Zeit verloren. Wo waren Wackwitz und Pantlen? Sie horchte in die Stille. Nichts. Sie war allein. Sicher würden die beiden sehr bald wiederkommen und das vollenden, was sie begonnen hatten.

Aus den Augenwinkeln sah sie, wie das Licht langsam auf die Steinfigur zukroch und die Schatten die Linien des Steins lebendig werden ließen. Sie blinzelte.

»Eliah?«, flüsterte sie.

Stille.

Sie schluckte und versuchte, ihren Kopf zu drehen. Mühsam, Millimeter für Millimeter schaffte sie es.

Der Engel sah sie an. Mit Eliahs Augen. Blau.

»Ich habe dich gefunden.« Eine Träne rann über ihre Schläfe und verlor sich in ihren Haaren. »Ich erinnere mich.«

Die Augen des Engels flackerten.

Nia brachte alle Kraft in ihren Arm und schob die Hand über die raue Oberfläche des Altars zu dem Steinengel. Ihre Wunde riss wieder auf. Blut sickerte durch den Stoff des Verbandes in den Staub. Schmerz schoss durch jede Faser ihrer Hand und ihres Armes.

Eliah.

Sie schaffte es.

Ohne seinen Blick zu verlieren, wanderte ihre Hand zu seinem Gesicht und streichelte seine Wange.

»Ich habe gesehen, wie sie dich in die Steinfigur gebannt haben.« Jedes Wort fiel ihr schwer. »Der Stein im Schwert des Mithras!« Sie schloss die Augen. »Die Macht des Steins in den Händen des alten Gottes«, flüsterte sie und keuchte vor Anstrengung, als sie ihr Bein über den Rand des Altars schob. Sie rollte sich unendlich langsam auf die Seite und spürte, wie die Kräfte, die sie gefangen hielten, nachließen.

Sie stand auf, ging langsam zu dem Relief und spürte mit den Fingerspitzen den Linien der Figuren nach. Sie fand die kleine Erhebung am Knauf des Schwertes.

»Im Stein ist die Macht! Im Stein ist die Kraft!« Sie legte ihre Handfläche über den Stein und schloss die Augen. »Stein ist Wurzel und Himmel.«

Feuer und Eis brannte sich durch ihre Haut, als der unscheinbare Basaltklumpen in ihre Hand fiel. Nia wandte sich wieder zum Altar und Eliah zu. Der Steinengel begann, tief aus seinem Inneren zu strahlen. Die Bannmächte verloren ihre Kraft.

Diesmal verschleierten keine Drogen Nias Blick, als Eliahs Gestalt aus dem Steinengel erwuchs.

»Wir müssen den Stein zu den Königen zurückbringen. Er ist das Symbol ihres Glaubens, so wie sie zum Symbol für den neuen Glauben geworden sind.« Sie lehnte ihre Stirn an seine Brust und griff nach seiner Hand. »Das wird den Bann lösen, Eliah, und dich Mensch sein lassen.«

»Wenn das gelingt, wird das Gleichgewicht zerstört werden.«

Nia richtete sich auf, entfernte sich von ihm und sah sich um. Die Mauern des Doms. Seit Jahrhunderten an diesem Ort. Sie dachte an die Kathedrale über ihren Köpfen. Die Bögen und Gewölbe, die Schönheit, die Kunstwerke. Sie zögerte. Dann streckte sie ihre Hand aus und hielt sie ihm hin.

»Das ist es mir wert. Komm.«

Eliah schüttelte den Kopf. »Ich kann dir nicht folgen. Sie haben mich an diesen Ort gebunden.«

»Dann gehe ich allein. Wenn es mir gelingt, bist du frei, und wir …«

»Werden wir wieder vergessen, Nia?«, unterbrach er sie. »Ist der Preis unsere Erinnerung? Dann werde ich ein Mensch sein und dich nicht mehr kennen.«

»Aber du wirst ein Mensch sein«, antwortete Nia leise. Sie drehte sich um, ging durch die Tempelhalle und stemmte sich gegen die schwere Basalttür, die langsam nachgab und den Weg freigab. Das fahle Licht aus dem Tempel erhellte die ersten Meter des Ganges, mäanderte um Gesteinsbrocken und Holzpfähle, mit denen die alten Ausgrabungsstellen provisorisch abgesichert worden waren, und verlor sich in den Schatten.

Sie tastete mit beiden Händen in die Dunkelheit, bis sie eine Mauer fand und sich von ihr leiten ließ. Wartete am Ende des Ganges nicht ein weiteres Gitter auf sie? Sie schob ihre Füße langsam voran. Tasten. Suchen. Nicht stürzen. Alle Sinne angespannt. In der Dunkelheit verlor sie das Gefühl für den Raum. Wie weit noch? Der Geruch in der Luft veränderte sich. Wurde metallisch. Das Gittertor.

Sie griff danach. Kaltes Eisen streifte ihren Handrücken. Rost kratzte über ihre Haut. Sie schloss die Augen. Beschwor das Bild der Tür in ihrer Erinnerung herauf. Rechts. In Höhe ihres Ellenbogens. Sie fuhr mit den Fingerspitzen über die Metallstäbe, fand den Schließmechanismus und drückte dagegen. Es klickte, das Gitter schwang auf und schlug mit einem lauten Knall gegen die gegenüberliegende Mauer. Nia zuckte zusammen und lauschte. Aber außer dem Echo des Knalls in ihren Ohren blieb es still. Nach rechts, dachte sie und ging, mit dem Rücken an der Wand, in seitlichen Schritten den Gang entlang. Irgendwo vor ihr musste sich der Schacht befinden. Sie starrte in die Dunkelheit und versuchte, sie zu durchdringen. Täuschte sie sich, oder war da ein schwacher Schimmer? Vor ihren Augen schichteten sich die Farben der Dunkelheit übereinander, schälten sich die Umrisse eines Pfeilers und im Hintergrund die alte Chortreppe heraus. Dahinter käme die Kreuzung unter der Vierung, danach die Ausgrabungen unter dem Mittelschiff und dann …

»Verdammt«, murmelte sie, als ihr aufging, dass das große Gittertor in jedem Fall verschlossen sein würde. Selbst wenn Wackwitz und Pantlen es offen gelassen hätten – die Sicherheitsleute nicht.

Sie hatte die Kreuzung erreicht. Vielleicht war der Weg über die Krypta frei. Der Königsschrein befand sich genau darüber. Sie schob den Vorhang zur Seite und rüttelte an den Stäben. Nichts.

Also anders. Aber wie? Sie musste es schaffen, nach oben zu gelangen. Es musste einen Ausweg geben. Eine Möglichkeit.

Vorsichtig ging sie weiter, auf eines der grauen Quadrate zu, die sich schwebend aus der Dunkelheit schälten. Der Boden unter ihren Füßen veränderte sich. Holz. Weich. Nachgiebig. Spanplatten. Mit jedem ihrer Schritte vibrierte und schwang er mit. Sie blieb stehen. Die Vibrationen blieben. Die Luft sirrte, und ein tiefes Grollen schwappte ihr entgegen. Es überrollte sie, schleuderte sie gegen den Maschendrahtzaun und verebbte weit hinter ihr im Raum. Die Fundamente der Pfeiler in der Dunkelheit um sie herum knackten leise.

Es begann.

Sie musste den Stein zum Schrein bringen, bevor es zu spät war. Nia rappelte sich hoch, folgte dem Weg aus Holzbrettern, bis eine Öffnung im Zaun einen Weg auf der rechten Seite freigab.

Hier war die Absperrung niedriger, und sie konnte die Konturen eines der Plateaus erkennen. Wenn sie auf die Fläche steigen würde, könnte sie das Quadrat erreichen, von dem sie nun sicher war, dass es sich um einen der Luftschächte handeln musste, die überall im Fußboden des Doms zu finden und mit Gitterrosten abgedeckt waren. Vermutlich hatten die Archäologen die größeren Metallplatten nur provisorisch darunter angebracht, um zu verhindern, dass Müll und Abfälle der Besucher durch die Schächte fielen und die Ausgrabungsstätten beschädigten.

Die Oberfläche fühlte sich wie harter Sand an, als sie sich aufstützte, ihr Knie hochzog und sich vornüberfallen ließ. Schales Licht kroch durch den Schlitz zwischen der Betondecke und dem Metall. Dämmerlicht. Trockene Stille. Die Ruhe vor einem Sturm, von dem sie nicht wusste, mit welcher Macht er über sie hereinbrechen würde. Nia schluckte, wischte sich mit dem Ärmel die Haare aus der Stirn und kroch näher an die Luke heran. Karabinerhaken hielten die Platte dicht unter der Decke. Nia hob eine Ecke an und löste die ersten beiden aus den Ösen und zog eine Kante so weit wie es ging nach unten. »Mist«, murmelte sie leise und versuchte, das Sicherungsgewinde zu erreichen, mit dem das Gitter an der Platte befestigt war, damit nicht Besucher die Gitter anheben und in den Ausgrabungsbereich gelangen konnten. Ihre Finger verkrampften, während sie das Gewinde drehte und darauf wartete, dass die Sicherung aufsprang.

»Sie konnte nicht entkommen. Der Bannspruch ...« Die restlichen Worte gingen im Klirren der Schlüssel unter, mit denen der Hauptzugang zum Ausgrabungsbereich geöffnet wurde.

»Die Fundamente beben! Wir müssen das Ritual vollenden.«

Nia fuhr zusammen. Ihre Finger rutschten ab, und das Metall schlug krachend gegen die Decke.

»Was war das?«, schrie jemand, und das Echo eiliger Schritte hallte durch den Raum. Es war eine Frage von Sekunden, bis die Männer durch die Öffnung in der Mauer in den Teil gelangten, in dem sie wie auf dem Präsentierteller lag. Nur noch zwei, drei Umdrehungen, und die Sicherung wäre gelöst. Der kalte Strahl einer Taschenlampe fiel wie ein Vorbote auf den Holzsteg und wanderte in die Höhe, sprang von Plateau zu Plateau. Hastig klickte Nia die beiden Karabiner ein, rollte sich über die Fläche und ließ sich auf der anderen Seite in einen flachen Ausgrabungsschacht fallen. Etwas Spitzes bohrte sich in ihre Seite, und sie presste die Nägel in die Handinnenfläche, um nicht laut aufzuschreien.

Die Männer rannten an ihr vorbei, aber Nia wagte erst ihren Kopf zu heben, nachdem sie sicher war, dass sie an der Vierung abgebogen waren und sich auf dem Weg zum Tempel befanden. Was würden sie mit Eliah machen, wenn sie entdeckten, dass sie entkommen war? Sie schob den Gedanken beiseite. Egal, was sie tun würden. Sie konnte es nur verhindern, in dem sie den Stein an seinen Bestimmungsort brachte. Sie musste sich beeilen.

Ihre Hände zitterten, während sie die Karabiner erneut aushakte, die letzten Millimeter der Sicherung bezwang und durch die Luke ins nördliche Seitenschiff des Kirchenraums stieg.

Das Innere der Kathedrale war menschenleer. Keine Lampe, keine Kerze brannte, und doch war der Raum erfüllt von einem warmen Dämmerlicht. Nia sah hoch zu den Fenstern. Die Glasmalereien auf den Fenstern wirkten wie mit einem Schleier überzogen, und nur an den Rändern ließen die ersten Strahlen der Sonne die Farben hervortreten. Das Licht kam. Und mit ihm die Farben. Die Seele des Doms.

Nia blickte sich um, orientierte sich. Der Schrein stand am Ende des Hochchors. Sie rannte los. Hinter ihr ertönte ein schrilles, kreischendes Geräusch, dass sie erstarren ließ. Noch während sie sich umdrehte, wurde es lauter, und der Boden bebte unter ihr. Glockenklänge fielen in das Kreischen ein, nacheinander, ohne Harmonie, wildes Schlagen. Die Glocken des Doms klagten. Nia schrie auf.

Über dem Hauptportal teilte sich das Gemäuer in einem gewaltigen Riss. Staubfahnen wehten in die Kirche. Aus den Kreuzgewölben über den Eingängen brachen Stücke heraus, stürzten zu Boden und zerschellten. Die Glocken brüllten, als die Türme einstürzten und den blauen Himmel dunkel färbten.

Nia rannte um ihr Leben. Eine dichte Wolke aus Staub, Steinen und Splittern wallte auf und nahm ihr den Atem.

Eliah!

Weiter.

Blind stolperte sie über den Teppich des Altarraums. Das braune Holz des Chorgestühls färbte sich grau. Dämonen und Zauberer, Blattwesen und Geister versanken unter feinem Nebel. Nia hustete und hielt sich den Arm vor das Gesicht.

Hoch über ihr zerbarst das Richterfenster. Die farbigen Quadrate explodieren. Glassplitter regneten auf Bänke und Boden.

Nia umklammerte den Stein in ihrer Hand, lief, rannte, stolperte vorwärts auf die Glasvitrine mit dem goldenen Schrein zu. Sie achtete nicht auf die Brocken, die neben ihr zu Boden schlugen. Wieder erbebte das Gebäude, und ein klagender Laut erfüllt die Luft, als die Säulen der Vierung schwankten und der Vierungsturm auf dem Dach aus seiner Metallverankerung riss.

Nia bückte sich, griff mit ihrer freien Hand nach einem Stein und hieb damit auf das Glas der Vitrine ein, bis sie klirrend zersprang. Mit dem Ärmel wischte sie die Scherben zur Seite. Hunderte von Edelsteinen schimmerten auf der goldenen Oberfläche, schmückten die Figuren der Heiligen, waren eingelassen in Sockel und Zierbänder

»Dort ist sie!« Die Stimme kam aus dem Chorumgang hinter ihr, der mit Gittern vom inneren Chorraum abgetrennt war. Ihre Verfolger hatten sie eingeholt.

Nia zitterte und starrte auf den Schrein.

Wo war der Platz des Mithrassteins?

Wieder hustete sie. Der Staub fraß sich in ihre Lungen und setzte sich in ihre Augen. Sie blinzelte.

Die Legende!

Was hatte Irmgard Altdorf gesagt? Es gab einen Unterschied zwischen der alten Mithraslegende und der neuen, christlichen. Die Könige erhielten ein Geschenk aus den Händen der neugeborenen Gottheit.

Sie blickte auf den Schrein. Die Lösung. Da war sie.

Vor ihr, an der Stirnseite, brachten die drei Könige ihre kostbaren Geschenke dar. Die Gemeinsamkeit. Links neben den drei Weisen stand eine vierte Figur, ohne Krone, ohne Insignien der Macht. Ein einfaches Kästchen in Händen. Das Trennende, Alte, Verborgene. Der Stein der Macht und des Glaubens. Geborgen in einem schlichten Kästchen.

Sie hob den Stein, berührte damit das Schloss des Kästchens. Die Lade öffnete sich, die Figur schwenkte zur Seite und gab einen mit brüchigem Samt ausgeschlagenen Hohlraum frei.

»Nicht bewegen!« Sie erkannte Wackwitz' Stimme und wandte den Kopf über die Schulter.

Er stand, seine Dienstwaffe im Anschlag, nur wenige Meter vor ihr.

Aber er schoss nicht.

Langsam legte Nia den Stein in den Hohlraum. Im Kreuzgewölbe über ihr löste sich der Schlussstein und schlug krachend ins Chorgestühl.

»Ich habe geschworen die Geheimnisse zu schützen. Den Fortbestand des Doms zu sichern.« Wackwitz schluckte und bewegte langsam den Finger am Abzug der Waffe.

Nia erwiderte seinen Blick.

»Eliah wird ein Mensch sein«, sagte sie ruhig und drückte die Lade zu. »Im Stein ist Macht.«

»Im Stein ist Kraft«, flüsterte Wackwitz heiser und drückte ab.

Das Kreuzgewölbe über ihren Köpfen brach ein und begrub sie unter sich. Nia spürte es nicht mehr.

zwanzig

»Da bist du ja, Kind. Ich habe dich schon gesucht!« Yari erhob sich halb und gab Nia einen Begrüßungskuss auf die Wange, während sie gleichzeitig eine Frau böse anfunkelte, die mit fragendem Blick vor den beiden freien Plätzen an ihrem Cafétisch stand. »Wie schön, dass wir noch einmal Zeit für uns finden. Nur wir beide«, betonte sie, und Nia war sich nicht sicher, ob sie oder die Dame gemeint war, die sich nun umdrehte und auf der proppevollen Außenterrasse einen anderen Platz suchen ging.

»Hallo, Yari.« Nia seufzte, stellte ihre Tasche ab und machte es sich auf dem Stuhl neben ihrer Tante bequem. »Hast du schon die Eintrittskarten besorgt?« Sie legte den Kopf in den Nacken, blinzelte in die Sonne und beobachtete die Vögel, die in weiten Kreisen um die Domtürme herumflogen.

»Natürlich.« Yari strich sich eine rote Locke aus dem Gesicht und klemmte sie hinter ihrem Ohr fest. Dann lehnte sie sich in ihrem Stuhl zurück und wedelte mit der Karte nach der Kellnerin. Als diese kam, bestellte sie einen Yasmintee und einen Obstkuchen für sich. »Du möchtest sicher wieder nur einen Kaffee?«, fragte sie mit vorwurfsvollem Unterton. In ihren Augen war Nia viel zu dünn.

Nia lächelte die Kellnerin an, nickte kurz und wandte sich wieder Yari zu. »Wann geht's los?«

Nia bemühte sich, ein interessiertes Gesicht zu machen, während Yari in einem Flyer die gewünschte Information suchte. Unauffällig zog sie ihr Handy aus der Tasche und schielte auf das Display. Ihr Informant hatte sich noch nicht gemeldet. Das machte sie nervös. So nah war sie noch nie an ihrem Verdächtigen dran gewesen. Heute würde sie vielleicht endlich ihre Chance bekommen.

»Hör mal, Yari.« Nia rutschte auf die Kante ihres Stuhls und legte ihre Hand auf die ihrer Tante. »Sei nicht sauer, aber …«, sie stockte. »Es kann sein, dass wir unsere Besichtigungstour der Schatzkammer verschieben müssen. Ich warte auf einen dringenden Anruf. Dienstlich«, ergänzte sie, als sie Yaris enttäuschten Gesichtsausdruck sah. »Sei mir bitte nicht böse, wenn ich gleich schnell weg muss.«

Yari presste für einen Moment die Lippen zusammen und setzte ein Lächeln auf, von dem Nia wusste, dass es sie glauben machen sollte, alles sei in Ordnung. Dann wandte sie sich ab und blickte zwei Mädchen hinterher, die Arm in Arm aus dem Café kamen.

»... siehst du, es stimmt doch. Erst ist sie durchsichtig, dann verschwindet man dahinter und ist trotzdem noch da ...«, kicherte die eine und ihre dunklen Zöpfe wippten.

»Schade.« Nia hörte die Enttäuschung in Tante Yaris Stimme.

»Es tut mir leid. Entschuldige bitte. Aber ich ...« Ihr Handy klingelte. »Ja?«

Nia lauschte.

»Ist die Information zuverlässig?«

Sie griff nach ihrer Tasche und suchte ihre Geldbörse.

»Ich danke Ihnen«, sagte sie leise und legte auf.

Sie sah zur Kathedrale hinüber. »Der Dom ist morgen auch noch da, Yari. Und übermorgen sicher auch.« Sie legte einen Geldschein auf den Tisch und stand auf. »Ich lade dich ein.«

Yaris Locken rochen nach Aprikosen, als Nia sich zu ihr runterbeugte und ihr einen Kuss gab.

»Versuchst du immer noch, ihn aufzuspüren?«, fragte Yari unvermittelt mit harter Stimme.

»Wen?«

»Den Mann, von dem du glaubst, dass er deine Eltern auf dem Gewissen hat.«

»Wie kommst du jetzt darauf?« Nia überlegte hastig. Hatte sie sich irgendwie verraten? Sie wollte nicht, dass Yari Bescheid wusste. Sie würde sich zu große Sorgen machen um sie.

»Ich dachte nur so.« Yari zuckte mit den Schultern und sah sie an, wie sie sie angesehen hatte, als Nia noch ein Teenager gewesen war. Dieser Blick vermittelte einem das Gefühl, nichts vor ihr verbergen zu können, auch wenn man es wollte. Er sagte aber auch, dass sie so lange nicht von diesem Wissen Gebrauch machen würde, bis man es offiziell mit ihr teilte. Liebe und Respekt.

»Tja. Dann.« Nia schlängelte sich durch die dicht gestellten Tischgruppen. »Ich melde mich heute Abend bei dir«, rief sie ihr über die Schulter zu, winkte fröhlich und schluckte ihr schlechtes Gewissen herunter. Sie drehte sich nicht um. Auch ohne hinzusehen, wusste sie um die Traurigkeit auf dem Gesicht ihrer Tante. Wenn das erledigt wäre, wenn sie Krahwinkel endgültig festgesetzt und seiner gerechten Strafe zugeführt hätte, würde sie sich mehr um sie kümmern.

Im Gehen wählte sie Tims Nummer.

»Ich habe ihn«, sagte sie, blieb stehen und drehte sich noch einmal zu Yari um. Die saß zusammengesunken vor ihrem Kuchen und rührte im Tee. Es gab Nia einen Stich, sie so zu sehen. »Nein, Tim. Hör zu. Es ist allein meine Sache. Da möchte ich dich nicht mit hineinziehen.«

Sie lauschte in den Hörer.

»Natürlich bist du mein Kollege«, sagte sie und legte auf. »Aber nicht mehr als das«, ergänzte sie leise.

Jetzt musste sie sich beeilen. Sie hatte ihren Wagen im Parkhaus unter dem Dom geparkt, nur wenige Schritte vom Café entfernt, direkt unter dem neuen Aufzugsschacht. Bis zu dem Schrottplatz am Rand von Immendorf bräuchte sie eine gute halbe Stunde.

Wieder klingelte ihr Handy, und sie blieb stehen, um es aus der Tasche zu ziehen.

Im gleichen Moment spürte sie einen heftigen Schlag an ihrer Schulter. Sie stolperte und fiel hin. Etwas knallte neben ihr zu Boden und zerplatzte. Staub wirbelte auf.

»Verdammt.« Nia richtete sich auf und rieb sich ihr Handgelenk. Jemand hatte sie angerempelt.

»Habe ich Sie verletzt?« Der junge Mann kniete sich neben sie und sah sie besorgt an. Eine Strähne seines langen Haars fiel ihm in die Stirn. »Der Stein hätte Sie sonst getroffen«, sagte er und wies auf einen grauen Haufen neben ihnen.

»Es geht schon.« Nia stand auf und wischte sich über die Hose. »Wo kam der her?«

»Von dort oben.« Er wies auf die Türme des Doms. »Es passiert selten, aber es passiert.«

Nia bückte sich nach ihrem Handy, das aus der Tasche gefallen und über die Platten gerutscht war. Es war zerbrochen.

»Ich ersetze Ihnen den Schaden selbstverständlich, Frau …« Er wartete auf ihre Antwort. Sie musterte ihn. Über seiner Jeans hing locker ein weißes Hemd, wie nur kurz übergestreift. Nia hasste diese Art, sich zu kleiden. Sie fand sie arrogant.

»Hallmann. Nia Hallmann.«

»Eliah Kahmen.«

Sie nickte. Etwas in seinem Blick irritierte sie.

»Kennen wir uns?«

Er runzelte die Stirn, blinzelte und schüttelte dann den Kopf. »Ich glaube nicht.«

Nia stopfte das kaputte Handy in die Tasche. Jetzt würde sie sich ein Neues besorgen müssen, bevor sie in den Einsatz ging.

»Hier, meine Telefonnummer.« Er hielt ihr eine Visitenkarte hin.

Sie nahm seine Karte und sah ihn an. Seine Augen waren von einem unwahrscheinlichen Blau. »Ich glaube, Sie haben mir gerade das Leben gerettet.«

»Zumindest war's knapp.« Er lächelte ein Sunnyboylächeln.

Nia schluckte. Solche Typen wie dieser Eliah entsprachen normalerweise nicht ihrem Beuteschema. Ganz und gar nicht. Warum verunsicherte er sie so? Sie straffte die Schultern. Sie musste weiter.

»Das mit dem Handy geht schon in Ordnung«, murmelte sie und wandte sich zum Gehen.

»Ja.« Er deutete ein Nicken an. »Sie haben ja meine Nummer.« Er machte eine Pause und deutete auf die Karte in ihrer Hand. »Wenn Sie es sich anders überlegen.«

Nia steckte die Karte ein und ging Richtung Parkhauseingang. Wenn sie sich jetzt umdrehte, würde er dann noch da stehen und ihr nachsehen? Sie schüttelte den Kopf. Keine Zeit für so einen Quatsch. Sie nahm auf der Treppe zwei Stufen auf einmal.

Der Parkautomat stand auf der oberen Parkebene, ihr Auto

eine Etage tiefer. Sie schob das Parkmärkchen in den Automaten, zählte die Münzen hinein und wartete darauf, dass der Automat die Quittung ausspuckte.

»Bezahlt«, stand in großen weißen Buchstaben auf rotem Untergrund. Nia starrte auf das Wort. Ging es immer darum? Alles zu bezahlen? Jede Schuld auszugleichen? Was wäre geschehen, wenn Eliah Kahmen sie vor ein paar Minuten nicht zur Seite gestoßen hätte. Wäre sie schwer verletzt? Vielleicht für den Rest ihres Lebens krank? Oder tot? Alles hätte passieren können. Und sie hatte nichts anderes im Kopf gehabt als Krahwinkel. Ihre Rache. Denn nichts anderes war es, was sie antrieb, das wurde ihr mit einem Mal klar. Krahwinkel sollte bezahlen. All die Jahre nur dieses eine Ziel. Tränen schossen in ihre Augen. Sie konnte nichts dagegen tun. Der Schreck über den herabgefallenen Stein durchbrach ihre innere Mauer. Nias Knie zitterten. Sie lehnte sich rückwärts gegen die Wand neben dem Automaten und schlug mit beiden Fäusten auf die Mauer ein, bis sie sich beruhigt und das Schluchzen aufgehört hatte.

Sie hatte ihre Trauer um den Tod ihrer Eltern eingepackt in die Schichten der Wut, die sie mit sich herumtrug. Und diese Schichten hatten sie auch gegen alles andere abgeschirmt. Gefühle. Liebe. Es wurde Zeit, das Paket auszupacken, sich von den Schichten zu befreien. Auch wenn sie vermutete, dass die ein oder andere Schicht gut verklebt und fest umwickelt sein würde.

Sollten andere sich um Krahwinkel kümmern.

Sie stieß sich von der Wand ab, starrte in das spiegelnde Display des Kassenautomaten und wischte sich mit dem Ärmel die Wimperntuschestreifen aus dem Gesicht. Dann zog sie die Visitenkarte hervor. »Eliah Kahmen – Steinmetz – Dombauhütte«, stand da. Und eine Handynummer.

Nia ging die Treppenstufen wieder hinauf. Yari saß sicher noch im Café und besaß ein funktionierendes Handy.

Sie lächelte. Eine persönliche Führung durch den Dom. Warum eigentlich nicht?

Nachwort

Das Unwahrscheinliche ist umso wahrscheinlicher, je näher es sich an der Realität bewegt. Nach diesem Motto schreibe ich meine Kurzgeschichten, Krimis und selbstverständlich auch die Mystery-Bücher. So finden sich auch in dieser Geschichte Handlungsteile und Hintergründe, die der Realität entsprechen.

Die Familie der Parler hat es tatsächlich gegeben.

Heinrich Parler (* um 1300/1310, † 1370) wurde vermutlich in Köln geboren und war der Begründer der Baumeisterfamilie der Parler. Unter seiner Mitwirkung entstanden bedeutende Kirchen im Süddeutschen, wie das Heilig-Kreuz-Münster in Schwäbisch-Gmünd, und er arbeitete gemeinsam mit seinem Sohn Peter Parler für die Kölner Dombauhütte.

Die Figuren des Petersportals, die Apostel, die Heiligen und die Engel werden der Werkstatt der Parlerfamilie zugeschrieben.

Peter Parler (* um 1330/1333, † 13.07.1399), auch Peter von Gemünd genannt, war einer der größten Baumeister des Mittelalters. Seine Ausbildung zum Steinmetz erhielt er in der Kölner Dombauhütte, wo er gemeinsam mit seinem Vater an den Figuren des Petersportals arbeitete. Im Laufe seines Lebens schuf er viele bedeutende Bauwerke, die berühmtesten davon in Böhmen.

Die Figur der Anna Parler ist reine Fiktion, obwohl ihre Lebensumstände denen von Frauen ihres Standes im Mittelalter sehr nahe kommen. Es war durchaus üblich, Mädchen bereits sehr früh zu verheiraten, und viele Frauen entkamen dem harten Schicksal als Mutter vieler Kinder und unendlicher Arbeit nur, indem sie sich um Aufnahme in Glaubensgemeinschaften bewarben.

Die Beginenbewegung, der sich Anna Parler in diesem Buch anschließt, wird für Köln erstmals um 1209/1211 genannt. Die Angehörigen dieser christlichen Laiengemeinschaften verpflichteten sich einem ordensähnlichen Lebensstil, legten aber keine auf Lebenszeit bindenden Gelübde ab. Ab der Mitte des 14. Jahrhunderts kam es im Heiligen Römischen Reich zu intensiven inquisitorischen Verfolgungen der Beginen, und die Häuser lösten sich auf.

Das Petersportal ist das erste und einzige Portal des Kölner Doms, das noch im Mittelalter weitestgehend fertiggestellt wurde. Fünf der großen Apostelfiguren (links von innen nach außen Petrus, Andreas und Jakobus; rechts Paulus und Johannes) stammen aus dieser Zeit, ebenso wie die Figuren der Engel und der Heiligen. Die Figur des »Glocken schwingenden Engels«, in die Eliah gebannt wird, findet sich hier ebenso wie die Figur der heiligen Barbara in ihrem Turm, die im Buch die Züge Anna Parlers trägt. Viele der Statuen mussten wegen ihres schlechten Erhaltungszustandes abgenommen und 1972–1980 durch Kopien in Steinguss ersetzt werden.

Die Entwicklungen und Bezüge zur (Bau-)Geschichte des Kölner Doms und seiner Vorgänger orientieren sich an den vorliegenden historischen und architektonischen Forschungsergebnissen, erheben aber keinerlei Anspruch auf historische Richtigkeit. Besondere Inspiration, vor allem in Bezug auf den Kult um den Gott Mithras, habe ich dem Buch »Die Geheimnisse des Kölner Doms« von Ralf Günther, erschienen 1998 im Emons Verlag, entnommen.

Die »Domherren« als Schützer und Bewahrer dieser Geheimnisse sind, ebenso wie die Prophezeiung, reine Fiktion.

Dank

Die Arbeit an »Das Portal« hat mir viel Spaß gemacht, und ich freue mich sehr, das Buch nun in Händen zu halten. Aber es wäre nicht zu dem geworden, was es ist, wenn ich nicht Unterstützung, Rat und Anregungen in unterschiedlichster Form erhalten hätte!

Einen herzlichen Dank an …

… Christel Steinmetz und den Emons Verlag für das Vertrauen, das sie in die Geschichte und in mich gesetzt haben.
… meiner Lektorin Marit Obsen, die mir im Wald des Manuskripts die Bäume gezeigt hat, gegen die ich sonst gelaufen wäre.
… Momo Edel, Engelexpertin, für die vielen Gespräche, in denen sie mir das Wesen der Engel näher gebracht hat, und ihr intensives Testlesen.
… Heike Rentrop-Bambynek, Kunsthistorikerin und Stadtführerin, für ihre Antworten zu allen meinen Fragen zur Kölner Stadtgeschichte, ihr fachkundiges Testlesen und ihren immer offenen, faszinierenden Bücherschrank.
… Guido Müller und Jens Arndt, meinen »Latin Lovern«, für die Übersetzung der Prophezeiung ins Lateinische.
… Dr. Jens Neuhaus für die geduldige Beantwortung meiner ungeduldigen Fragen zu psychiatrischen Störungen.
… die Mitarbeiter und Mitarbeiterinnen und Fremdenführer und Fremdenführerinnen des Domforums und der Dombauhütte, deren interessante Führungen in, auf und unter dem Kölner Dom mir eine Inspirationsquelle waren.
… meine Freundinnen und Testleserinnen Anne Kuhlmeyer, Barbara Hentschel und Barbara Neuhaus – ihr wisst schon wofür.
… meinen Mann und meine Töchter für ihre unendliche Geduld, ihre Liebe und ihre Unterstützung. Ohne euch ginge gar nichts.

Köln, im April 2011

Oliver Buslau
DER VAMPIR VON MELATEN
Broschur, 336 Seiten
ISBN 978-3-89705-669-5

»Buslaus von reizvollen musikalischen Anspielungen durchdrungene Schauermär belebt das Vampir-Genre auf überraschend frische und originelle Weise. Eine Fortsetzung scheint zwingend erforderlich. Bitte, bitte!« *Kölner Stadt-Anzeiger, Magazin*

»Eine spannende Lektüre mit Lokalkolorit.«
Westdeutsche Zeitung

Myriane Angelowski
DER WERWOLF VON KÖLN
Broschur, 288 Seiten
ISBN 978-3-89705-772-2

»Myriane Angelowski gelingt es, eine Atmosphäre von ständig wachsender Bedrohung aufzubauen, in der Visionen und Wirklichkeit, Leben und Tod sowie Vergangenheit und Gegenwart verschmelzen.« ekz

»Ein Buch, das einen sofort in den Bann zieht, gerade weil man anfangs überhaupt nicht begreift, was passiert. Aber je näher man dem Kern der Geschichte kommt, desto mehr stellen sich die Nackenhaare auf.« Westdeutsche Zeitung

www.emons-verlag.de

Petra Gabriel
DER KLANG DES REGENBOGENS
Broschur, 432 Seiten
ISBN 978-3-89705-756-2

»Kein esoterischer Humbug, sondern ein geschicktes, spannendes und originelles Verweben von Fantasie und Realität.« Südkurier

»Jede Figur hat ihre eigene Leidensgeschichte, und das schildert die Autorin ebenso packend und plastisch wie die Stimmungen der Orte.« Badische Zeitung